U0084242

古典文獻研究輯刊

九　編

潘美月・杜潔祥 主編

第9冊

六朝志人小說考論

黃東陽 著

國家圖書館出版品預行編目資料

六朝志人小說考論／黃東陽　著 — 初版 — 台北縣永和市：花木蘭文化出版社，2009〔民98〕

序2+目2+156面；19×26公分

(古典文獻研究輯刊　九編；第9冊)

ISBN：978-986-254-017-6（精裝）

1. 志人小說　2. 六朝志怪　3. 六朝文學　4. 文學評論

857.23　　98014684

ISBN - 978-986-2540-17-6

古典文獻研究輯刊

九　編　第九冊　　ISBN：978-986-254-017-6

六朝志人小說考論

作　　者　黃東陽

主　　編　潘美月　杜潔祥

總 編 輯　杜潔祥

企劃出版　北京大學文化資源研究中心

出　　版　花木蘭文化出版社

發 行 所　花木蘭文化出版社

發 行 人　高小娟

聯絡地址　台北縣永和市中正路五九五號七樓之三

電話：02-2923-1455／傳眞：02-2923-1452

網　　址　http://www.huamulan.tw　信箱　sut81518@ms59.hinet.net

印　　刷　普羅文化出版廣告事業

初　　版　2009年9月

定　　價　九編20冊（精裝）新台幣31,000元

版權所有・請勿翻印

六朝志人小說考論

黃東陽　著

作者簡介

作者黃東陽，一九七一年生於台北，東吳大學中國文學研究所文學碩士、博士。研究以古典小說為主要範疇，旁及古典文論，兼好現代文學，尤擅長文獻的論證、民俗的探討和民間宗教的考索。師事王國良先生，歷任東吳大學中文系兼任講師、實踐大學應用中文系專任助理教授，現職為國立雲林科技大學漢學所專任助理教授，教授目錄版本學、文獻學及古典小說等專題課程，已出版《唐五代記異小說的文化闡釋》的專書，另發表學術論文三十餘篇。

提　　要

志人小說肇始自六朝，迄今僅有《世說新語》和《西京雜記》完書傳世，餘者僅剩隻語殘篇，未得完帙，就此欲發明當時的政治概貌、文化氛圍、文人意識或文體意涵，在文獻不足的事實下，立說就難免以偏概全，成為研究六朝志人小說最主要的瓶頸和疑難。因而本書先由文獻的角度，考述當時各本志人小說的作者生平、撰寫時間和流傳情況，復針對亡佚作品逐一檢視今日輯本的內容真訛，並據新資料增補佚文，建立完整的研議文本；於是在這基礎上就能用更宏觀的視角囿別出小說的類別即瑣語、軼事和俳諧三門，續以研議各類別的文體特徵和主要內涵，已對六朝志人小說的文體定義和撰寫命意，作出更清晰、完整和堅實的闡釋。書後收錄作者近年以六朝志人小說為論題的論文五篇：首篇為文體論，以當時文論家劉勰《文心雕龍・諧讔》中的觀點，考察當時文人對志人小說中俳諧類的觀感與定位；接續三篇則分別考述《笑林》、《語林》及《小說》三書在文獻與文體上的源流和特徵，兼論對後世文學的影響；至末則以目錄和輯佚學的角度，駁正至今仍視「騎鶴上揚州」出於殷芸《小說》的訛誤，重新確認此則的肇始時代與真正出處。本書以文獻考證作為文體衍論的根基，能兼顧考證與義理，自對於六朝小說的研究，有著更精準、獨到甚至具啟示意義的見解和闡發。

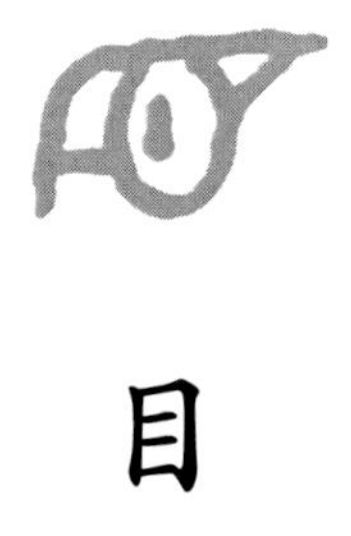

目次

自　序

魏晉人物，雖已日遠，然其容止風度，吐咳珠玉，音容悉見《世說》之倫，後世騷客，多從而捃錄故典，汲取文思，其影響遺風，痕跡灼然；尤其喻遠譎諫、諷惡揚善之辭嘗無意中得之，自是導揚德風，預於聖教，故雖稱小道，聖人亦不棄焉。惜斯時小書，亡佚將盡，致傳承隱晦，源流曖昧，而其文學之地位，亦難明矣。然欲呈現斯時小說之盛況，充補六朝文體之探討，自不能略而不講。余本深好六朝故實，故用「六朝志人小說」爲題，欲撰論文。

惟學習有師，以免迷惑津路，故問學於王國良師，始窺六朝小說之門徑；後從王師撰寫論文，承王師開示綱領，擬定方法，又針砭錯誤，指陳闕失，論文始建規模；而初稿經張蓓蓓師悉心校閱，多方提示，丁原基師、林明德師惠賜昌言，洪順隆、李進益教授不吝賜教，皆令內容不致過謬，尤其承花木蘭出版社高小娟小姐厚意惠予出版，均感佩於心，永誌不忘。然識在缾管，難免挂漏，至祈海內博雅，有以教我也。

黃東陽

序於雲科大漢學所理科大樓研究室

第一章　緒　論

小說源於六朝，而有志怪、志人之分。〔註1〕其專記里巷傳語及人間言動之志人小說，不僅文筆秀出，雋永可讀，而爲墨客汲取文思、摘錄典故之淵藪，惜完書傳世者僅得劉義慶《世說新語》及葛洪《西京雜記》，餘者皆亡佚大半。雖類書古注，多所引錄，亦直待清代樸學盛起後，當時人方據之蒐輯佚文，若黃奭《子史鉤沈》、馬國翰《玉函山房輯佚書》均輯有六朝小書，爲志人小說輯佚之始。民國後又有魯迅承繼馬氏輯本，又參校他書而成《古小說鉤沈》，自是淩駕前人。〔註2〕然古注類書，翻檢瑣煩，六朝小說，傳鈔因襲、不言出處，更致考證不易，源流曖昧，令輯本之得失優劣，頗難勘驗；輔以《世說》集志人小說之大成，自爲學人所重，致其餘小書，研究甚尠。然小說既發軔於六朝，其文體標新，內容立異，重要性自不待言，惟欲觀其傳承，驗其流變，必先略復斯時之傳本，而得六朝志人小說之大要。故本論文即鑑於研究之需及其癥結，用以擬定研究方法及研究範圍，亦賴以定義志人小說。以下即分項說明之。

第一節　六朝志人小說之範圍及定義

「小說」本指小道之言，每與大達之論相對，自爲諸子之一，名列十家之末。此說歷先秦以迄兩漢，沿襲不易，無論班固之「街談巷語，道聽塗說」，

〔註 1〕說見魯迅《中國小說的歷史的變遷》第二講〈六朝時之志怪與志人〉（香港：三聯書店，1958 年），頁 7～12。

〔註 2〕今據《魯迅輯校古籍手稿》知周氏曾手抄馬國翰《玉函山房輯佚書》之小說家，悉數鈔錄，而全見於《古小說鉤沈》，是知魯迅乃以馬氏《輯佚書》爲底本。書見北京魯迅博物館、上海魯迅紀念館主編，上海古籍出版社影印，1991 年。

抑或桓譚之「合殘叢小語，近取譬論，以作短書」，均同舊論。〔註3〕惟入《隋志》，小說方依體分類，爲體裁之專名，用以收羅「體裁短小」、「無關世事」之作，而初肇此時之志人小說，正爲此目所籠絡。〔註4〕惟小說本是史遺，故唐劉知幾《史通・雜述》專論史體即云：

> 榷而爲論，其流有十焉：一曰偏紀，二曰小錄，三曰逸事，四曰瑣言，五曰郡書，六曰家史，七曰別傳，八曰雜記，九曰地理書，十曰都邑。

志人之篇，本屬稗官，故劉氏既專評史著，自收羅《西京雜記》、《世說新語》之屬，而分繫逸事及瑣言之下。然宋元以下，除筆記及傳奇文承六朝小說遺緒而興盛，亦見仿傚《世說》之作，歷世不衰，得知小說已由史部之附庸而蔚爲大國。故胡應麟《少室山房筆叢》即云：

> 小說家一類，又自分數種。一曰志怪，搜神、述異、宣室、酉陽之類是也。一曰傳奇，飛燕、太眞、崔鶯、霍玉之類是也。一曰雜錄，世說、語林、瑣言、因話之類是也；一曰叢談，容齋、夢溪、東谷、道山之類是也；一曰辨訂，鼠璞、雞肋、資暇、辨疑之類是也；一曰箴規，家訓、世範、勸善、省心之類是也。談叢、雜錄二類，最易相紊，又往往兼有四家，而四家類多獨行，不可攙入二類者。〔註5〕

胡氏分小說爲六，將志人繫之「雜錄」，而叢談、辨訂、箴規三門，又是《世說》旁枝，故各體間自易相互混淆，而文體嬗變之跡，亦由此表露無遺。然至清初，小說更與其它文體相互影響，體例更繁。故紀曉嵐云：「跡其流別，

〔註3〕引文分見班固《漢書・藝文志》：「小說家者流，蓋出於稗官。街談巷語，道聽塗說者之所造也。孔子曰：雖小道，必有可觀者焉，致遠恐泥，是以君子弗爲也。然亦弗滅也。閭里小知者之所及，亦使綴而不忘。如或一言可采，此亦芻蕘狂夫之議也。」又桓譚《新論》：「小說家合殘叢小語，近取譬論，以作短書，治身理家，有可觀之辭。」班、桓二氏均以內容分之，爲小道之言。雖然桓譚已言「短書」，似指體制，然未明說，故僅存疑。

〔註4〕雖然《隋志》於小說家之序言，其義與《漢志》無異，實則已依體裁之分目。見昌彼得、潘美月言：「圖書的分類，不外『體』、『義』兩項標準。所謂『義』，也謂之『質』，即書的內容。分類崇『質』者，即依書的學術內容來歸類。所謂『體』，即書的著作體裁。分類主體者，即按書的體裁來歸類，而漠視其學術內容。分類崇質，其例始於劉歆的七略，……分類依體，就現存的目錄來看，乃隋志始作俑。」即說明《隋志》乃依體分類。文見昌、潘二氏合著《中國目錄學》（臺北：文史哲出版社，1991年），頁140。

〔註5〕凡胡氏語均見《少室山房筆叢》卷二九〈九流緒論〉。

凡有三派：其一敘述雜事，其一記錄異聞，其一綴輯瑣語也。唐宋而後，作者彌繁，中間誣謾失眞，妖妄熒聽者固爲不少，然寓勸戒、廣見聞、資考證者，亦錯出其中。」〔註6〕即鑑於「唐宋而後，作者彌繁」，故析言小說源流，以資分目，將志人及其裔族歸於一門，隸於雜事及瑣語。

劉氏《史通》著成唐初，斯時小說方始肇立，體製單純而近史傳，故與史志合觀，迄明朝體例已繁，故得六類之分；至清紀昀編《四庫全書》，體裁更雜，故采原始表末之法，將六朝志人與後世筆記同繫雜事，歸爲一門。蓋小說因時推移，歷世訛變，故各家分門，自應因時置宜，不能成規墨守，其分目宜於異之。此乃「設文之體有常，變文之數無方」使然也。故六朝志人小說之範圍，即《史通》之逸事及瑣言，亦爲胡應麟之雜錄，又同於紀昀之雜事、瑣語也。至若後世文體之孳衍，自非本論文之研議範圍，無暇贅述。

復觀魯迅六朝小說之分，即以「志人」、「志怪」二辭籠絡之。見「志人」一目，蓋由「志怪」敷衍而得，以相對於張皇鬼神，稱道靈異之作。昔者祖台之、孔氏皆有《志怪》、〔註7〕蕭綱《金樓子》用以設篇，知魯迅用「志怪」命篇之歷史淵源。雖然「志人」一詞，僅與「志怪」一辭相對，然其「志人」定義，甚見高明。其云：「世之所尚，因有撰集，或者掇拾舊聞，或者記述近事，雖不過叢殘小語，而俱爲人間言動，遂脫志怪之牢籠也。」〔註8〕就體製而言，須是「殘叢小語」；就取材而論，則爲「掇拾舊聞，記述近事」，而無關於治世大道。是知周氏定義「六朝志人」，除可蓋括《世說》瑣語之屬，而若笑書之作、軼事之書，亦無所遺，而合於前說各家，故本論文亦從之。惟各書之旨趣及其性質間有差異，傳承亦有不同，故復以瑣語、軼事、排調分之，以明其傳承。此雖稍別於周氏，然亦無悖其「志人」定義。

第二節　研究範圍及方法

目前六朝志人小說僅有《世說》及《雜記》以足本傳世，餘書均殘闕亡

〔註 6〕見《四庫全書總目》卷一百四十小說家類〈小序〉。

〔註 〕據《晉書・祖台之傳》云：「祖台之字元辰，范陽人也。官至侍中、光祿大夫・撰《志怪》書行於世。」復驗《隋志・雜傳》載有「《志怪》二卷，祖台之撰。」又云：「《志怪》四卷，孔氏撰。」

〔註 8〕見周氏著《中國小說史略》，收於《魯迅小說史論文集》（臺北：里仁書局，民國 1994 年），頁 51。

佚。故研究之範圍，則先以歷代書志爲基礎，輔以清黃奭《子史鉤沈》、馬國翰《玉函山房輯佚書》及民國魯迅《古小說鉤沈》之輯佚成果，用之擬定書目，唯排除佚文僅剩一二者及史部之書。蓋遺文過少者，其書之概貌自難得見，而不免以偏蓋全。若孫盛《雜語》、裴啓《類林》，均亡佚甚早，遺文無多，又焉能據之，以定奪其歸屬？至於當時史部書，本染小說習氣，輔以六朝佚書，惟有得見於類書古注，然其引錄，率多刪削原文，僅剩隻言片句，自近殘叢小語之志人小說。若郭頒《魏晉世語》，即因此誤入小說之域。〔註9〕甚至《名士傳》，僅據謝安評之「特作狡獪」，聲稱此即小說之特徵，更欠理據，〔註10〕後世竟多沿之，未知其然。〔註11〕觀當時之作，或夸言門第，或記人辭藻，本近志人之作，尤其志人一流亦多鈔自史傳，性質又近之。今即用臧榮緒及王隱所撰之《晉書》爲例：

> 賈充後妻郭氏，又生二女，少有淫行。年十四五，通於韓壽，充未覺。時外國獻奇香，世祖分與充，充以賜女。充與壽坐，聞其衣香，心疑之。充家嚴峻，牆高丈五，薦以枳棘，周行東北角，有如狸鼠

〔註9〕《世語》爲《藝文類聚》（二則）、《御覽》（廿六則）、《廣記》（一則）引錄，均多刪節，自近志人小說殘叢小語之體例，今日學人納入志人之屬，或導於此。按《世說・方正》篇劉孝標注：「按郭頒西晉人，時世相近，爲《晉魏世語》，事多詳覈。」即以史傳視之。復驗於裴、劉二氏注《三國志》及《世說》所引《世語》，大半記其名號里籍，而爲史書體例，故《世語》非志人小說可知。尤其《世語》分門，即爲史體。見《三國志・裴潛傳》裴注：「按本志，宣名都不見，惟《魏略》有此傳，而《世語》列於名臣之流。」其「名臣」分目，自同於史傳有「佞臣」、「酷吏」之名。然今人寧稼雨據之，以爲《世語》分目乃《世說》門類之先導，蓋未察《世語》本是史傳而致誤。自劉葉秋《魏晉南朝小說》納《世語》爲志人小說，寧稼雨承之而謂：「很顯然，郭頒並非以令史的身分在寫很鄭重的史書，而是在撰史之餘，寫一些『時有異事』的傳聞爲消遣罷了。」而列《世語》於志人小說。文見其著《中國志人小說史》（遼寧：遼寧人民出版社，1991），頁17～21。

〔註10〕此說則由劉葉秋首倡，乃據《世說・文學》所記：「袁彥伯作名士傳成，見謝公。公笑曰：我嘗與諸人道江北事，特作狡獪耳！彥伯遂以箸書。」劉氏論點見其著〈魏晉南北朝軼事筆記〉，收於《歷代筆記概述》（北京：中華書局，1980年）。寧稼雨爲之申說云：「『特作狡獪，加進了不少虛構的成分，而正是這些虛構的成分，被袁宏寫在《名士傳》中。』這樣一來，《名士傳》作爲史料的眞實性就大大降低，而這又正是小說所需要的東西。」其傳承可見。文見其著《中國志人小說史》，頁29。

〔註11〕若王枝忠《漢魏六朝小說史》、韓秋白、顧青合著《中國小說史》均承其說，吳志達《中國文言小說史》納《高士傳》，得見其風流布之廣。

> 行跡，充潛殺知婢，遂以女妻之。(《藝文類聚》卷三五引臧榮緒《晉書》)
>
> 賈充妻郭氏，產子黎民，三歲，乳母抱向閤，充入，黎民喜勇（踴）之。郭遙望見，疑充，即鞭乳母殺之。兒思乳母而死，郭又生一男，乳母抱在中庭，充過拈頰，郭又疑，復殺乳母，男又死。(《藝文類聚》卷三五引王隱《晉書》，亦見《御覽》卷五二一)

以上二事均見《世說・惑溺》引錄，文字詳略不同。首則記韓壽通賈充女事，既同於《世說》，然與《郭子》所敘則歧出。故劉孝標《世說》注云：「《郭子》謂與韓壽通者，乃是陳騫女，即以妻壽，未婚而女亡。壽因娶賈氏，故世因傳是充女。」若然，疑臧氏《晉書》所載失實；而後則除見載於《世說》，又因言及因果，頗類應驗，故劉敬叔《異苑》亦收錄。〔註 12〕見二書均有「狡獪成文」之嫌外，行文又近志人之作，與《世語》、《名士傳》有何相別？則又須納臧、王《晉書》於志人之列，則魏晉史著，又何書不入志人小說？故史部書宜不入志人之域。

是知六朝小說既散見於古注類書，故研究之法，自以鉤沈爲先，用之相驗清代以來之輯佚書，除藉之復見斯時短書之大概外，而於研議文句之眞僞後，方能求諸論文之備，自脫於人云亦云之譏也。至若文體之述，依其體類劃分瑣語、軼事、俳諧三門，而用劉勰《文心雕龍・序志》揭櫫之「原始以表末，釋名以章義，選文以定篇，敷理以舉統」論文四法，以爲敘述程序及衍論基礎。故由文獻之分析及歸納爲發端，終歸文體之研論，以求六朝志人之概貌。

第三節　相關研究成果述評

除《世說》、《雜記》研究日趨細密不論外，餘書已有魯迅、余嘉錫、程毅中、周楞伽等先進輯注群書，袁行霈、侯忠義《中國文言小說書目》及寧稼雨《中國文言小說總目提要》、《中國志人小說史》等學者研議書目，均多所發明，成就裴然。然體大難周，疏謬難免。後有臺灣李玉芬君有感於六朝小說之研究，僅偏重於志怪書，故以《六朝志人小說研究》爲題，己撰有碩士論文。惟李氏文未涉文獻，單言內容析論，而就內容之探討以觀，《世說》

〔註 12〕文見《太平御覽》卷三七一引《異苑》。所記略同。

又引用過半，實未脫《世說》範疇，自難籠罩群書，有所建樹。至於後來之《啓顏錄》與《談藪》，又趨於以偏概全，而相侔於以六朝爲題之意旨。然其創見之功，自不因此而泯沒。〔註 13〕鑑於六朝志人之作乃小說演變之樞紐，卻乏研究專論之現況下，故以此爲研究專題，除一窺文學發展之脈絡外，並期盼與志怪之研究合觀後，以還其全貌。

〔註 13〕李氏書爲 1995 年文化大學中文研究所碩士論文，1999 年文津出版社予以印行。

第二章　志人小說產生之時代背景

無論學術抑或文學，六朝均呈現由變轉新之趨勢；文學在自身之嬗變中，亦受時代之轉移而激盪。劉勰云：「文變染乎世情，興廢繫乎時序，原始以要終，雖百世可知也。」〔註1〕吾人藉由對時代風氣之審思，以求深解志人小說之內涵及其時代意義。

第一節　社會情勢

自漢桓靈之際，亂象已啓。肇自宦官擅權，士人恥與同列，以清流自命，評議時政。《後漢書．黨錮列傳》云：「逮桓靈之閒，主荒政繆，國命委於閹寺，士子羞與爲伍，故匹夫抗憤，處士橫議，遂乃激名聲，互相題拂，品覈公卿，裁量執政。」宦官不堪，而釀黨錮禍事，致陳蕃、李膺、劉淑、郭泰等名士，禁錮終身。後黨錮再起，天下賢俊，一時殆盡，又逢黃巾亂事，政府更加不堪，而漢代政權，已致不可收拾之地。〔註2〕靈帝崩後，何進召董卓誅除宦官，事泄被殺，然董卓入京，大亂朝綱，致獻帝奔投曹操，曹氏挾天子以令諸侯，翦滅袁氏之勢，而據北方大半，赤壁戰後，三國鼎立，後曹丕自立爲帝，廢獻帝爲山陽公，東漢滅亡。然天下三分，相互征討不已，魏雖終能呑併吳蜀，亦不免司馬氏覬覦寶鼎，而沿曹家竊漢之法。司馬懿除滅異己，一時正始名士，誅

〔註1〕《文心雕龍．時序》篇。

〔註2〕裴松之注《魏書．武文世王公》引《袁子》云：「至於桓靈，閹豎執衡，朝無死難之臣，外無同憂之國，君孤立於上，臣弄權於下，本末不能相御，身首不能相使。由是天下鼎沸，姦凶並爭，宗廟焚爲灰燼，宮室變爲榛藪，居九州之地，而身無所安處。」所言至當。

殺減半。至懿死司馬師起，廢齊王芳而立高貴鄉公，然曹髦不堪司馬昭之跋扈，自帥僮僕數百攻之，爲賈充等弒殺，天下譁然。後司馬炎登帝位而魏亡。漢自董卓之亂，百姓流離，穀石至五十餘萬，人相食啖，而白骨盈積，殘骸餘肉，臭穢道路，令關中無復行人，〔註3〕天下業已大亂。

雖然晉武帝時，已收拾分裂之局，然天下疲敝，亟需休養生息，惜繼立之惠帝無能怯弱，令權臣干政，朝政日壞。賈充以其女賈南風適惠帝，藉之鞏固己權。然賈后貪酷，專橫無節，爲奪權立威，引汝南王亮誅殺外戚楊駿，復引楚王瑋領兵殺亮，後故技重施，又誅除楚王瑋，得以專擅政權。但因賈后廢太子遹，並賜死之，引趙王倫叛變，以賈后亂政爲由，領兵向京，並誅殺賈后。然倫跋扈驕恣，人心盡失，後諸王起兵攻之，八王亂起。十餘年間，戰事不斷，中國大虛，而北方蠻族，麾兵南下。永嘉之時，石勒、劉聰擄懷、愍二帝，旋殺愍帝，見「自元康以來，王德始闕，戎翟及於中國，宗廟焚爲灰燼，千里無煙爨之氣，華夏無冠帶之人，自天地開闢，書籍所載，大亂之極未有若茲者也」。〔註4〕西晉亡而東晉繼立，定都建康。雖然北方苻堅欲渡江擊破之，然淝水之戰爲王導敗，偏安由此底定。惟其間王敦、桓溫、桓玄專權，又思欲窺視神器，致朝廷多危。桓玄終叛，自立爲帝，劉裕來伐，滅玄後旋即自立，自此入南朝。然假禪讓之名，而行篡奪之實，多爲六朝政權代興之藉口。雖有明帝得知天下乃篡自曹魏，而悟晉之國祚不長，〔註5〕然入南朝之政權更迭，乃襲其故技而未易。見漢末以迄南朝，天下無一日之寧，不僅百姓爲征伐所苦，無暇休養，而立朝之士，亦因政權屢變，往往受累。其間，曹魏之篡漢、司馬氏之代魏，致孔融、彌衡、楊脩、王經、曹爽、夏侯玄、許允、何晏、鄧颺、張華、裴頠、石崇、歐陽建之徒，無不因猜忌而見殺。再者，而權臣窺探寶器，亦須除滅異己而後快，雖爲天下名士，亦難遠禍。致口不臧否，喜慍不露，均名列德行，其風可見一斑。而政權詭譎難測，無所適從，甚而位居至尊，亦憂惶度日。《世說・言語》：

> 初，熒惑入太微，尋廢海西。簡文登阼，復入太微，帝惡之。時郗

〔註3〕文見《晉書・食貨志》。

〔註4〕文見《晉書・虞預傳》。

〔註5〕據《世說・尤悔》載：「王導、溫嶠俱見明帝，帝問溫前世所以得天下之由。溫未答。頃，王曰：溫嶠年少未諳，臣爲陛下陳之。王迺具敘宣王創業之始，誅夷名族，寵樹同己。及文王之末，高貴鄉公事。明帝聞之，覆面箸床曰：若如公言，祚安得長！」

超爲中書在直。引超入曰：天命脩短，故非所計，政當無復近事不？超曰：大司馬方外固封疆，內鎮社稷，必無若此之慮。臣爲陛下以百口保之。帝因誦庾仲初詩，曰：志士痛朝危，忠臣哀主辱。聲甚悽厲。郗受假還東，帝曰：致意尊公，家國之事，遂至於此！由是身不能以道匡衛，思患預防，愧歎之深，言何能喻？因泣下流襟。

桓溫野心已露，既廢晉安帝爲海西公於先，時星犯太微；後簡文登基，熒惑復犯帝座，令簡文心生疑懼，而致問大司馬之動向於桓溫幸臣郗超。郗超雖以桓溫無篡位之圖答之，帝仍心懷憂傷不已。足見司馬昱雖貴爲天子，亦不免憂心自危，遑論朝士百姓？見在朝者受箝於政變，黎首被禍於戰亂，而蠻族攻邊於外，權臣謀位於內，六朝歷時四百餘年，變亂相尋，不得寧日。凡此，實已建構出憂患之時代背景，而蘊釀六朝特殊之文學生命。

第二節　學術思潮

六朝學術，由玄學、佛學、文學及史學鼎立而四，〔註6〕惟儒學衰微。玄學與佛學多相輔相成，故合觀之。以下即分四點申說如次：

一、儒學式微

漢初爲休養生息，故在上者推行黃老，以應世局。至武帝國勢已盛，乃黜黃老而進儒學，致使後來漢帝，莫不以提倡儒術爲要，令經學得以大盛。時入六朝，雖然六經注疏不絕，實已步入衰途。錢賓四謂：「中經喪亂，至於魏代，而今文全絕，古文獨傳。自有王肅之僞證，有杜預之曲說，有王弼以《老》《莊》注《易》，有何晏、皇侃以玄虛說《論語》，有范寧之破棄顓門以解《穀梁》，皆可見經學之移步換形，日失其本來面目也。」〔註7〕各經之注疏雖不絕如縷，然多援玄虛以說經，而淪爲玄學之附庸。究之經學式微緣由，其因有二：一是漢人解經，注疏過繁，致辭義支離，其二則讖諱興盛，流於荒誕。自西漢經學立於學官，經學立其家法，致使學者支離經義，穿鑿附會，訓詁繁瑣，弊病叢生。班固云：「後世經傳既已乖離，博學者又不思多聞疑闕

〔註6〕即杜維運言：「魏晉南北朝時代昌盛的學術，以玄學、佛學、文學數者最顯著，而數者皆與史學相應。」文見杜氏著《中國史學史》（臺北：三民書局，1998年），頁10。

〔註7〕文見錢穆《國學概論》（臺北：臺灣商務印書館，民1990年），頁166～173。

之義，而務碎義逃難，便辭巧說，破壞形體，說五字之文，至於二三萬言。後進彌以馳逐，故幼童而守一藝，白首而後能言。安其所習，毀所不見，終以自蔽，此學者之大患也。」〔註8〕其流弊分明可見。除辭義趨於煩瑣，而又好引用讖諱，附以詭說，皆稱孔子之言，令經學於煩瑣中又趨於荒誕。劉勰言：「伎術之士，所以詭術，或說陰陽，或序災異，若鳥鳴似語，蟲葉成字，篇條滋蔓，必假孔氏，通儒討覈，僞起哀平，東序秘寶，朱紫亂矣。」〔註9〕切中其弊。雖有桓譚、王充斥其虛枉，〔註10〕然經學已積重難返，而終至衰敗之境。尤其經學暢言仁義，不符六朝爭競之需。故曹操於建安時曾下三令，以求有治國用兵術而不究其德行，〔註11〕雖致後人譏諷，〔註12〕蓋時勢使然；又以斯時政權之易奪，多假禪位之說，忠義之節，自不爲帝王所倡，而僅言名教而已。〔註13〕儒學衰敗之後，六朝人趨向虛無、任誕，致使黃老伺機而動，佛教亦藉此流傳。當時學者，自不免有「世道多難，儒教淪喪，文武之軌，將遂凋墜」〔註14〕之歎矣！

二、玄佛並興

因政治之迫害及社會之紊亂，儒教學說未孚時代之需求，故學者放言玄

〔註8〕見《漢書・藝文志・六藝略敘》。

〔註9〕見《文心雕龍・正緯》篇。

〔註10〕若桓譚云：「增益圖書，矯稱讖記，以欺惑貪邪，詿誤人主。」（《後漢書・桓譚傳》）王充說「儒者說五經，多失其實」（《論衡・正說》），均指摘關於經學好汲取讖諱之失。

〔註11〕裴松之注《魏書・武帝操》引《魏略》云：「令曰：負汙辱之名，見笑之行，或不仁不孝而有治國用兵之術：其各舉所知，勿有所遺。」其餘二令概同之。

〔註12〕若王夫之《日知錄》卷十七即評此謂：「而孟德既有冀州，崇獎跅弛之士，觀其下令再三，至於求貪汙辱之名，見笑之行，不仁不孝，而有治國用兵之術者，於是權詐迭進，姦逆萌生。…夫以經術之治，節義之防，光武明章數世爲之而未足，毀方敗常之俗，孟德一人變之有餘。」

〔註13〕對此，錢賓四有深刻之論述。其言：「但是曹家政權的前半期，挾天子以令諸侯，借著漢相名位剷除異己，依然仗的是東漢中央政府之威靈。下半期的篡竊，卻沒有一個坦白響亮的理由。乘隙而起的司馬氏，暗下勾結著當時幾個貴族門第再來篡竊曹氏的天下，更沒有一個光明的理由可說。司馬氏似乎想提倡名教，來收拾曹氏所不能收拾的人心。然而他們只能提出一『孝』字，而不能不捨棄『忠』字，依然只爲私門張目。他們全只是陰謀篡。陰謀不足以鎮壓反動，必然繼之以慘毒的淫威。」雖僅言至晉，南朝亦無不皆然。文見錢穆《國史大綱》（臺北：臺灣商務印書館，1996年），頁219～221。

〔註14〕文見葛洪《抱朴子・外篇・勖學》。

遠，寄情老莊，玄學因此而起，成一時風尚。王夫之云：「擯闕里之典經，習正之餘論，指理法爲流俗，目縱誕爲清高，此則虛名雖被於時流，篤論未忘乎學者。是以講明六藝，鄭王爲集漢之終，演說老莊，王何爲開晉之始。」〔註 15〕知正始以降，玄學大起，致「後進莫不競爲浮誕，遂成風俗；學者以老莊爲宗，而黜六經」。〔註 16〕而佛教於漢際傳入中土，〔註 17〕頗講禪定神通與因果輪迴，時值本土道教經典教理未備，〔註 18〕遂於魏晉之世亂中，迅速傳播。文學之士，因好援引佛理，供談講之資，每採格義之法解讀佛理；除名士多通佛經外，道人亦習清談，〔註 19〕藉此傳播佛學奧義，〔註 20〕而

〔註 15〕見王氏《日知錄》卷十七。

〔註 16〕見趙翼《廿二史劄記》卷八。

〔註 17〕佛教初傳中國，一般咸信漢明帝永平年中，遣使西域求法。惟湯用彤又云：「漢明求法事，因年代久遠，書史缺失，斷其眞相。但東漢時，本經之已出世，蓋無可疑。」以東漢爲斷限。裴注《魏書》卷三十引《魏略・西戎傳》云：「昔漢哀帝元壽元年，博士弟子景盧受大月氏王使伊存口受《浮屠經》曰：復立者其人也。」呂澂據此謂：「佛教初傳的具體年代，很難確定。……乃是西漢哀帝元壽元年（公元前二年），大月氏使者伊存口授博士弟子景盧以佛的材料。認爲這就是佛教傳入的開始。」故定佛教乃西漢末年傳入。湯、呂二氏所說不同，然約於東漢末，則無疑義。二氏文分見其著《漢魏兩晉南北朝佛教史》（臺北：臺灣商務印書館，1991 年）及《中國佛學源流略講》（臺北：里仁書局，1985 年）。

〔註 18〕道教體系之建立，魏晉後方成之。按裴松之《三國志注》引《典略》云：「太平道者，師持九節杖爲符祝，教病人叩頭思過，因以符水飲之，得病或日淺而愈者，則云此人信道，其或不愈，則爲不信道。脩法略與角同，加施靜室，使病者處其中思過。又使人爲姦令祭酒，祭酒主以《老子》五千文，使都習，號爲姦令。爲鬼吏，主爲病者請禱。請禱之法，書病人姓名，說服罪之意。作三通，其一上之天，著山上，其一埋之地，其一沈之水，謂之三官手書。使病者家出米五斗以爲常，故號曰五斗米師。實無于治病。但爲淫妄，然小人昏愚，共事之。」得知道教至漢末仍處於巫術階段，甚爲原始。唯入魏晉，因文人信持，方得教義之建立及理論細密化。見東晉之時，名族多信持『天師道』之現象可映證，而自不如佛教已具嚴謹教義。即湯一介所謂：「道教成爲一完整意義上的宗教團體是在東晉南北朝時才最後完成的。」湯氏文見其著《魏晉南北朝時期的道教》（臺北：東大圖書公司，1988 年），頁 13。

〔註 19〕若殷浩、孫綽通佛經，支道林、于法開、竺法深擅談理，均爲例證。尤以支道林與殷浩於簡文帝處之談講，其載：「支道林、殷淵源俱在相王許。相王謂二人：可試一交言。而才性殆是淵源崤、函之固，君其愼焉。支初作，改轍遠之，數四交，不覺入其玄中。相王撫肩笑曰：此自是其勝場，安可爭鋒。」爲箇中代表。類似條目多見於《世說・文學》，文多不具引。

〔註 20〕若《世說・文學》載：「提婆初至，爲東亭第講阿毘曇。始發講，坐裁半，僧彌便云：都已曉。即於坐分數四有意道人更就餘屋自講。提婆講竟，東亭問法道人曰：弟都未解，阿彌那得已解？所得云何？曰：大略全是，故當小未精覈

與玄學風氣相輔相成。即湯用彤云:「但道家《老》、《莊》與佛家《般若》均爲漢晉間談玄者之依據。」〔註 21〕而致使原爲相異之思想竟交互融合,相輔相成,甚者有沙門是否爲高士之議論,〔註 22〕玄佛交會之盛,由此益顯。

干寶《晉紀·總論》云:「風俗淫僻,恥尚失所,學者以莊老爲宗而黜六經,談者以虛薄爲辯而賤名儉,行身者以放濁爲通而狹節信,進仕者以苟得爲貴而鄙居正,當官者以望空爲高而笑勤恪。」〔註 23〕干寶即持儒家觀點,譏評時人假玄學而行任誕之時風,見玄佛與儒學之消長,除驗於六朝風俗,亦由干寶之錚言而表露無遺。

三、史學蠡起

史傳於先秦本附庸經學,西漢劉向著《七略》以勒群書,史部僅繫於六藝略春秋之下猶然。三國鄭默制《中經》,用甲乙丙丁分部,史部已獨立爲丙部,後李充《晉元帝書目》出,乙丙兩部次序互乙,六朝以降,均以此法爲定則。見西漢以迄六朝,史部由從隸六藝而獨立,並移於經部之下,由附庸而蔚爲大國。故《隋志》言:「自是世有著述,皆擬班、馬,以爲正史,作者尤廣。一代之史,至數十家。」「於是尸素之儔,盱衡延閣之上,立言之士,揮翰蓬茨之下,一代之記,至數十家。」梁阮孝緒《七錄·序》亦謂:「今眾家記傳,倍於經典」,均指出文士戮力撰寫,致使史傳在數量上的逾越前朝。究其興盛之因,頗爲多端。史學勃興,蓋由六朝變亂迭起、世事急變所刺激,輔以又得帝王之提倡,更長其風。劉師培云:「考之史籍,則宋文帝時,於儒學、玄學、史學三館外,別立文學館。使司徒參軍謝元掌之。明帝立總明觀,分儒、道、文、史、陰陽爲五部。此均文學別於眾學之徵也。」〔註 24〕見南

耳。」即藉談講以說佛經。又支道林講小品,于法開遣人挑釁之,亦是清談。

〔註 21〕湯氏並將王弼與本無義、向秀、郭象與支道林之即色義、不眞空義與玄者辨有無之學相互比對,由義理見玄、佛之相互交融與影響。二者於六朝之密切關係,由此更爲顯著。文見湯氏著《魏晉玄學論稿》,收於《魏晉思想》乙編(臺北:里仁出版社,1995 年),頁 47~61。

〔註 22〕見《世說·輕詆》云:「王北中郎不爲林公所知,乃箸〈沙門不得爲高士論〉。大略云:高士必在於縱心調暢,沙門雖云俗外,反更束於教,非情性自得之謂也。」得見當時僧人亦可視爲高士,故王坦之乃著文以訶詆支公。

〔註 23〕見《文選》卷四九。

〔註 24〕見劉著《中國中古文學史》(北京:人民文學出版社,1998 年),頁 70。

朝帝王多立史學館閣，自是提倡著史。輔以漢末士族突起，門第形成，而各家自矜其族，多著私史以夸飾，亦見地域、人物之私史撰述，不外盛言人物，故錢賓四即謂：

> 蓋矜尚門第，必誇舉其門第之人物，乃亦讚耀其門第之郡望，又必有譜牒世系，以見其家世之傳綿悠久。直迄近代，方志家譜，代有新編，成爲中國史書中重要兩大部門，而人物傳記一項，則終不能與魏晉南北朝時代競秀爭勝。故知人物傳記之突出獨盛，正亦爲此時代一種特殊精神所寄也。〔註25〕

所謂「特殊精神」，即六朝人對人物之重視，於史學則徵於別傳、方志及牒譜，於文學則得見於志人小說之屬焉。其中，尤見志人小說之題材除錄世議傳語，亦割裂史傳，又頗與史傳相當。故史學由漢末即盛行不衰，除鼓動志怪小說之撰寫外，〔註26〕對性質相近之志人小說，影響尤深。

四、文學新變

六朝儒教勢力之消退，文學由儒門四科漸趨獨立，而爲百代不朽之盛事。〔註27〕復見斯時王侯，自身即擅長文學，若魏室之曹公、文帝、陳思王與明帝，各具文采；既入南朝，文學集團漸成，而其領袖，亦多宗室王侯。若臨川王雅好文學，與鮑照、何長瑜、袁淑、陸展等文士交游；〔註28〕梁昭明太子好士愛文，劉孝綽與陳郡殷芸、吳郡陸倕、琅邪王筠、彭城到洽等，同見賓禮；〔註29〕入齊則有齊陵王與沈約、王融、謝朓、蕭琛、蕭衍、范雲、任昉、陸倕等稱竟陵八友；〔註30〕而梁元帝蕭綱雅好文學，又交接庾信、徐

〔註25〕見錢穆〈略論魏晉南北朝學術文化與當時門第之關係〉，收錄於《中國學術思想史論叢（三）》（臺北：東大圖書公司，1993年），頁143。

〔註26〕史傳影響志怪小說，詳論參王國良《魏晉南北朝志怪小說研究》之〈志怪小說產生之背景〉所載「私人撰述史傳之風氣」一節（臺北：文史哲出版社，1984年），頁25～27。

〔註27〕自建安始，文學已見獨立。錢賓四由曹丕《典論．論文》之指陳文章乃經國大業，不朽盛事，而託之傳名於後爲徵，復驗史書、當時文章風格進而斷言：「建安時代在中國文學史上乃一極關重要之時代，因純文學獨立價值之覺醒在此時期也。」文見錢穆〈讀文選〉，收錄於《中國學術思想史論叢（三）》，頁97～133。

〔註28〕見《宋書．宗室傳》。

〔註29〕見《梁書．劉孝綽傳》。

〔註30〕見《梁書．武帝本紀》。

摛父子。〔註31〕足見南朝諸君，雖非均能創作，然其雅好文學則一。故帝王倡導於上，自令文風興盛，文人莫不搦筆爲文，體製大備於此時，而文學批評專著，亦於此時建構之，層出不已。斯時文體，不僅詩賦之屬，多見新意，而新造之制，亦頗宏富。若《文心雕龍》之文體論，雖僅分立二十篇，而實際名目，乃多達一百七十餘種，〔註32〕足見文體之繁多。至若志人短書之屬，亦見造於此時，而終歸諸子之塗。《文心雕龍・諸子》云：「迄至魏晉，讕言兼存，璅語必錄，類聚而求，亦充箱照軫矣。」可見專記讕言璅語之作，興盛於六朝，而志人小說亦由此而起，惟由傳道見志之一家言，漸趨專記瑣語雜事、而無關世事之特色，自與諸子以述己志之風格漸行漸遠，至終形成新造之文學體裁。故魯迅云：「記人間事者已甚古，列禦寇、韓非皆有錄載，惟其所錄載者，列在用以喻道，韓在儲以論政。若爲賞心而作，則實萌芽於魏而盛大於晉，雖不免追隨俗尚，或供揣摩，然要爲遠實用而近娛樂矣。」〔註33〕已見志人與諸子間之分別，惟其初肇，亦賴文學興盛之背景，方能促使新風格及新文體之嘗試，時代與文學之深切關係，亦不言而可喻矣。

六朝歷時四百餘年，雖爲中國歷史上道德衰敗、政治混亂之時代，然大一統之帝國崩潰，令獨尊兩漢之儒家，失其憑藉，致使玄學興起，各家爭競，文學亦因儒教之衰弱，而得獨立生命；再者，原繫於官方之史學，又因變亂之時代而振興，上起帝王，下至布衣，各家均自造之，竟增成獨立之一門；此外，自天竺傳入中土之佛教，亦因動亂而大行於世，後又與本土玄學相互交融，注入學術與思想之新血。故經由時勢之省察，得見多變之時代，造就學術之姿態橫生，而粲然大備之文學新象，亦由此蘊育焉。

〔註31〕見《北史・庾信傳》。

〔註32〕《文心雕龍》之文體類別，王更生曾言：「實際上《文心雕龍》文體論，粗分文、筆兩大類，而每類十篇，所涉文體固多；但尚有若干細目小品，既不足單獨設篇，又不宜蠲而不論，所以〈雜文〉之後附錄十六品，〈書記〉篇末附列二十四品，總結文、筆兩類討論文體的未竟之緒。」除〈雜文〉、〈書記〉已多附記，其它各篇之下亦繫文體，統計後共得一七九種，文體之繁，由此可見。文見王更生〈文心雕龍文體論〉，《（重修增訂）文心雕龍研究》（臺北：文史哲出版社，1989年），頁309～336。

〔註33〕文見周氏著《中國小說史略》，收於《魯迅小說史論文集》（臺北：里仁書局，1994年），頁51。

第三章　志人小說分論（一）瑣語類

瑣語之屬，肇由世崇講論，好尚談議，雖片語隻言，悉數必錄，繼以輯之成書。究其濫觴，非惟因文體之歷世訛變，更承漢末士風之更遷。東漢以降，人物品題漸盛，若班固修《漢書》，即置古今人物，而時入漢末，風氣更熾。《後漢書・黨錮傳》曰：「逮桓靈之閒，主荒政繆，國命委於閹寺，士子羞與爲伍，故匹夫抗憤，處士橫議，遂乃激揚名聲，互相題拂，品覈公卿，裁量執政，婞直之風，於斯行矣。」因閹豎亂政，士人恥與同列，故相互題拂，清流自標，而又以清議品覈公卿，議論時政，蔚爲時尚。雖然評題之風，東漢已盛，〔註1〕惟藉人物品題，施之評議時政，又用以交游，以納倫輩之習氣，乃興自漢末。〔註2〕致使「自是正直廢放，雅枉熾結，海內希風之流，遂共相摽搒，指天下名士，爲之稱號。上曰三君，次曰八俊，次曰八顧，次曰八及，次曰八廚，猶古之八元、八凱也。」而三君、八俊、八顧、八及、八廚之稱，均爲一時清流領袖之孤芳自標，更開啓人物品鑒及才性理論之風氣。〔註3〕後雖鼎革相繼，以名號相高之習，入魏晉而未衰，〔註4〕惟品鑒之本質

〔註 1〕劉增貴據史書羅列東漢時流行之人物「七字諺」，藉此得見後漢人物之評論，不僅限於黨錮前後。文見劉氏著〈論後漢末的人物評論風氣〉，收錄於《中國史學論文選集》第六輯（臺北：1989 年，幼獅文化事業公司），頁 299～303。

〔註 2〕若唐翼明謂：「這些人既以『澄清天下』爲己任，那麼議論時政自然是他們談論的主旨，而品評人物則一方面是議論時政的一部分，另一方面又知人交友的需要。議論時政與品評人物合起來，就是前人常說的『漢末清議』的內容。」已見清議內容包括議論時政及品評人物，而又藉以聚合同志。文見唐氏著《魏晉清談》（臺北：東大圖書股份公司，1992 年），頁 175～176。

〔註 3〕由清流之相互標榜，自此發展出個人特性之品題風氣。張蓓蓓云：「本來士人互相標榜，具有黨同斥異的性質，但曰標榜，當然不能只是空言相推，而要

已趨藝術之欣趣，而爲六朝品藻之特色。〔註 5〕故時人孺慕名士，或擬其舉止，或仿其裝飾，而言談論講，尤所看重，故輯其清言或當時諺語以爲談資，亦是自然。驗《隋志》所載之瑣語小書，其數甚夥，即劉勰「迄至魏晉，譎言兼存，璅語必錄，類聚而求，亦充箱照軫矣」之謂也。〔註 6〕惜今傳世者唯《世說》得見完帙，餘者僅見於唐宋類書引錄遺文。故本章以《世說》爲本，首自篇目驗其大要，以見此體之性質，其餘諸書則分二節：出於《世說》之前者觀其承緒，同時或其後出者察其變遷，雖不免難盡各書精義之憾，僅冀略觀瑣語類之大致風貌而已。

第一節　東晉之《語林》及《郭子》

漢末品題人物之風氣固已徵驗於史書載記，唯專輯名人講論及世議謠諺，待東晉之裴啓《語林》及郭澄之《郭子》出，瑣語類小說始具規模。《語林》今佚，然唐初歐陽詢《類聚》尚見，錄有《語林》二十七則。稍後，魏徵等撰《隋志》，於《燕丹子》之下注云：「《語林》十卷，東晉處士裴啓撰，亡」。似乎自《類聚》迄《隋志》成書，未達三十年間，《語林》旋即亡佚，頗難置信。其後，中唐所編《白氏六帖》復加徵引，尤其北宋初《太平御覽》

切合其人的品性特長，於是辨人品、析疑似，講德、論才，人物論乃一時大盛。」即指此。《後漢書・黨錮列傳》中所謂「天下模楷李元禮，不畏強禦陳仲舉，天下俊秀王叔茂」或「賈氏三虎，偉節最怒」、晉陶潛《群輔錄》列舉漢末名士等語均爲此論之證。文見張氏《東漢士風及其轉變》（臺北：國立臺灣大學出版委員會，1985 年），頁 121～122。

〔註 4〕若《世說新語・賞譽》所記：「諺曰：後來領袖有裴秀」、「洛中雅雅有三嘏」、「太傅有三才：劉慶孫長才，潘陽仲大才，裴景聲清才」、「諺曰：楊州獨步王文度，後來出人郗嘉賓」及「世稱：荀子秀出，阿興清和」；又劉孝標注引《汝南先賢傳》：「見許子將兄弟弱冠時，則曰：平輿之淵有二龍」等語均爲是證。

〔註 5〕若牟宗三已見漢末黨人之言行，並非純粹以道德爲依歸，又有「而其基本靈魂乃是氣質的才氣之鼓蕩，浮智的直覺之閃爍，藝術性的浪漫情調之欣趣，三者夾雜在一起的直接表現，具體而內在的表理。」漢末黨人之三種特質，爲魏晉所承所重，故成六朝品鑒人物之主題。牟氏文見其著《歷史哲學》（臺北：臺灣學生書局，1988 年），頁 372。

〔註 6〕文見《文心雕龍・諸子》篇。彥和此處雖爲總論魏晉諸子，然斯時之作多爲小說家，而《隋志》之小說家多爲瑣語之作。故范文瀾《文心雕龍註》即於此註云：「《隋書・經籍志》子類著錄魏晉人所撰書多種，在雜家小說家者尤爲不鮮。」亦緣於此而發論。

引錄《語林》甚多，獨見及首見《御覽》者達二十餘則，恐《御覽》非由他書錄出，〔註7〕故疑北宋初此書尚存，李昉等人至少得見殘本；惟後世公私目錄均未載，蓋亡於南宋。《郭子》著錄於《隋志》、新舊《唐志》，宋初修《太平御覽》、《太平廣記》仍見徵引。知北宋初猶存，此後未見載於公私目錄，當亦亡於南宋。考二書多為《世說》引錄，其肇始之地位，自不可輕忽，今雖僅賸殘文，仍彌珍貴。

一、二書之作者及其輯本

（一）《語林》：作者裴啓，字榮期，河東人。父穉，豐城令。榮期少有風姿才氣，好論古今人物。晉隆和中，撰《語林》數卷，號曰裴子，〔註8〕載漢魏以來迄斯時言語應對之可稱者，故名《語林》。時人多好之，頗見流行；後因謝安訾詆，其書遂廢。〔註9〕然梁劉孝標注《世說》，引錄四十則，〔註10〕《金樓子》、隋《啓顏錄》均直錄其文，固知此書所流傳已廣，廢於謝安一語之說，未盡事實也。今《語林》雖亡，然自清學者多憑唐宋類書及《世說》注鉤沈，已有輯本傳世云。

1. 輯本：雖自明陶珽重校《說郛》宛委山堂本本已收《語林》，唯節錄過多，條目亦極可疑。若載「荀顗年踰耳順，而母年九十，色養烝烝，以孝聞。當時在喪，憔悴不可識」。此則見於《藝文類聚》卷廿引《荀氏家傳》；又「田何年老家貧，茅居蒿床，守道不仕」，得於通行本晉皇甫謐《高士傳》；再者「魏代蜀羅獻」條見於《三國志》卷四一裴注引《襄陽記》，而「有周犨嘖者，貧而好道，夫婦夜耕」，亦載今本《搜神記》卷十，〔註11〕四則均未知何以入

〔註7〕按雖類書多前後因襲，《御覽》亦然，故其所引《語林》亦或承自以前類書而來，惟《御覽》所引《語林》未得今見諸種古注類書者實多，方疑《語林》北宋尚存。

〔註8〕見《世說新語・文學》篇劉孝標注引《裴氏家傳》。

〔註9〕事見《世說新語・輕詆》篇及劉孝標注引《續晉陽秋》。按余嘉錫《箋疏》以為「王戎過黃公酒壚」事與裴啓記王公事多為俗語不實，流為丹青，故深鄙之。實則乃謝安輕裴啓而已。驗之《世說・文學》袁宏作《名士傳》，謝安見之謂「我嘗與諸人道江北事，特作狡獪耳！彥伯遂以箸書。」均為不實，然謝公態度判若二人，蓋因人而異之，非是書所載須符實事之謂，此又不能不辨之。

〔註10〕《世說》注引《語林》，又稱《裴子》，均為一書。惟〈輕詆〉注引《説林》曰：「范啓云：韓康伯似肉鴨」，按范啓、康伯為晉時人，故此《説林》自非《韓非子》書。故疑因形近而訛，誤《語林》為《説林》。故計四十則。

〔註11〕周犨又作「周擥嘖」，唯重較《説郛》將後來故事盡數刪去。

《語林》？由此可驗重校《說郛》之不可信。至於清黃奭《子史鉤沈》、《五朝小說》、民國《五朝小說大觀》、《古今說部叢書》所收之《語林》，僅翻刻重編《說郛》，其價值無須贅言。輯本則有清馬國翰輯有《玉函山房輯佚書》、民國後復有魯迅《古小說鉤沈》，均析爲二卷。相較二氏之輯本，則馬國翰已稍復《語林》之大概，魯迅又據馬氏本增採《琱玉集》、《事類賦》、《續談助》、《紺珠集》、《類林雜說》等書所輯成之《語林》，比馬氏本多出三十一節，更臻完備。

2. 輯注本：一九八八年北京文化藝術出版社印行周楞伽之輯注本。周氏於前人之成果加以注文，而以時代爲序，分之五卷，而移《鉤沈本》有疑義者於附錄，眉目更清晰。惜翻檢未勤，疏漏時見，〔註 12〕然頗便學人翻檢。

3. 補遺：今檢王三慶教授董理敦煌寫卷之類書，得馬、魯、周三氏所輯《語林》均無采者，計有三則，臚列如下：

（1）石崇，字季倫，清河人也。晉惠帝時爲侍中，善能彈琵琶。（據《類林》）

（2）楊脩，字德祖，魏初宏農人也。曾有人獻酪於魏武，魏武食訖，乃題器上作合字，使人遍賜群臣，群臣皆莫敢食。次至德祖，德祖便食一口而罷。魏武問其故？對曰：何（合）者人一口。魏武大笑，眾人皆伏之。又德祖曾使人作相國門，魏武問其故？德祖曰：門中安活是闊字，王嫌闊也，是以改。（據《琱玉集》）

（3）頹山：《語林》曰：嵇康若孤松之獨立，醉若玉山之將頹。（據《語對》）

以上三事僅後兩則載於《世說》：楊脩事見於〈捷悟〉，惟《世說》分爲二事，文字詳略不同；《語對》所引，乃〈容止〉篇山公品目嵇康，《語對》

〔註 12〕周氏於序中自言曾采清類書《淵鑒類函》，稱存疑者有二則，然蘇澄事出於唐劉餗《隋唐嘉話》，宣帝條見於宋王讜《唐語林》，自非《語林》，判然可知，周氏未察，號稱存疑；再者本書第一一○則載陶侃母傾家待范逵事，亦見《世說・賢媛》，然未用《世說》卻復引《晉書》；第四則除《御覽》卷三六一言出《世說》，實又見於同書卷七五八，亦摘自《世說》。除注文自負太過外，其輯文亦多疑義，若第一七一、一七二實出《俗說》，一七四、一七五乃見《郭子》，《玉函山房輯佚書》亦指爲二書佚文，未入《語林》，然周氏則謂據馬氏輯本《語林》而收納，未知所據爲何祕本？自宜刪除。其輯本之優劣，可想而知。關於《語林》佚文眞僞，請參拙文〈晉裴啓《語林》之佚文考辨——兼論其品鑒人物的思考模式〉，《東吳中文學報》，第 13 期，2007 年 5 月，頁 31～49。

似係節引《語林》。三則當是《裴子》佚文，應補入。

又王仁俊《玉函山房輯佚書補遺》、《經籍佚文》均有《語林》一卷，乃補宋王讜《唐語林》之佚文。驗王氏所錄三則均為六朝事，本不合《唐語林》專輯唐人逸事之例，故今重輯《唐語林》均未收錄。今考二書所輯，入《補遺》二則均見他書引《語林》，自為裴啓氏書；〔註 13〕而《經籍佚文》一則，王氏自注乃據杜文瀾《古謠諺》卷五七引《廣博物志》錄之，以補重編《說郛》弓五九《語林》之闕。按重編《說郛》弓五九所錄《語林》即為《裴子》，雖然明代《語林》已佚，董斯張《廣博物志》卷十八復引之，自是轉輯宋王應麟《小學紺珠》，故知是裴書，顯非宋王讜之《唐語林》。王氏補入《補遺》及《經籍佚文》，三事均為《語林》佚文。今題作王讜，其誤甚明。至於近人戴不凡用明人慎懋官《華夷鳥獸續考》及錢世揚《古史談苑》所引《語林》，用以補入《裴子》，〔註 14〕實則二事均蓋為明何良俊《語林》文，其誤甚明。

（二）《郭子》：作者郭澄之，字仲靜，太原陽曲人也。少有才思，機敏兼人。調補尚書郎，出為南康相。值盧循作逆，流離僅得還都。劉裕引為相國參軍。從裕北伐，既克長安，裕意更欲西伐，問及澄之，澄乃西誦王粲詩：「南登霸陵岸，迴首望長安。」裕便意定而還。澄之位至裕相國從事中郎，封南豐侯，卒於官，所著文集行於世。〔註 15〕《郭子》問世後多為《世說》引錄，至齊有賈淵為之注，知流布亦廣。〔註 16〕今有清馬國翰《玉函山房輯佚書》本、宣統《無一是齋叢鈔》本〔註 17〕及民國魯迅《古小說鉤沈》本。魯迅《鉤沈》本計得八十四則，相校馬國翰《輯佚書》本，除因分合致使則數不同外，魯迅本多馬國翰十一節，馬氏亦有三則為魯迅所無。按魯迅除因較馬氏多採《續談助》轉引殷芸《小說》中所錄《郭子》二則外，其餘八則，具是馬氏所漏輯。唯引《御覽》卷一千「萍之依水」則，周氏按語謂：「案文是郭景純萍贊，疑《御覽》誤題也」，已疑非《郭子》佚文。今驗之《藝文類聚》八十二引郭璞〈萍贊〉，所引同之，魯迅所言甚是。至若馬氏多魯迅三事，

〔註 13〕按王仁俊《補遺》乃據徐子光注《蒙求》，惟徐氏所引乃是《晉書》，非《語林》，未知王氏何以致誤？此則自有劉孝標注《世說．術解》及《御覽》卷三八九引《語林》，為裴啓《語林》佚文無疑。

〔註 14〕戴氏文見其著《小說見聞錄》（北京：浙江人民出版社，1980 年），頁 236。

〔註 15〕事具見《晉書．文苑傳》。

〔註 16〕新、舊《唐志》謂有賈泉注。淵更為泉，蓋避李淵諱。

〔註 17〕此本未見，今據《中國叢書綜錄》錄之。宣統時已有重校《說郛》及馬國翰《玉函山房輯佚書》，或據之翻印或節錄。

具非《郭子》文。〔註 18〕今輯佚《郭子》一書，自以《古小說鉤沈》八十三則最爲足備。

二、二書之承繼及其沿革略說

晉世人物，多擅清言，除用之文章，亦施於談講。〔註 19〕求之史家，自東漢即好錄世諺眾謠、名人品題，而入晉世，若《英雄記》、《魏晉世語》、《晉諸公贊》、《竹林七賢論》以傳體載其風神，亦得《群輔錄》、《漢末名士錄》專錄贊語，〔註 20〕甚而《華陽國志》之《先賢士女總贊》、《後賢志》直以贊語成帙，均見文體之傳承及其旨趣。唯自《語林》、《郭子》出，或描繪人物片面容止，或捃取言語標目，雖秉史家筆法，然究二書之文體與內涵，固前無所承，實爲文體之新變外，亦爲瑣事類之初肇。今與《世說》相較，見二書之故實，多爲《世說》采錄，而從品目以觀，亦已大備。以夏侯玄爲例，二書均載錄。其曰：

魏明帝世，使毛曾與夏侯太初共坐，時人謂：蒹葭倚玉樹。《語林》

時目夏侯太初，即如明月入懷。《郭子》

夏侯玄爲魏時名士，其言行自引天下注目。故毛曾之流，雖貴爲皇后弟，世

〔註 18〕《輯佚書》本有「博學之士所求不得者鮮矣」、「王孝伯問王大阮籍何如」及「王孝伯云名士不須奇才」三節，爲魯迅本所無。按「博學之士」條，清．孔廣陶校宋刻《北堂書鈔》本作《郄子》，孔氏注云：「今案：御覽六百十三引郄子與本鈔同，陳俞本郄誤郭。玉函山房輯郭子一卷遂收此條，竟爲陳俞所誤矣。」今檢《御覽》卷八百五又八百三具引之，稱《郄子》，又馬氏《輯佚書》雜家類《郄子》亦輯此則，是知此則非《郭子》文。後二則乃因馬氏見「太平御覽卷八百四十五引，連上典論作又曰，以北堂書鈔引郭子，知御覽脱誤耳，據補。」蓋由《北堂書鈔》錄《郭子》「王大歎曰，三日不飲酒，覺形神不復相親」一則，以證《御覽》置諸「王大歎曰」之前後「王孝伯問王大阮籍何如」、「王孝伯云名士不須奇才」二節均是《郭子》佚文。然二事《御覽》卷八百四十五雖引，唯出處作《世說》。檢三事繫於《世說．任誕》篇，三則獨立，概因《御覽》將關乎言酒之三事連屬之，以「又曰」代《世說》，此爲《御覽》之常例，故僅能得見《世說》用《郭子》「王大歎曰」一事，又焉知前後二則必爲《郭子》佚文？馬氏推論，甚欠理據，自應去之。

〔註 19〕即劉師培謂：「自晉代人士均擅清言，用是言語文章，雖分二途，而出口成章，悉饒詞藻。」文見劉著《中國中古文學史》（北京：人民文學出版社，1998年），頁 91。

〔註 20〕以上諸書除陶潛《群輔錄》據王謨輯《增訂漢魏叢書》本，《魏晉世語》雖有黃奭《子史鉤沈》本，然僅鉤沈數則而已，故本文仍據《三國志》注引錄。餘皆得見於《藝文類聚》及《三國志》注文。

亦鄙視之，故與玄共坐，玄之不悅形於色。〔註 21〕《語林》載之，即以玉樹況玄，蒹葭喻曾，不僅刻畫出二人之容止，亦說明其質質之異同。而《郭子》用明月之意象以喻夏侯玄，即以片言隻句兼說其德性言動，而富於言談微中之美感。此類行文，多見於《世說》之〈賞譽〉、〈品藻〉等篇目，二書除收言語、賞譽之才性美者外，若汰侈儉嗇、任誕惑溺，甚而忿狷妒婦，亦見容其中。若《語林》云：

> 劉道眞子婦始入門，遣婢虔。劉聊之甚苦，婢固不從，劉乃下地叩頭，婢懼，始從之。明日，語人曰：手推故是神物，一下而婢服淫。

劉道眞欲淫子婦婢，竟以假譎之謀成之，得逞後又向人夸說，實憎目厚顏，恬不知恥。此事竟載於《語林》，除見風氣之淪喪外，亦見性情之末流者，悉數入篇，而頗徵驗於二書中。既上至嘉言懿行，下至惑溺假譎悉數必錄，故知瑣語之作此時已臻成熟，無怪乎有近人以「第一部志人小說」目之矣。〔註 22〕尤其郭澄之從劉裕爲參軍，康王自應相識，驗《郭子》今存八十三佚文，七十四則見於《世說》，得見傳承之跡。惟《語林》之觀點，又與《郭子》、《世說》稍異。就思想而言，見儒家風範，猶存其間。若以政事態度爲例，《語林》載曰：

> 賢者國之紀，人之望，自古帝王皆以之安危。故書曰：惟后非賢不乂，惟賢非后不食。昔者周公體大聖之德，而勤於吐握，由是天下之士爭歸之。向使周公驕而且吝，士亦當高翔遠去，所至寡矣。

即申言上位者須握髮吐哺，虛懷以待，方是爲政之道，實爲儒家政治理念，而與後來少問政事、不談俗務或以速描人物情性爲尙之風氣相違。又若載陳異語爲政須清之如水，愛民如子，均見強調儒教之政治理念。然復檢本書，又載胡母子光因見其父酷熱時節猶勤於政事，因從容勸諫勿埋首几案而自尋憂煩，得知此書於儒道二教之揉合。至若《郭子》記王丞爲令不看事，或稱王遵不知几案公牘，誠然不爲俗務嬰心，此類事例，於《世說》中可隨手得之。餘者像載戴叔鸞驢鳴娛母、胡廣不服親喪致譏，均見儒教之風未泯，不

〔註 21〕其本事載於《三國志》卷九：「玄字太初。少知名，弱冠爲散騎黃門侍郎。嘗進見，與皇后弟毛曾並，玄恥之，不悅之於色。」夏侯玄蓋因毛曾爲皇后弟，故不得與其同坐，然不悅仍形之於色。見《世說・方正》引玄雖身被桎梏，鍾毓欲狎之，玄仍絕之；又玄與陳本善，與陳本及其母同宴飲，後陳本弟騫來，玄即起曰：「可得同，不可得而雜」，知玄不與所恥者相親。

〔註 22〕文見周氏撰〈第一部志人小說——裴啓《語林》〉一文，收錄於《怎樣讀文學古籍》（北京：中華書局，1994 年），頁 47～52。

過驗諸稍後之《世說》，雖有政事、德行之目，然所記與品目實不相侔，而由《語林》、《郭子》記述重點，亦反映儒家意氣漸趨消沈之跡痕也。

再由題材觀之，亦有不同。即神鬼術法，廁身其列。若《語林》載嵇康事：

> 嵇中散夜燈火下彈琴，忽有一人，面甚小，斯須轉大，遂長丈餘，顏色甚黑，單衣皀帶。嵇視之既熟，乃吹燈滅，曰：吾恥與魑魅爭光。

嵇康夜間鳴琴遇鬼，不僅不為所驚，且「視之既熟」，從容吹燈滅，且言恥與鬼魅爭光。此則雖極寫嵇中散之雅量，然已涉及靈鬼。其餘如言嵇康彈琴遇伯喈魂、馬融鄭玄術法相鬥，均為突顯個人才性而涉之靈鬼神。至於宗岱故事，旨趣與前所述論者相去甚遠。其言：

> 宗岱青州刺史，禁淫祀，著無鬼論，甚精，後有一書生，葛巾修劍，詣岱與談，論及無鬼論，書生乃拂衣而去。曰：君絕我輩血食二十餘年，君有青牛髯奴，所以未得相困耳，奴已叛，牛已死，今日得目制矣。言絕而失，明日岱死。〔註23〕

此則記宗岱禁淫祠，並著有無鬼論，因仗青牛、髯奴之辟邪神力而無事二十年；既失二物後卻不免鬼魅至而身亡。〔註24〕明「神道之不誣」，自是故事旨意之所在也。而相似之敘事，亦見於《列異傳》、《搜神記》、《幽明錄》載阮瞻及殷芸《小說》引《志怪》顧邵事，均係鬼物化為說客而與不信鬼神者辯談，其後理屈，客即化為鬼，終則以不信鬼者均死於超自然之法力為結；尤其顧邵遇鬼後仍逞言「邪豈勝正」，更強調顧邵至死不悟之錯謬。此類條目，實為志怪之流，而為當時盛傳，〔註25〕《語林》竟收錄之。惟後來諸作，似

〔註23〕宗岱又作宋岱。余嘉錫〈殷芸小說輯證〉卷九引諸書言宋岱，明指「宗」乃「宋」誤，周楞伽校釋《裴啓語林》因之。按《晉書》、《華陽國志》均「宗岱」、「宋岱」二者皆存，余氏雖引數典以證宋岱為本姓，宗為訛誤，然難釋「宗岱」又見於所引諸書。疑「宗」姓為六朝時南陽地區之地方姓氏，若《搜神記》之宗定伯賣鬼，《搜神後記》之宗淵放龜於廬山，均為南陽人，宗岱或為其宗。復由常理判斷，「宗」姓少見，後訛誤為「宋」則較為可信，反之，以「宋」為「宗」則稍欠理據，惟二人事蹟無異，本指同人，本無損於故事之完整，故此處亦不加以探考。

〔註24〕按青牛、髯奴與宗岱之故事，已無考。然青牛髯奴均有辟邪之能，則為當時習見。詳論參謝明勳〈洞察幽微之範例——以宗岱故事為例〉，收於謝氏著《六朝志怪小說故事考論》（臺北：里仁書局，1999年），頁167～202。

〔註25〕此類故事，盛傳於六朝，而為志怪小說之常例。葉慶炳即以三類分之，其云：「（六朝）鬼小說中用來肯定鬼存在的篇章，大致可以分成三類：第一類是具

對此條無所偏愛，均予以刪落，而與志怪漸行漸遠。雖然，《世說》亦收載數件幾近怪力之事，若〈術解〉之相者觀羊祜父墓知出折臂三公、郭璞解占冢宅皆應驗其言，甚而〈識鑒〉王平子知王玄終死於塢壁間，皆近妖妄，惟其旨意均爲申言個人之才情，實同於前引《語林》記嵇康遇鬼不驚之雅量，其尤甚者，見《世說．方正》所記阮宣子事：

阮宣子論鬼神有無者，或以人死有鬼，宣子獨以爲無，曰：今見鬼者，云箸生時衣服，若人死有鬼，衣服復有鬼邪？

劉氏獨賞宣子能不阿世俗，仗己志而言，頗有理據，故收於〈方正〉，其義又與《語林》相左。蓋臨川王另撰有《幽明錄》，實欲與《世說》區別之，而《世說》之性質亦由此凸顯焉。復觀《語林》僅存「宗岱」一事，知志異之屬於《語林》中亦爲極少，即因瑣語類以錄才性風神爲取材方向，《語林》已建立規模，後繼瑣語諸作，概然刪落志異材料，意旨更趨明確。故由三書之思想及取材態度觀察，雖彼此稍有不同，然亦具見瑣語類發展脈絡也。

第二節　劉宋之《世說新語》

瑣語類小說雖肇自《語林》、《郭子》，然仍待劉義慶之《世說》捃錄群書，復以品目繫事，囿別區分，方稱集大成，建立典範。尤其六朝志人之作，僅《世說》猶存完帙，自彌爲珍貴。本書既分門繫事，故自目類以論《世說》著作之旨，亦可見其大概。唯本書流傳既久，宋人又爲刪定，故仍須驗其版本之流傳狀況，方能繼以定其門類及其劃分之意涵，而探其旨意。今敘其作者及版本如次：

一、作者及其版本

作者劉義慶，生於晉安帝元興二年，爲長沙景王劉道憐次子，年十三，襲封南郡公。歷任豫州諸軍事、刺史。永初元年，襲封臨川王。元嘉元年，轉散騎常侍，祕書監，徙度支尚書，遷丹陽尹，加輔國將軍，常侍並如故。

有恐嚇力量的，使你讀後不敢不信；第二類是具有證明作用的，使你讀後不能不信；第三類是作者公開自身的見聞，也不由得你不相信。」以此法申說鬼神存於世間，爲六朝志怪作者所習用之故技。文見葉氏〈魏晉南朝的鬼小說與小說鬼〉，收錄於《古典小說論評》（臺北：幼獅文化事業公司，1990 年），頁 105。

爲性簡素，寡嗜欲，愛好文義，才詞雖不多，然足爲宗室之表。受任歷藩，無浮淫之過，唯晚節奉養沙門，頗致費損。招聚文學之士，近遠必至。與袁淑、陸展、何長瑜、鮑照等文士遊。著有《徐州先賢傳》十卷，又擬班固《典引》爲《典敘》。元嘉二十一年卒，年四十二。〔註 26〕康王撰《世說》，首見《隋志》，《南史》乃載於劉義慶本傳。唐時已稱《世說新書》，與《世說》一名互用於世。〔註 27〕見《漢書・藝文志》儒家類注知劉向原有《世說》，或爲康王著書，托用其體，而以「新書」二字以別向書？〔註 28〕後來未知何人更名「世說新語」，後世竟成定名。本書初著錄於《隋志》，爲八卷，題名宋臨川王劉義慶撰。又云《世說》十卷，劉孝標注。知《世說》本以八卷及十卷本問世：八卷乃康王原書，後劉峻廣徵群書以注《世說》，因其卷帙繁重，故析八卷爲十卷。然二種均傳，致兩《唐志》載《世說》八卷，又以《續世說》十卷以別臨川王原本。〔註 29〕《日本國見在書目錄》所載《世說》十卷，自是劉注本。惟後來《崇文總目》、《郡齋讀書志》僅載十卷本，是知八卷本入北宋漸不流行，南宋時雖版本眾多，然幾全爲劉注本亦可證之。〔註 30〕後晏

〔註 26〕劉氏本事，見於《宋書・宗室傳》。又近人蕭虹〈世說新語作者問題商榷〉附有劉義慶年譜，尤雅姿《劉義慶及其世說新語之散文》則以樹狀圖示康王世系，均可參看，此不贅述。蕭氏文收錄於《國立中央圖書館館刊》，新 14 卷第 1 期，1981 年 6 月，頁 8～25，劉氏文爲民國七五年臺灣師大碩士論文。

〔註 27〕見《隋志》、《酉陽雜俎》、《南史》、《通典》均爲唐時書，稱《世說新書》或《世說》，惟《史通》作《世說新語》。按今見宋本《史通》乃作《世說新書》，是知唐人稱《世說新書》或簡稱《世說》無疑；北宋始見「世說新語」之名，事見汪藻〈敘錄〉，後人竟以此名爲定稱。至於《史通》作「世說新語」，始自明代刻本。紀昀校釋《史通》，亦以爲「不知何人改爲新語，蓋近世所傳，然相沿已久，不能復正矣。」所據應是宋本，故有此論。故學者若宋黃伯思、民國魯迅、余嘉錫均以爲本書原名應是《世說新書》，自是覃思推測而得。

〔註 28〕余嘉錫《四庫提要辨正》卷十七云：「劉向校書之時，凡古書經向別加編次者，皆名新書，以別舊本，故有孫卿新書、晁氏新書、賈誼新書之名。…義慶即用其體，託始漢初，以與向書相續。故即用向之例，名曰世說新書，以別於向之世說。其隋志以下，但題世說者，省文耳。」余氏言雖無確據，然推論與今日所得資料均無牴牾，故今從之。

〔註 29〕劉盼遂云：「予按：世說臨川王本，原分八卷，孝標作注，以其繁重，釐爲十卷，隋志之言，簡明可據。兩唐志不得其解，因謂十卷者孝標續作，誣矣。」所言甚是，今從之。見劉氏〈唐寫本世說新書跋尾〉，《清華學報》第 2 卷第 2 期，1925 年，頁 589。

〔註 30〕今董理汪藻《世說敘錄》所載南宋所傳《世說》可知卷目之版本即得：章氏本（二卷）、李氏本、晁文元本（三卷）、錢文僖本、宋人陳扶本、梁激東卿本、晏元獻本、王仲至本、黃魯直本（以上十卷）、邵氏本、顏氏本、張氏本

殊自校家藏本（十卷本），去重復之第十卷，釐爲三卷。《直齋書錄解題》所藏即爲董弅據晏氏校本刻於嚴州者，故作三卷。是知南宋傳本，恐已非臨川之舊。後明代雖復有十卷、八卷之傳本，然多從南宋三卷本出，亦僅分卷略異而已。〔註 31〕至若六卷本，則同於三卷本，蓋將每卷分割上下，使之獨立成卷而得。此書膾炙人口，流傳歷逾千年，域外亦庋藏之，故版本未能全見。今囿於所識，僅能舉其版本要者，臚列如次：

（一）唐寫本：雖然南宋仍得見劉宋陳扶及梁激東卿之古鈔本，〔註 32〕而今所存，仍以日本國神田醇等收，後經羅振玉合璧影印傳世者之唐寫本爲最古。宜都楊守敬跋尾云：「世說新語古鈔殘卷雖無年月，以日本古寫佛經照之，其爲李唐時人所書無疑。」定爲唐代寫本，惟題名《世說新書》。今人范子燁由書體、避諱逆推年代，定爲南朝宋本，若然，則《世說》傳世時，劉峻注已與正文合鈔。此本僅殘存〈規箴〉、〈捷悟〉、〈夙慧〉、〈豪爽〉四篇，置於卷第六，與南宋刊本對照，此本應爲十卷，而同於《隋志》、《日本國見在書目錄》所錄。此本雖爲殘卷，然因年代甚早，多存舊觀，自爲校讎所貴，近人余嘉錫謂：「此本只存『規箴』、『捷悟』、『夙慧』、『豪爽』幾篇，文字遠勝於宋本」，即據此而立論也。〔註 33〕

（二）宋元刻本：雖然宋代《世說》版本頗眾，然今所傳者，僅得紹興八年董弅刻本、淳熙十六年湘中刻本及劉應登原刊、元坊肆增刊劉辰翁評語本，〔註 34〕又有元坊間刊本，亦由此本出。四種僅劉應登刊本爲八卷本，餘

（以上十一卷本）等，知有兩卷、三卷、十卷、十一卷之不同，然細繹其說，十一卷本雖多出之一卷，不過是後人附驥，削去亦同於十卷本。又章氏本爲二卷、李晁二氏本號稱三卷，均爲卅六門，亦僅分卷之篇次不同而已。惟宋陳扶、梁激東卿二本年代甚早，汪氏所敘簡略，未知其詳。然汪氏據之校第十卷，而謂「事類雖同而次敘異，又互有所無者」，前九卷似同之。由此得見南宋雖版本繁多，實則大體無別。

〔註 31〕後來《世說》傳本，多出晏殊校本。王先謙〈世說新語攷證〉云：「《世說》自《直齋書錄》以三卷本箸錄，自後各藏書家所載宋刻皆同此。稱十卷，蓋其後人博儲藏之名，虛設此目。」其意亦同。王氏文附於所刻思賢講舍刊本。

〔註 32〕據汪藻《世說敘錄》。

〔註 33〕見余嘉錫《世說新語箋疏・凡例》。

〔註 34〕此本劉應登落款丙戌，爲南宋理宗時，恒、桓缺末筆，蓋避宋諱。故清葉昌熾手題書之題記云：「書中遇宋諱缺筆，應登當爲宋人，丙戌，理宗寶慶二年也。然中有須溪劉辰翁評，辰翁宋末人，宋亡上距寶慶丙戌計四十餘年，其評未行，應登無由采入。反覆審評，迺知後來所竄入。…原刻頗精，補入之字，不堪寓目。蓋宋元之際，辰翁評本：如少陵詩之類，盛行於時，坊肆借

者均是三卷本。

（三）明刻本：明時頗賴王世貞等刪并《世說》與何良俊撰《語林》合刊，號爲《世說新語補》，致風行一時，然竄亂《世說》，致令原本難傳，內容亦非《世說》之舊，故今置之不論。明傳三卷者：得嘉靖十四年袁褧嘉趣堂刻本、四五年太倉曹氏沙溪重校本、萬曆七年管大勛刻本、廿五年趙氏野鹿園刻本、卅二年劉原岳刻本、卅七年周氏博古堂刻本；六卷本有嘉靖間毛氏金亭刻本、九年喬懋敬刻本、又吳中珩等校刻本、吳勉學刻本、凌瀛初朱墨黃藍四色套印本；八卷本有正德四年趙俊刻本、萬曆廿四年吳瑞徵巾箱本、凌瀛初朱墨及四色套印本等；而李栻《歷代小史》所刻《世說》，則合爲一卷。又國家圖書館藏有朝鮮舊鈔本，以天、地、人以代上、中、下，故爲三卷本，其底本似用袁刻，故疑爲明末或其後所刻。見《世說》雖有一卷、三卷、六卷、八卷之分，然其傳本多有承襲，甚而僅作些許更動。若凌瀛初所刻套印本雖有六卷、八卷之分，然對校後始知係書商調整門類卷次，而冒充新板耳。〔註 35〕諸本又以袁褧嘉趣堂所刻最善，後來刻家率引以爲據，張元濟編《四部叢刊》亦從之影印云。

（四）清本：有清樸學繼興，故斯時《世說》之付刻，多據明本又重加校勘。三卷本有康熙十五年承德堂刻本、道光八年周心如紛欣閣刻本、李錫齡惜陰軒輯刊本、光緒十七年王先謙思賢講舍刻本；六卷本者，乾隆四十三年摛藻堂《四庫全書薈要》本、文淵閣《四庫全書》本、光緒三年湖北崇文書局刻本。

（五）民國後：鉛字排印及石印術清末始盛，民國以來之《世說》傳本亦以此爲主流。知見者，有民國初年商務印書館排印本、掃葉山房石印本、上海大達供應社排印本及上海世界書局《諸子集成》排印本。又因學者頗勤於疏理《世說》，今則楊勇《世說新語校箋》、余嘉錫《世說新語箋疏》、徐震堮《世說新語校箋》及朱鑄禹《世說新語彙校集注》最爲通行。其中又以余氏《箋疏》采輯各家，校注精審最爲宏富，頗利學人檢索之便。〔註 36〕至若坊間之重排本亦復不少，然多校讎不精，少有發明，故均置而不論。

以炫售耳。」今從葉氏言，定爲宋本。

〔註 35〕王重民將凌氏六卷及八卷本《世說》對校，指出二種版本卷次門類分合不同、版刻稍作更易而已。見王氏著《中國善本書提要》（臺北：明文書局，1984年），頁 388～389。

〔註 36〕余氏《箋疏》之美，除考證纂詳，無徵不信外，若其引程炎震、劉盼遂等人校語，多爲今所罕見之記述，而存乎余氏書中。

（六）佚文：雖然《世說》全書得傳，然唐宋類書所引《世說》遺文，亦屢有得不見今本《世說》者。故清葉德輝氏據之鉤沈八三則，名曰《世說新語佚文》，附於思賢講舍刻本後。並云：

> 世說新語佚文引見唐宋人類書者，往往與世語相出入。按世語晉郭頒撰，見隋志雜史類。孝標作注亦援引以證異同。則臨川此書，或即以之爲藍本也。又有與幽明錄相出入者。幽明錄亦臨川撰，其中與世說互見處，如折臂三公及雷震柏木二事，均在今術解篇。又各書引世說如初學記徐千木夢烏嵩高山大穴，藝文類聚張華識龍鮓，杜預醉眠……疑臨川箸書時，頗涉神怪，久而析出，別爲一書，諸書稱引，猶題世說，蓋從其朔也。……是宋時所存二書，事本互見，其又非引者之襄可知矣。

葉氏見類書引《世說》者頗出入《世語》及《幽明錄》，以爲《世說》或以《世語》爲藍本，又疑臨川《世說》涉神怪者別析一書，即《幽明錄》，近人王利器據此復補輯三十五則，〔註37〕日人古田敬一氏也輯有《世說新語佚文》，得一三七則。〔註38〕然今檢類書所引《世說》，與《世語》相重者，乃出《三國志》、《水經》注文，文字同或略於二書，自是類書轉引郭頒《世語》，又誤作《世說》使然。至若《幽明錄》與《世說》文互見，豈非《世說》注引《幽明錄》而直稱《世說》？〔註39〕按《御覽》卷三五九引《世說》云：「王澄字

〔註37〕見王利器〈世說新語佚文〉，收於氏著《王利器論學雜著》（臺北：貫雅出版社，1992年），頁351～362。

〔註38〕古田敬一《世說新語佚文》（廣島：廣島大學文學部中國文學研究室，1954年）。

〔註39〕王國良於〈幽明錄初探〉商榷魯迅《鉤沈》本《幽明錄》「玉漿龍穴石髓」時云：「唐宋類書引世說本文及劉孝標注文，率皆題爲『世說』，所引用之注文可能恰巧是『幽明錄』，並非二書名稱可以通用。第六十四則『張華將敗』，情形相同。」所論是。按蓋康王著書，因性質不同，分入二書：有同一事同記載微異者，若《世說・雅量》載：「太元末，長星見，孝武心甚惡之。夜，華林園中飲酒，舉杯屬星云：長星，勸爾一杯酒，自古何時有萬歲天子。」亦見載於《幽明錄》，惟又增言「帝亦尋崩」，以說應驗；又有一事而所記皆同者，如《世說・術解》云：「王丞相令郭璞試作一卦。卦成，郭意色甚惡，云：公有震厄。王問：有可消伏理不？郭曰：命駕西出數里，得一柏樹，截斷如公長，置床上常寢處，災可消矣。王從其語，數日中，果震柏粉碎。子弟皆稱慶。」《幽明錄》亦載此事，致孝標引《幽明錄》以注《世說》。若〈傷逝〉王子猷、子敬俱病事，桓玄當篡位與卞鞠語，〈賢媛〉陶公奉母用官物，〈術解〉羊祜之折臂三公，均是劉注用《幽明錄》之明證。餘說參後文申論。

平子，從荊州下過王敦，敦謀欲害之，而平子左右二十八人悉捉鐵馬鞭爲衛，敦不敢近。」其事見於《世說・方正》劉注引《裴子》，惟《御覽》敘事較略；又卷九六九引《世說》「桓南郡每見人不快，嗔云：君得哀家梨，復蒸食否。舊說秣陵有哀家梨，甚大如升，入口消釋。言愚人不別好梨蒸食之。」見於《世說・輕詆》，「舊說」以後，均是注文。再者，南宋已傳有十卷、十一卷本，溢出卷目，本是後人附驥，疑類書頗爲引錄。若《類聚》五一、《御覽》卷三九二、五八一引《世說》云：「劉越石爲胡騎所圍數重，窘迫無計，劉依夕乘月登樓清嘯，胡賊聞之皆悽悲長歎。」此則見於南宋汪藻〈考異〉，並言：「共五十一事，唯劉琨卻胡騎、祖約道王右軍、王敦初尙主豫武會三節，前篇所無，餘悉重出。疑敬胤專錄此傳疑糾繆，後人妄取以補其事。」汪氏取十卷本《世說》之第十卷對校前九卷，除三事不見於前九卷外，餘事均重出，而斷論第十卷爲後人附益，存之以備考異。今檢《世說》，見〈品藻〉載「王右軍少時，丞相云：逸少何緣復減萬安邪？」與〈考異〉所錄「祖約道王右軍：王家阿菟何緣復減處仲？」頗爲相似，惟更祖約爲王丞相、萬安爲處仲，故信汪藻「敬胤專錄此傳疑糾繆」之推論。終以唐寫殘本《世說》相較今本《世說》，是知宋人刪定者僅注文而已，今人楊勇、余嘉錫、程炎震箋注《世說》，均不信佚文，雖均無舉證，然亦非憑空立言。故今稱《世說》佚文者，雖非必是類書誤引，然亦難遽稱爲《世說》佚文，自應存疑而俟後來詳考。

二、內容之探討

《世說》雖經宋人刪定，然以唐寫本所存〈規箴〉、〈捷悟〉、〈夙慧〉、〈豪爽〉四篇觀之，所錄則數及次序均同於今本，僅文字間有小異耳；又四篇門類順序及名目亦復相同，故知《世說》傳本雖有卷數之異，然其分篇亦應是卅六門。〔註 40〕今以卅六門以探其旨，可略觀其涯略。《世說》之標目，蓋以

王文見《六朝志怪小說考論》（臺北：文史哲出版社，1988 年），頁 159。

〔註 40〕按汪藻《世說序錄》載之卅八、卅九門者，溢出今本有：〈直諫〉、〈姦佞〉，或增〈邪諂〉。然汪藻已疑非《世說》原書，故云：「按二本（顏張二氏之十一卷本）於十卷後復出一卷，有直諫、姦佞、邪諂三門，皆正史中事而無注。顏本只載直諫，而餘二門亡其事。張本又升邪諂在姦佞上，文皆舛誤不可讀，故它本皆削而不取。然所載亦有與正史小異者，今亦去之，而定以三十六篇爲正。」已見三門無劉孝標注，且所引錄乃正史中事，故深疑而削去，定卅六篇爲正。今人王能憲更據《續世說》得〈直諫〉、〈姦佞〉、〈邪諂〉，以爲：「因孔氏（孔平仲）長于史學，編纂此書，意在垂鑒，故將〈直諫〉等三門

才性之外徵而設置，依其主題分入篇目，頗見倫序。惟《世說》標目，常賦新意，而其繫事，體例不嚴，致後世論此，常莫衷一是。今細繙《世說》之門類意涵，常與習見辭義不同，除文辭本因時而變異，而居文學新變樞紐之六朝，更見時風之影響。若其首置孔門四科，自是推崇儒學，然究其旨意，又與孔門之原義稍有不同。若華歆趨利之僞行、鄧攸繫兒之釣譽，二人均非德行外，若樂廣謂「名教中自有樂地」之近於言語，劉尹假孔子止淫祀之鄰乎排調，而與〈德行〉之劃歸相違；而王丞相之「憒憒」經綸政務，簡文怠慢公事以「一日萬機，那得速」之辯語，且入〈政事〉之林，均與儒家觀念歧異。故《世說》以孔門四科爲分類之首，僅能以裝點門面視之。除上述古今文義之變遷外，若循其分目之法而論，亦偶見雖爲同目，然分屬有疑者。若〈文學〉首篇載馬融、鄭玄事：

> 鄭玄在馬融門下，三年不得相見，高足弟子傳授而已。嘗算渾天不合，諸弟子莫能解。或言玄能者，融召令算，一轉便決，眾皆駭服。及玄業成辭歸，既而融有禮樂皆東之歎。恐玄擅名而心忌焉。玄亦疑有追，乃坐橋下，在水上據屐。融果轉式逐之，告左右曰：玄在土下水上而據木，此必死矣。遂罷追，玄竟以得免。

此則言鄭玄於馬融門下，後學成東歸，故馬融歎之禮樂皆東，乃歎賞鄭玄盡得其學，故入〈文學〉之篇。然後文敘馬融妒鄭玄博學，令人追殺之，而鄭玄亦復疑師門有相害意，故以「上土下水而據木」擬居棺木內之象以自脫。既見此則頗涉虛誕，本難置信外，若僅就其敘事旨趣而論，此自以申言二人之神算爲主，宜入術解，又驗之前段述說術數占候之決算，其性質亦昭然若揭，置於〈文學〉一目，本屬不當。惟就此類劃歸疑義，於全書中又非特例。至若王戎年幼知樹在道邊而多子，必爲苦李之夙慧，卻入雅量；王夷甫妻大妒，夷甫用李陽之威以懾之，似近於惑溺，然納之規箴等均是，其分門之不嚴，由此表露無遺。

有關治平內容的類目保存了下來。」(《世說新語研究》(南京：江蘇古籍出版社，1992 年)，頁 36。) 甚有見的。今見所增三門或二門，大凡關乎治世之目，頗合後來續《世說》諸作所增門類，故知《世說》本爲卅六門，而卅八、九溢出卅六門者，均是後人附驥。詳論亦可參見本論文第六章〈結論〉之申說。另晁公武《郡齋讀書志》載《世說》十卷卅八門，其云：「唐藝文志云：劉義慶世說八卷，劉孝標續十卷，而崇文總目止載十卷，當是孝標續義慶元本八卷，通成十卷耳。」晁氏所見即汪藻稱之卅八門十卷本《世說》，以致誤判劉孝標注《世說》之十卷本亦爲續書。

今既盡知本書之分門內涵，次究內容。劉邵《人物志・九徵》云：「中庸也者，聖人之目也，具體而微，謂之德行，德行也者，大雅之稱也；一至謂之偏材，偏材，小雅之質也；一徵謂之依似，依似，亂德之類也；一至、一微，謂之間雜，間雜，無恒之人也。未流之質，不可勝論，是以略而不概也。」劉邵雖分人五等，然至上聖人，未敢品題，下愚之質，又無庸置論，品題之目，惟有德行、偏材、依似三等，不僅爲《人物志》命意之所在，亦爲《世說》論人之範疇。今細繹《世說》門類，亦可稍作分別：其一即「才」之表徵，次爲「德性」之探究；再者爲品題之藝術，其四是與社會之互動，末言個人情感之流露。〈賢媛〉則包羅上述各項，難置於任何單一品目，則附論之。以上五類之分，均以個人「才性」品鑒爲基調。〔註 41〕即以上分目，僅方便是書之探討而已，未敢自是，又不得不明言之。今即以上述五項爲主線，依其重要程度，分述如次：

（一）性情之觀察

察驗性情，必緣外徵。若《人物志》以九徵觀人，葛洪以外貌察觀，均由人之言動形止以論其質，而有「區別臧否，瞻形得神」之論。〔註 42〕是故，當時人多藉個人之應對，以驗蘊藏於內之性情，而其探論之言語，判斷之實例，自爲世間傳講，而錄於篇章。就《世說》以觀，此類篇目最眾。略以三等分之：最貴者，爲〈德行〉、〈方正〉、〈雅量〉，人皆賞譽，故置於最上；至於〈捷悟〉、〈夙惠〉，爲天賦之良質，則附之於次等；而〈豪爽〉、〈任誕〉、〈簡傲〉、〈忿狷〉，雖爲性情之偏，然因名士表現輕狂之外徵，自難貶論；〈假譎〉、〈儉嗇〉、〈汰侈〉、〈惑溺〉則流於間雜之才性，爲人性之偏至，故陪末座。首言第一等：

> 晉文王稱阮嗣宗至慎，每與之言，言皆玄遠，未嘗臧否人物。（〈德行〉）
>
> 王大將軍當下，時咸謂無緣爾。伯仁曰：今主非堯舜，何能無過？且人臣安得稱兵以向朝廷？處仲狼抗剛愎，王平子何在？（〈方正〉）

〔註 41〕牟宗三謂：「《人物志》是關於人的才性或體別、性格或風格的論述。這種論述，雖有其一定的詞語，因而成爲一系統的論述，然而卻是一種品鑒的系統，即，其論述是品鑒。品鑒的論述，我們可以叫他是『美學的判斷』，或『欣趣判斷』。」雖言《人物志》，實代表六朝品題人物之理據，而同於《世說》。牟氏文見其著《才性與玄理》（臺北：學生書局，1993 年），頁 44。

〔註 42〕見《抱朴子・外篇・清鑒》。

王子猷、子敬曾俱坐一室，上忽失火。子猷遽走避，不惶取屐；子敬神色恬然，徐喚左右，扶憑而出，不異平常。（〈雅量〉）

〈德行〉所收，除陳蕃、郭泰等實具德行，若阮籍至慎，以不臧否人物而稱之，甚而賣主求榮之徒，亦予並列，恐有未當。故余嘉錫《箋疏》云：「自後漢之末，以至六朝，士人往往飾容止、盛言談，小廉曲謹，以邀聲譽。逮至聞望既高，四方宗仰，雖賣國求榮，猶翕然以名德之。華歆、王朗、陳群之徒，其作俑者也。」頗中浮名風氣盛行之由，而德行一辭性質之轉變，亦由此得見；次者若周伯仁之仗義直言，無畏王敦，令人動容，當無愧方正之目；而〈雅量〉之子猷、子敬因失火而有兩樣反應，子猷惶恐失措，更突顯子敬之處變不驚，其氣度亦藉由突發狀況而表露無遺。上列三者雖性質不一，然探論本性之原則相同。至若〈捷悟〉之思考敏悟、〈夙慧〉之幼稟天才，均爲才性之美者，故列爲最上。而情性之次者，則若：

王處仲每酒後輒詠「老驥伏櫪，志在千里。烈士暮年，壯心不已」。以如意打唾壺，壺口盡缺。（〈豪爽〉）

王子猷嘗暫寄人空宅住，便令種竹。或問：暫住何煩爾？王嘯詠良久，直指竹曰：何可一日無此君？（〈任誕〉）

王子猷嘗行過吳中，見一士大夫家，極有好竹。主已知子猷當往，乃灑埽施設，在聽事坐相待。王肩輿徑造竹下，諷嘯良久。主已失望，猶冀還當通，遂直欲出門。主人大不堪，便令左右閉門不聽出。王更以此賞主人，乃留坐，盡歡而去。（〈簡傲〉）

桓宣武與袁彥道樗蒱，袁彥道齒不合，遂厲色擲去五木。溫太真云：見袁生遷怒，知顏子爲貴。（〈忿狷〉）

上列雖以四目分之，然所述均攸關名士風範。今以王子猷好竹爲例：〈任誕〉記子猷雖暫住人空宅，即令人種竹，且言何可一日無此君，道盡好竹之心，〈簡傲〉所錄，亦是子猷之好竹事：因欲賞美竹而逕入人家門內，傲然不與主人交接，後主人竟閉門不令出，子猷卻以主人之任性而歎賞，留坐盡歡。二則均述王氏之好竹成癖，雖分見二篇，其命意不殊，惟表現之行徑不同，故分置二目。然〈簡傲〉一則，何嘗不能置諸〈任誕〉？至若袁生樗蒱爲戲遷怒於桓溫，亦爲任性之舉，而偏於忿怒無端，故入之〈忿狷〉，亦與上列二則相通。惟王處仲吟詠，以如意擊唾壺，傍若無人，近任俠而示豪爽，雖亦爲性情之表，然非當時名士所習爲，故與上列三篇稍異，時人亦較輕視。諸如上列多爲放蕩無檢之舉，而均爲當時名士所常爲，雖多不合於禮教，然士人藉以表現情性之特異，而脫世俗風氣之外。故《抱朴子》曰：「世人聞戴叔鸞、阮嗣宗傲俗自放，見謂大度，而不量其材力非傲生之匹，而慕學之：或亂項科頭，或裸袒蹲夷，或腳濯於稠眾，或溲便於人前，或停客而獨食，或行酒而止所親。此蓋左衽之所爲，非諸夏之快事也。」〔註 43〕已道出晉世狂傲自放之習，導因於慕學名士而倣其舉止，故無論亂項裸袒，或溲便人前等作爲，均以行止狂悖以示自放，實涵蓋〈任誕〉、〈簡傲〉、〈忿狷〉三篇範疇，而篇目立意之旨，亦由此昭然可見，惟其性情均非美質，與〈德性〉等篇相比又次之，故列爲第二。末言至下者，其曰：

> 王戎女適裴頠，貸錢數萬。女歸，戎色不說。女遽還錢，乃釋然。(〈儉嗇〉)
>
> 王君夫以粭糒澳釜，石季倫用蠟燭作炊。君夫作紫絲布步障碧綾裏四十里，石崇作錦步障五十里以敵之。石以椒爲泥，王以赤石脂泥壁。(〈汰侈〉)
>
> 魏武常云：我眠中不可妄近，近便斫人，亦不自覺，左右宜深慎此。後陽眠，所幸一人竊以被覆之，因便斫殺。自爾每眠，左右莫敢近者。(〈假譎〉)
>
> 魏甄后惠而有色，先爲袁熙妻，甚獲寵。曹公之屠鄴也，令疾召甄，左右白：五官中郎已將去。公曰：今年破賊正爲奴。(〈惑溺〉)

曹操常用眠中會誤斫人事告左右，後竟以假眠而殺其所幸者，以證其言不誣，用之躲避睡眠時爲傍人所刺之危險，其假譎之行，由此得見；而曹公溺於甄后之美色而興兵，自爲〈惑溺〉，王戎之吝嗇，也由其女貸錢還錢前後怒喜之陡變，表彰無遺；又若王愷與石崇以侈相爭，亦由其「�糒澳釜」、「蠟燭作炊」、「紫絲布步障碧綾裏四十里」、「錦步障五十里」、「以椒爲泥」、「以赤石脂泥壁」諸舉表露，惟所記均爲性情之至偏者，故殿後焉。

由上列之三等以觀，無論其爲德行方正之善者，抑或任誕簡傲之輕狂者，甚而假譎惑溺之至偏者，均爲載記情性之等差，復分等第。因之張蓓蓓論及魏晉人物之「尚情」時，直指其中倫序。其云：

〔註 43〕見葛洪《抱朴子・外篇》卷廿七〈刺驕〉。

（王長史）無端動情而大哭，正任誕人所宜有；又自言終當爲情死，無異以不能『達』自居，則其既癡且狂亦不言可喻。

若大慟而又能豁情散哀，屬情深能達之輩，時亦頗以爲佳，如顧雍見稱「雅量」。……但若遺棄俗情，忘情不泣，時亦以爲達道而可嘉。

情深而能達則自知所以解愁，惟情深善感又不能達必至於陷溺重憂之中不能自已。……但多情雖可，多情而困於情，或竟爲情而死，則又不爲時人所許可；如荀粲爲妻而死，世說厝之於惑溺之篇。〔註 44〕

今董理其說，知上達豁情散哀，若德行、雅量之屬；雖知尙情，卻爲情困，未能通達，置任誕、簡傲之篇；而惑溺於情，不能自己，自爲最下。故知魏晉尙情，仍分等次，而可驗於《世說》之篇目矣。

（二）才能之探討

人非至聖，故難兼眾才，而性有依似，各有所偏尙，方得才能及技藝之歧異。六朝人本好才性之演論，以爲才性而令人言動有別，故視行止乃本性之外徵，遂爲《世說》所采。惟德行有美惡，才能亦見高下。若言談吐納本是個人才性之徵，《世說》除采錄之外，亦別以等第。其關係若言談者有五門，即〈文學〉、〈言語〉、〈規箴〉、〈排調〉、〈輕詆〉。前三篇專載言語高妙，或指涉玄談，故爲上品，至若調侃輕慢，啓人一噱爲旨者，雖流於浮誇，亦見機智，故置有〈排調〉一篇；訾言謾罵，雅調盡失者，本應棄置，然亦有僅爲譏誚，尙存巧思者，用設〈輕詆〉一門，以爲籠絡，惟品格不高，自爲末流。其次序高下，分明可見。今選各目一則，排次以相較之：

謝太傅問諸子姪：子弟亦何預人事，而正欲使其佳？諸人莫有言者，車騎答曰：譬如芝蘭玉樹，欲使其生於階庭耳。（〈言語〉）

殷仲堪云：三日不讀道德經，便覺舌本閒強。（〈文學〉）

小庾在荊州，公朝大會，問諸僚佐曰：我欲爲漢高、魏武何如？一坐莫答，長史江虨曰：願明公爲桓、文之事，不願作漢高、魏武也。（〈規箴〉）

〔註 44〕三段分見張蓓蓓〈世說新語別解——任誕篇〉，節錄董理如次。張文收錄於《文史哲學報》，38 期，1990 年，頁 26～29。

魏長齊雅有體量，而才學非所經。初宦當出，虞存嘲之曰：與卿約法三章：談者死，文筆者刑，商略抵罪。魏怡然而笑，無忤於色。（〈排調〉）

深公云：人謂庾元規名士，胸中柴棘三斗許。（〈輕詆〉）

細繹首則謝安與謝玄之答問，乃因諸人皆欲子弟佳善以維持門第，目的自與當時盛行不談俗務相互扞格，故謝玄亦以「芝蘭玉樹，欲生階庭」，將權益之目的化爲美感之欣趣，自爲當時所賞而錄於〈言語〉；次則載殷浩視《老子》爲玄學清談之樞紐，因關乎清談，故置於〈文學〉；而〈規箴〉所錄，乃庾翼欲效漢高、魏武之簒奪，故以話語試探僚佐，而江虨對以「爲桓文之事，不作漢高、魏武」一語，不僅化解僵局，亦達規箴目的；三則俱字字珠璣，且與時風攸關，至若江虨之語，不僅微諷可觀，甚而興國治身，均爲言語之高者。至若虞存借用漢高祖「約法三章」之語，雖爲調戲，亦謔而不虐；惟竺法深用柴棘三斗比況庾亮，雖近乎詆毀，猶未淪爲謾罵。故見各篇均有其命意：巧語捷對，又高雅可賞者，置之〈言語〉一篇；清談遠旨、有關玄學之言談傳聞，則入〈文學〉；而諷喻譬說，以勸他人，自屬〈規箴〉；其輕挑笑語，無補時規，復有〈排調〉；至若流於詆毀，失之敦厚，惟仍施以巧言，故入〈輕詆〉。由此得見五門均繫之言語，而有次序。其餘有關才能者，另有〈識鑒〉、〈政事〉、〈術解〉、〈巧藝〉四篇，康王亦以等第分之。其云：

衛玠年五歲，神衿可愛。祖太保曰：此兒有異，顧吾老，不見其耳！（〈識鑒〉）

山司徒前後選，殆周遍百官，舉無失才。凡所題目，皆如其言。唯用陸亮，是詔所用，與公意異，爭之不從。亮亦尋爲賄敗。〈政事〉

王武子善解馬性。嘗乘一馬，箸連錢障泥。前有水，終日不肯渡。王云：此必是惜障泥。使人解去，便徑渡。（〈術解〉）

羊長和博學工書，能騎射，善圍棊。諸羊後多知書，而射奕餘蓺莫逮。（〈巧蓺〉）

首則載祖太保洞察機微之才，能識僅五歲之叔寶必成名士，次則言山濤理政之能，選百官而無失才。二則自是才性之美，自置於上等。然僅有一才一能，亦不見棄，故王武子深解馬性，羊長和精通騎棊，雖擅小藝末事，亦見稱於時人，惟不免偏才之名，又應爲才能之次等。是知〈識鑒〉之察微見遠，〈政事〉之關乎政務，雖非上達之智，亦爲才之美者；而〈術解〉載神術妙悟、〈巧蓺〉言藝術巧工，雖無關大雅，然亦才性之佳者。故由上述關乎才能載記之篇目以觀，知《世說》雖繫事繁雜，似無條理，實則有其次第而微具脈絡，暗合當時人性之理論。

（三）品題之藝術

人物鑒賞，須以數言籠絡之。苟欲概括其難以言傳之特質，更須提鍊文字，於隻字片語間捕捉個人之風神形貌，而恰如其分；若能以美感之話語形容人物之風姿，更易爲世人傳誦。而〈賞譽〉、〈品藻〉、〈容止〉三篇，即爲此類之集成。故其載：

> 王戎云：太尉神姿高徹，如瑤林瓊樹，自然是風塵外物。（〈賞譽〉）
>
> 王孝伯問謝太傅：林公何如長史？太傅曰：長史韶興。問：何如劉尹？謝曰：噫！劉尹秀。王曰：若如公言，並不如此二人邪？謝云：身意正爾也。（〈品藻〉）
>
> 時人目王右軍：飄如遊雲，矯若驚龍。（〈容止〉）

王戎以瑤林瓊樹比況王夷甫，不僅以物之美質爲喻，且用「風塵外物」以言其不落世俗之風姿；次則載王孝伯與謝安問答，即以簡略之「韶興」、「秀」一二字，點出王濛、劉惔之標立處；末則時人以「飄如遊雲，矯若驚龍」品評王右軍，其閑適又不群於世之特質亦由此概見。雖然，〈品藻〉多判被品目者之勝負，若上文言孝伯以竺道林與劉惔、王濛比，謝安以爲林公難與二人比肩，又〈容止〉專言外貌姿態，舉止言動，然其鑒賞個人之風神則一。此類雖止得三篇，而就其則數以觀，三門合計爲二百八十餘則，亦由此彰顯時人之重視矣。

（四）社會之互動

人存於社會中，自須與眾人相處及互動，而其言語及舉止，亦爲世人所注目。預此流者，有〈紕漏〉、〈棲逸〉、〈寵禮〉、〈黜免〉、〈讒險〉、〈仇隙〉、〈自新〉數類，除〈紕漏〉、〈仇隙〉外，多與政治相關。今僅舉要者爲例：

> 嵇康遊於汲郡山中，遇道士孫登，遂與之遊。康臨去，登曰：君才則高矣，保身之道不足。（〈棲逸〉）
>
> 許玄度停都一月，劉尹無日不往，乃歎曰：卿復少時不去，我成輕薄京尹。（〈寵禮〉）

殷中軍廢後，恨簡文曰：上人著百尺樓上，儋梯將去。〈黜免〉

首則載孫登以「保身之道不足」諫嵇康，著墨於嵇康未能自脫殺身之禍，以映襯孫登之遠識；次則載記劉惔對許玄度十分欽慕，故寵禮之；末則記殷浩被廢後，怨歎簡文之舉實爲「上人著百尺樓上，儋梯將去」，令其進退維谷。三者均載處境變遷後，個人之反應及舉止。它若〈紕漏〉言應對之失，〈讒險〉載幸者進讒，〈仇隙〉錄報仇之舉，〈自新〉能革心換面，均擄以錄之。惟此類與才性關係較遠，非《世說》所重，其條文甚少，亦非無故而然也。

（五）個人之情感

人秉七情，應物而感。六朝世事多變，人多懷生離死別之憂，或處脅迫威赫之境，情感多受挫傷。故如何對應、平撫甚或釋懷，乃是眾人每日所須面對者，亦爲時代重要課題。當其自處之際，所流露之情感，自爲好事者所記述。由此以觀，而得〈企羨〉、〈尤悔〉、〈傷逝〉三篇。

王右軍得人以蘭亭集序方金谷詩序，又以己敵石崇，甚有欣色。（〈企羨〉）

簡文見田稻不識，問是何草。左右荅是稻。簡文還，三日不出，云：寧有賴其末，而不識其本？（〈尤悔〉）

王戎喪兒萬子，山簡往省之，王悲不自勝。簡曰：孩抱中物，何至於此？王曰：聖人忘情，最下不及情；情之所鍾，正在我輩。簡服其言，更爲之慟。（〈傷逝〉）

首則載王羲之因人以石崇〈金谷詩序〉方之〈蘭亭集序〉而自喜，以爲自敵石崇，故錄於〈企羨〉；次則記簡文帝不識稻而自省悔之事，故爲〈尤悔〉；而王戎喪子，悲不自勝，自爲〈傷逝〉，尤其末尾言：「情之所鍾，正在我輩」，道盡人非聖人，亦非下愚，故難忘情之慨歎。此種觀點，亦足以說明無論企羨、尤悔，抑或傷逝，均因我輩爲情之所鍾使然。

惟全書特出者即〈賢媛〉一門。按史傳雖爲列女立傳，然亦以道德者爲評議準則，惟〈賢媛〉包賅眾目，自非以德行爲要：若許允爲魏明帝收，其婦知其必還之類識鑒，謝遏謂王夫人神情散朗，顧家婦清心玉映而爲品藻，而王經母大義凜然爲德行，賈充妻李氏作《女訓》近文學，均見此門之雜煩，故難入上述五類，亦緣於此。（參見附錄一）

《世說》門類雖多，亦不外載記人間言動，閭里謠諺，而由其類例及其內容觀察，品目多相合於當時人性理論，蓋時風使然，惟內容常與品目不合，除體例不能恪守外，所立門類亦不嚴謹，故雖甚受斯時人性理論影響，尤以「才」「性」二者頗有等次之分最爲相近，然仍採隨機立篇，而未嘗有縝密之理論爲據。惟其排序，仍有次第，即饒宗頤所謂：「世說之書，首揭四科，原本儒術。中卷自方正至豪爽，瑾瑜在握，德音可懷。下卷之上，類指偏激者流；下卷之下，則陳險徵細行。」〔註 45〕然其先後，乃相對而言，並非定奪之論。至若傅錫壬、廖蔚卿用四科統籌卅二門，仍須商榷。〔註 46〕蓋《世說》編撰者每隨意搦筆，尤重趣味，喜載違於史實之傳語，以資談助，其內容不能精純，亦勢之必然也。

〔註 45〕見饒宗頤序楊勇《世說新語校箋》。

〔註 46〕標舉儒學四科爲《世說》卅六門之張本者，以傅錫壬氏主張最力且有體系，聲稱「也即《世說》前四科爲主，後三十二科爲輔」。惟傅氏之歸屬，若〈夙慧〉入〈言語〉，〈假譎〉歸〈政事〉，〈豪爽〉、〈傷逝〉、〈紕漏〉爲〈文學〉，不知其然，其分門舉證，亦率多僅以一、二例以證之，除不免以偏蓋全之失外，其證亦多疑義。若〈品藻〉、〈賞譽〉本相去無多，卻分隸〈德行〉、〈政事〉。其舉〈品藻〉首則陳仲舉、李元禮其功德先後事，比附〈德行〉之管寧、華歆之德行高下，已屬不類。須知二目本爲品鑒人物而立：〈賞譽〉則純然鑒賞，〈品藻〉乃定其品差，惟其分際，亦非涇渭分明，故若〈賞譽〉「郭子玄有俊才，能言老、莊。庾敳嘗稱之，每曰：郭子玄何必減庾子嵩！」比之〈品藻〉「王右軍少時，丞相云：逸少何緣復減萬安邪？」、〈賞譽〉「洛中雅雅有三嘏：劉粹字純嘏，宏字終嘏，漢字沖嘏，是兄弟。王安豐甥，並是王安豐女婿。宏，眞長祖也。洛中錚錚馮惠卿，名蓀，是播子。蓀與邢喬俱司徒李胤外孫，及胤子順並知名。時稱：馮才清，李才明，純粹邢。」對於〈品藻〉「諸葛瑾弟亮及從弟誕並有盛名，各在一國。于時以爲蜀得其龍，吳得其虎，魏得其狗。誕在魏與夏侯玄齊名；瑾在吳，吳朝服其弘量。」上舉四例，實難斷然分屬二目中。至若傅氏繫〈夙惠〉於〈言語〉，然〈夙惠〉首則即載太丘二子元方、季方之強記，又與言語何干？故其曰：「大致可信」，實多置疑。故以爲《世說》之名比附《論語》，又恐有附會之嫌。後有廖蔚卿言：「雖然《世說》之類分繁多，但細探本源，由《世說》首列德行、政事、言語、文學之目，可見《世說》的類分是承孔門四科而增衍，以下的三十二類，大致亦可以納入四科之內。因爲就四科科目而言，僅依人的言與行而區分，本不具特殊風格涵義的指涉，四科所記內容，也大抵均屬名士善賢優良之言行。然而言行有多面之風貌，其品質各異，如德行有善與惡及賢不肖之別，即使是善德，亦有方正、雅量之差異。故《世說》之三十六類，是取孔門四科爲綱，而據名士才性風格之異及高下加以分目，不是漫無依歸的。」亦追蹤傅氏言。廖氏以爲四科可籠絡餘卅二篇，所言不詳，至於雖推論《世說》立目非漫無依歸，雖頗合實情，然亦非以四科爲據。二氏文分見傅氏〈世說四科對論語四科因襲與嬗變〉，《淡江學報》，12 期，1974 年 3 月，頁 101～124 及廖氏《漢魏六朝文學論集》（臺北：大安出版社，1997 年），頁 99～100。

第三節　其餘諸作：《俗說》、《妒記》及《談藪》

瑣語類自《郭子》、《語林》首創其例後，又有宋虞通之《妒記》、梁沈約《俗說》及隋陽松玠《談藪》承繼遺緒，風姿各別，雖難與《世說》頡抗，亦皆饒其趣，頗可供今人探求瑣語流變之資。惟三書體例及內容間有區分，實因時代及命意相異，而仿傚及承繼亦復有別，致使各書不同。故藉三書之特色，除見各書之意旨外，亦反映瑣語類變遷之跡，以下即分敘之。

一、《妒記》：性論之探討

作者虞通之，會稽餘姚人，通之善言《易》，官領軍長史、步兵校尉，有《妒記》、《美婦人傳》、《善諫》、《虞通之集》、《后妃記》等著，後盡不傳。本書因宋明帝疾宋世諸主嚴妒，命通之撰《妒婦記》以戒之，即爲《妒記》。〔註 47〕本書初著錄《隋志・雜傳類》，作二卷，《日本國見在書目錄》、《新唐書・藝文志》皆著錄，二卷，後世目錄皆不復見。驗之《藝文類聚》得《妒記》（又作《妒女記》）七則，後世類書所引亦不出《類聚》，蓋復引《類聚》而已，亦知此書雖見於唐初，後即亡佚。本書雖然亡佚甚早，幸賴《類聚》收錄，令後人亦可窺見其梗概，後來魯迅《古小說鉤沈》所輯《妒記》一卷，僅得七則，即爲此故。今者《鉤沈》本爲目前僅見之輯本。

本書之撰寫，故肇自宋世諸主之嚴妒。然驗時風，婦女本以不守禮法爲常。干寶《晉紀・總論》謂：「先時而婚，任情而動，故皆不恥淫逸之過，不拘妒忌之惡。有逆于舅姑，有反易剛柔，有殺戮妾媵，有黷亂上下，父兄弗之罪也，天下莫之非也。」故善妒成習，又不爲父兄、天下非之，更助風氣之熾，雖有宋太宗殺妒婦袁慆妻，然未折其焰。復驗《妒記》，妒婦動輒捶楚其夫，甚而殺其姬妾，雖受勸諫責罵，然多無悔焉。今以《類聚》卷卅五引《妒記》爲例：

> 泰元中有人姓荀，婦庾氏，大妒忌。荀嘗宿行，遂殺二兒。爲屋不立齋室，唯有廳事，不作後壁，令在堂上，泠然望見外事，凡無鬚人不得入門，送書之人，若以手近荀手，無不痛打，客若共床，亦賓主俱敗。鄰近有年少，徑突前詣荀，接膝共坐，便聞大罵，推求刀杖，荀謂客曰：僕狂婦行，君之所聞，君不去，必誤君事。客曰：

〔註 47〕其事具見《南史・文學傳》、〈王誕傳〉、《隋書・經籍志》及《宋書・后妃傳》。

> 僕不畏此。乃前捉荀手。婦便持杖，直前向客，客既大健，又有短杖在衣裏，便與手。老嫗無力，即倒地，客打垂死。荀走叛不敢還。婦密令覓荀，云：近遭狂人，非君之過，君便可還。荀然後敢出。婦兄來，就荀共方床，而婦不知，便來捉兄頭，拽著地欲殺，方知是兄，慚懼入內，兄稱父命，與杖數百，亦無改悔。

見庾氏不僅妒及姬妾，甚而年輕男子亦復忌之，後雖遭鄰少毆打，及兄長杖罰，然亦無悔。餘者若阮宣武歎桃樹之華而婦斫其樹，諸葛元直妻之杖罪其夫，實妒性過甚，事近荒謬。而其專收材性之至偏者，亦由此顯之。驗以《世說》，若賈南風之妒事，或桓溫妻忌李勢女，均入《妒記》而無汗顏，而《妒記》諸則，亦可翩然入之〈惑溺〉。故《妒記》雖有規箴之目的，與《世說・惑溺》用以談助不同，然同記才情偏頗、描述間雜之性則無別。故《隋志》、《新唐志》入於雜傳，本文則收於小說，即因其傳承及體例而定。而其性情探討之命意，亦由此顯明。

二、《俗說》：傳語之記述

作者沈約，字休文，吳興武康人也。祖林子，宋征虜將軍，父璞，淮南守。璞元嘉末初誅，約幼潛竄，會赦免。既而流寓孤貧，篤志好學，晝夜不倦。少嗜欲，雖時遇隆重，而居處儉素。年老則多任官要，歷仕三代，該悉舊章，博物洽聞，當世則取。惟自負高才，昧於榮利，乘時藉勢，頗累清淡。及居端揆，稍弘止足，每進一官，輒殷勤請退，而終不能去，論者方之山濤。用事十餘年，未嘗有所薦達，政之得失，唯唯而已。後因赤章事為梁高祖譴之，約懼尋亡。著有《晉書》、《宋書》、《齊紀》等史著，又有《邇言》、《文章志》等，另有《俗說》傳世。〔註 48〕《俗說》初著錄《隋志》雜家類，三卷，小註謂梁時五卷，蓋疑所有三卷非完帙；復見小說家《世說》註載梁有《俗說》一卷，亡，殆非沈氏《俗說》。本書新、舊《唐志》均未著錄，至《宋史・藝文志》復見一卷，知為殘本，後世均未見著錄。清馬國翰《玉函山房輯佚書》輯五十則、民國魯迅《古小說鉤沈》有五二則，《俗說》已見完備。惟馬、周二氏輯本所收則目稍有不同：除則目分合略異不論外，《鉤沈》本有三則為馬氏未收，《輯佚書》本則得二則為《鉤沈》本所無。察《鉤沈》本多

〔註48〕文據《梁書・沈約傳》刪節之，事多不具引。

輯三則，均出《御覽》，自爲馬氏所失，惟輯自《御覽》卷九百七十一引《風俗記》，周氏定爲《俗說》，未知其然。驗此則載晉謝混事，自是漢應劭《風俗通》所未見，輔以《風俗通》好用「俗說」二字爲引言，故由《俗說》訛誤成《風俗記》，亦合常理。惟此則僅見《御覽》引，周氏定爲《俗說》之原因未明，今宜置疑，以俟後驗。至若馬氏多出二則，其一引《北堂書鈔》七八孝明帝事，文實出《風俗通》。蓋馬氏即因其書好以「俗說」爲首而致誤，自非《俗說》條文；又卷一百卅四之「丞相從事中郎王文英枕自作聲」一則，《北堂書鈔》注明言出自《洞林》，未知馬國翰何以入《俗說》，故當去之。故刪《鉤沈本》一則，得《俗說》五一則。

本書成於《世說》後，且采錄軼事之時代亦多與《世說》所錄相重疊，然驗其條文，除首則之外，均無取《世說》，究其因由，或沈約欲自別臨川王之書，而專采里巷謠諺，人世之傳語，與《世說》廣羅眾書，多方采錄者稍異。雖然其書無《世說》分門之宏規，然其文體，實與《世說》無別。若言：

王僧敬神明俊徹，爲一時之標。桓玄時集聚賓客，莫有出其右者。

王在坐，都不復覺餘人，坐無王，便覺殷仲文、謝益壽爲佳。

文中盛言王僧敬之神明俊徹，無人出其右。以王在其餘賓客皆暗然無光，而以王去後，殷仲文、謝益壽方可觀，反寫殷謝二氏不及僧敬遠矣。此則所記，自與《世說》之載人容止之美相通，惟其書意旨，則見差異。即品藻賞鑒之品目，無復見之；而復見多錄妒婦之事，或受《妒記》影響。雖然《俗說》相去《世說》不多，然其規模及其取材未及《世說》，故其內容及其影響自難與其相比，故馬國翰稱「書記瑣雜，無甚高論」，亦爲允當。

三、《談藪》：《世說》之餘緒

瑣語之屬，入隋又有陽松玠之《談藪》，蓋取言談之淵藪意，自供談助之用。本書初見唐劉知幾《史通・雜述》，然兩《唐志》未著錄，乃得於《崇文總目》及南宋尤袤《遂初堂書目》及陳振孫《直齋書錄解題》，之後亦復未見。驗《御覽》、《廣記》徵引甚多，北宋初自應存之，南宋後雖見尤、陳二氏書目，然曾慥《類說》、《紺珠集》均僅得五則。按《紺珠集》五則中有〈別後闌干〉全同《類說》；〈丁公藤〉則似自《類說》之刪節本再予節錄，而〈一株桃李〉乃記唐玄宗事，非《談藪》文，僅〈詩賦常有生氣〉、〈李庶〉二則似出陽氏《談藪》，然《紺珠集》本多疑義，〈詩賦常有生氣〉僅見於此，亦形可疑，惟〈李庶〉復見《御覽》卷三六八引，故《類說》、《紺珠集》所據《談藪》，應均為殘本，甚而《紺珠集》乃輯自它書。卷數有《崇文總目》八卷及《解題》、《宋書·藝文志》二卷之異，即因南渡後即殘缺。故推本書應亡於元，驗陶宗儀《說郛》直稱宋龐元英《談藪》一書，可為輔證。又《隋志》載陽玠松撰有《解頤》一書，清姚振宗《隋書經籍志考證》據以推斷《解頤》即《談藪》之異名，書實未亡，卻致《談藪》無著錄於史志。驗《談藪》內容繁雜，然言語排調，占其大部，知姚氏所論，頗為合理，然僅憑臆測，尚缺理據，宜存疑以俟後驗。《談藪》作者陽松玠，又作楊松玢、陽松玢、陽玠，蓋形近之訛，正史無傳。《解題》謂：「《談藪》二卷。北齊祕書省正字北平陽玠松撰。」故姚振宗以其人附之陽休之，定陽玠松為北平無終人。按陽休之、俊之兄弟，北魏時人，有文名於世，陽氏為北平望族，年代近之，故比附二氏，然亦純屬推測，雖後人多從之，仍僅備一說而已。本書今存僅有南宋曾慥《類說》卷五三引錄五則、朱勝非《紺珠集》卷三有四則、卷十三拾遺得一則；一九九六年程毅中據《御覽》、《廣記》、《事類賦注》、《紺珠集》、《類說》、《五色線》輯校《談藪》，由北京中華書局出版。程氏旁徵博引，無徵不信，最為完善。

本書上自戰國，下迄隋代，〔註49〕雖多記北方傳語，亦兼載南方之軼聞，故有「事綜南北，時更八代」之謂也，唯多仿《世說》記事體例，故劉知幾《史通·雜述》置諸瑣言，甚而學人稱以「北方《世說》」，〔註50〕蓋由內容以分。若〈庾杲之〉記：

> 齊武帝嘗謂群臣曰：我後當何謚？莫有對者。王儉因目庾杲之對，杲之曰：陛下壽比南山，與日月齊明。千載之後，豈是臣子所度量。時人稱其辯答。

此則言武帝問身後謚號於群臣，而無人對之，自因論謚號必究君主之事績功

〔註49〕按今有載惠子事，故上限戰國，而陽氏為隋時人，故下以隋為限，故歷東周、兩漢、三國、晉、宋、齊、梁、陳而隋。今稱八代，未知其年代斷限。程氏輯本雖有唐〈王勃〉、〈羅織人〉條，自非《談藪》文，已有葉慶炳〈太平廣記引書引得補正〉一文指出，程氏亦將此置諸附錄，同時置於〈附錄〉者，有〈王琳〉、〈一株桃李〉、〈僧孺瀨鶩〉，共計五則，程氏具有按語詳論，今從之。詳見程氏輯校《談藪》（北京：中華書局，1996年）。

〔註50〕程毅中《談藪》〈輯校說明〉云：「《談藪》多為志人故事，確是《世說》之流。其中北朝人的軼事較多，特別是文人故事，為其他書所未及，可以說是一部北方的《世說新語》，值得我們重視。」引同上注，頁4。

過，若不能委蛇行事，必觸逆鱗，而言主上身後，亦犯不諱，唯庾杲之對以武帝壽若南山，臣下自難預測，用以避之，自是捷對。而此類懿言語嘉言，排調捷對，實爲本書大宗，而又旁及德行（尤重孝行）、政事、巧藝、術解，故與《世說》相況，而入瑣語之林。然於此之外，又語涉靈怪，支離恍忽，盛稱天人交感、佛教應驗。若載〈王玄謨〉事：

> 宋太原王玄謨，爽邁不群。北征失律，軍法當死，夢人謂之曰：汝誦觀世音千遍，可得免禍。謨曰：命懸旦夕，千遍何可得。乃口授云：觀世音，南無佛，與佛有因，與佛有緣，佛法相緣，常樂我情。朝念觀世音，暮念觀世音，念念從心起，念佛不離心。既而誦滿千遍。將就戮，將軍沈慶之諫，遂免。歷位尚書、金紫、預州刺史。

觀世音顯象於中土，事見《晉書》、《梁書》、《北齊書》、《南史》等史傳，多載人遇禍事而口誦觀世音，因此得解，故復得宋傅亮《光世音應驗記》、張演《續觀世音應驗記》，入齊又有陸杲《繫世音應驗記》，不外陳言觀世音之顯世靈異，藉以宣教；〔註 51〕而其故事流行於六朝，故爲載記時事之《談藪》收錄。餘者若宋楊暢均口念佛號，足能祛禍，稠禪師以神術化北齊高祖，均爲佛教鼓吹，而〈蕭叡明〉、〈解叔謙〉並言蕭、解二氏孝心感天，神人賜藥治其母，甚至得單述靈怪，無關其他者。若〈徐文伯〉：

> 宋徐文伯嘗與宋少帝出樂遊苑門，逢婦人有娠。帝亦善診候，診之曰：是女也。問文伯，伯曰：一男一女，男在左邊，青黑色，形小於女。帝性急，令剖之。文伯惻然曰：臣請針之，必落。便針足太陰，補手陽明，胎應針而落，果效如言。文伯有學行，不

〔註 51〕觀世音顯聖故事，非惟談助，乃爲宣教之用，此系三書皆是。張演《續光世音應驗記》序云：「右十條。演少因門訓，獲奉大法，每欽服靈異，用兼緬慨。竊懷記拾，久而未就。食（曾）見傅氏所錄，有契乃心。耶（即）撰所聞，繼其篇末，傳諸同好云。」已見其旨趣，而陸杲之序《繫觀世音應驗記》更言：「見經中說光世音，尤生恭敬。又睹近世書牒及智識永傳，其言威神諸事，蓋不可數。益悟聖靈極近，但自感檄（激）。申（信）人人心有能感之誠，聖理謂有心（必）起之力。」驗其故事多用人遇禍事或心有所求時，口誦觀世音，而禍得解而求得應，幾成定則，致故事多索然無趣，其鼓吹佛教之用意，亦昭然若揭。拙文〈六朝觀世音信仰之原理及其特徵——以三種觀世音應驗記爲線索〉，《新世紀宗教研究》，第 3 卷第 4 期，2005 年 6 月，頁 87～114，一文論之甚詳，可參看；以上三書引文據孫昌武點校《觀世音應驗記（三種）》（北京：中華書局，1994 年）。

> 屈公卿，不以醫自業，爲張融所善。歷位泰山太守。文伯祖熙之好黃老，隱於秦望山。有道士過乞飲，留一胡蘆子曰：君子孫宜以此道術救世，當得二千石。熙開視之，乃扁鵲醫經一卷，因精學之，遂名振海內，仕至濮陽太守。子秋夫爲射陽。嘗有鬼呻吟，聲甚淒苦，秋夫問曰：汝是鬼也，何所須？鬼曰：我姓斛斯，家在東陽，患腰痛而死。雖爲鬼，疼痛猶不可忍。聞君善術，願見救濟。秋夫曰：汝是鬼，無形，云何措治？鬼曰：君但縛芻作人，按孔穴針之。秋夫如其言，爲針四處，又針肩井三處，設祭而埋之。見一人來謝曰：蒙君療疾，復爲設祭。除飢解疾，感惠實多。忽然不見，當代服其通靈。

此則盛稱徐文伯之醫術若神，自入術解之流；然其後又附論道人借胡蘆以傳扁鵲醫書予文伯祖，事近離奇，後又繫文伯父亦精於醫理，致使鬼怪亦聞其名，登門求醫，直是志怪之篇，而全文近三百語，敘事甚繁，而別於《世說》體例。得知《談藪》頗好汲取不經之事，除肇自南北風氣之不同外，然志人、志怪漸趨合流，已於《談藪》見其徵兆。爾後之筆記之體，亦將名人吐咳及神怪異聞同列，其源亦有自矣。

由漢末清議之啓發，入晉方得《郭子》、《語林》之瑣語專著。今由《世說》之品目以驗二書，雖僅佚文傳世，又間雜靈怪之篇，然亦可察知二書已備《世說》分門之大要，瑣語規模於此確立；雖復有《妒記》、《俗說》之撰寫，自難與其頡抗。南北對峙結束，天下一統，楊氏建立隋朝，國祚雖短，亦復見《談藪》遙承《世說》，仿傚其體。然《談藪》實爲北方文學，故取材走筆頗畔《世說》；又因文學之自然推衍，志怪之篇又復收錄，實爲後世志人、志怪兼容雜俎小說之先聲。惟《世說》筆法秀出、分門宏觀，集魏晉以來之大成，故《世說》出，令《郭子》、《語林》漸爲不傳，雖然後來繼作不絕，亦不得出其右而足堪分庭者，難免步上亡佚之塗。故言志人小說，必稱《世說新語》，而爲瑣語類之冠冕也。

附錄一

以下所標則數乃依余嘉錫《世說新語箋疏》之排序，不列內文，分〈賢媛〉三二則歸於《世說》原有分門。雖分類未能完備，亦藉之得觀其大概：

則序	分目	則序	分目	則序	分目	則序	分目
1	識鑒	9	言語	17	識鑒	25	識鑒
2	德行	10	德行	18	識鑒	26	方正
3	德行	11	識鑒	19	識鑒	27	規箴
4	方正	12	識鑒	20	德行	28	規箴
5	德行	13	容止	21	方正	29	德行
6	言語	14	文學	22	規箴	30	品藻
7	識鑒	15	容止	23	規箴	31	容止
8	識鑒	16	德行	24	言語	32	識鑒

由上表得見，〈賢媛〉篇大凡言具識鑒者，德行次之，其餘諸項，均爲材情之美者，而爲《世說》各門所容。甚者若謝道蘊以柳絮因風起以擬雪，謝太傅大賞之，入〈言語〉而非〈賢媛〉，見《世說》對才性品鑒之重視，令不出門戶之女性亦名列《世說》他門，而非僅納於〈賢媛〉，亦突顯〈賢媛〉爲《世說》分門縮影之本意。惟〈賢媛〉以「賢」名之，自不收自〈任誕〉以下間雜無恒之門類，故若好妒貪濁之婦，則置諸〈惑溺〉篇。

第四章　志人小說分論（二）軼事類

軼事之屬，因拾采遺聞，或載錄巷語，雖難側身正史，然亦預史部之流。此類借史書之名，載以不經，於漢末已啓風氣。若《史通・暗惑》謂：「又魏世諸小書，皆云文鴦侍講，殿瓦皆飛云云」，蓋指三國短簿小書之夸大其辭，未能據實載錄之失。惟假補史之名，行蒐奇之實者，實爲六朝盛事。以作者觀之，見君主諸王，抑或隱逸文士，均投身撰作之林，故作者各懷己意，史志亦姿態萬端；復以體製驗之，若《七錄》記傳錄一項，分國史、注曆、舊事、職官、儀典、法制、僞史、雜傳、鬼神、土地、譜狀、簿錄十二類，不僅數量可觀，尤其體製多所新創，故《文心》便有〈史傳〉一篇以爲應對，得見著史之盛。〔註1〕而其雜傳一項，不僅有記敘地方賢耋，高士文人，亦有僧侶道士，甚至神僊鬼怪，雖爲記傳之體，乃是志異之作。〔註2〕此等好載不經，雜以妄語，與史學之求實相異，故於後代史書之著錄，更易其歸屬，劃入小說。若以史志求實求眞之準則盱衡之，多見雖不專言神僊鬼怪，而言語細碎，無驗史實者，即章學誠謂：「凡事屬瑣屑而不可或遺者，如一產三男，

〔註 1〕史傳成爲創作文體之一例，見《文心雕龍》列史傳爲文體論「序筆」之首可證。筆者已有專文〈經學、文學、史學的結合——《文心雕龍・史傳》篇初探〉詳論之，此不煩敘。拙文載於《孔孟月刊》第 37 卷第 1 期，1998 年 10 月，頁 38～44。

〔註 2〕《七錄》已佚，僅存自序，輯存於王仁俊《玉函山房輯佚書補遺》。《隋志》亦言及，可見其大概。《史通・因習》謂：「而世有撰《隋書・經籍志》者，其流別群書，還依《阮錄》。」今人昌彼得、潘美月謂：「《隋書・經籍志》史集兩部之子目，亦多因緣於阮氏《七錄》。」（見昌、潘二氏合著《中國目錄學》（臺北：文史哲出版社，1991 年），頁 132。）故今藉《隋志》以觀《七錄》。

人壽百歲，神仙蹤蹟，科第盛事，一切新奇可喜之傳，雖非史體所重，亦難遽議刊落；當於正傳之後，用雜著體，零星紀錄，或名外編，或名雜記，另成一體」〔註 3〕已言盡此體特徵。今觀六朝之作，有《西京雜記》及《小說》好言史遺舊聞，堪預此流，惟眞僞不辨，悉數入篇，除爲後世文學之故實，亦入小說之園囿，故分之爲軼事類，而爲志人小說之一門。今藉二書，既探論此體之性質，亦兼述其傳承之梗概。

第一節　葛洪《西京雜記》

小說原屬稗官，故街談巷語，眞僞相摻，自爲史書末流。《西京雜記》專記西漢京城之瑣事，而爲箇中代表。此書據卷後葛洪跋語謂劉歆撰，葛洪鈔錄之，惟此說頗引疑義，致使《隋志》著錄，未言作者，顏師古注《漢書》，謂出里巷，咸謂著者未明，頗疑序言所載；至劉知幾《史通》直謂葛洪作《西京雜記》，亦據葛洪之跋語，定葛氏造而託名劉歆；〔註 4〕後人亦多主葛洪造而託名劉歆，若唐李善注《文選》蓋直言葛洪《西京雜記》，〔註 5〕新、舊《唐書》及後世書目均直署葛洪，然又間出他說，以致後世眾說紛紜，或云劉歆〔註 6〕、蕭賁〔註 7〕、吳均，〔註 8〕或謂葛洪，〔註 9〕甚而言不知名者，〔註 10〕學者均持之有故，多所

〔註 3〕文見章氏《文史通義・修志十議》。

〔註 4〕見《史通・雜述》：「若和嶠《汲冢紀年》、葛洪《西京雜記》、顧協《瑣語》、謝綽《拾遺》，此之謂逸事者也。」〈迕時〉：「孟堅所亡，葛洪刊其《雜記》。」又〈雜說下〉：「夫故立異端、喜造奇說，漢有劉向，晉有葛洪。」知劉氏亦據葛洪跋語，而定葛洪託劉歆造《西京雜記》。

〔註 5〕見《文選・西京賦》李善注引《西京雜記》黃公事。

〔註 6〕主此者乃據葛洪跋語：「洪家世有劉子駿漢書一百卷，無首尾題目，但以甲乙丙丁紀其卷數。先公傳云，歆欲撰漢書，編錄漢事，未得締構而亡。故書無宗本，止雜記而已。」黃伯思《東觀餘論》、明黃省曾、柯茂竹〈西京雜記序〉及清盧文弨〈新雕西京雜記緣起〉、胡玉縉《四庫提要補正》、董作賓〈西京雜記作者辨〉、張心澂《僞書通考》均持此論。

〔註 7〕此說乃據《南史・齊武諸子》謂：「同弟賁字文奐，…好著述，嘗著《西京雜記》六十卷。」若勞榦〈論西京雜記之作者及成書時代〉主之。（收錄於《中研院史語所集刊》卷 33，1962 年 2 月，頁 19～34）以下引勞氏語均引此，亦不復注。

〔註 8〕主此乃依段成式《酉陽雜俎》載庾信作詩用《西京雜記》，旋自追改曰：「此吳均語，恐不足用。」又宋晁公武《郡齋讀書志》延用此說，而謂「江左人或以吳均依託爲之」。

〔註 9〕持此論者，謂本書雜採諸書，託之劉歆。余嘉錫《四庫提要辨證》、洪業〈再說西京雜記〉（《中研院史語所集刊》卷 34 下，1963 年 12 月，頁 185～274）、

發明。今由葛洪跋語以觀，謂劉歆者，自陳振孫《直齋書錄解題》已疑之，至紀昀更舉向歆父子作《漢書》，史書無載；此書所記，與班固《漢書》多有不合；又其內文不合歆語等三事以證非劉歆撰。余嘉錫更申說紀氏論點，引證纂詳，勞榦又以名物考之，見司南車乃後漢張衡所造，《西京雜記》竟引之，〔註 11〕洪業更見此書竟犯劉歆家君諱。由上引諸家之持論，知劉歆未著《西京雜記》，已爲定讞。至於謂蕭賁撰者，實據《南史》。按南朝諸史未言蕭賁著《西京雜記》，至唐貞觀間李延壽《南史》方始言及，惟不知所本，自難遽信，又成於初唐之《隋志》雖疑洪跋，故不繫姓名，亦未提及蕭賁，輔以蕭賁《西京雜記》爲六十卷，與《隋志》之二卷，相去甚遠，李氏之言，本有疑義，況且《南史》言賁好著述，嘗著《西京雜記》，與今傳《西京雜記》僅係鈔錄，似又不同。故余嘉錫謂：「蕭賁雖生葛洪之後，彼自著一書，亦名西京雜記」，應是。至若段成式《酉陽雜俎・語資》篇云：「庾信作詩用《西京雜記》事，旋自追改，曰：此吳均語，恐不足用」；又於〈廣動植〉篇言「葛稚川嘗就上林令魚泉，得朝臣所上草木名二千餘種」，即據《西京雜記》葛洪跋語，推論葛氏撰。按《酉陽雜俎》本是小說家言，信筆爲之，故二說矛盾，段氏皆錄，更遑論僅係孤證？余嘉錫又據殷芸《小說》已引《西京雜記》，未言吳均著，足證吳均非本書作者，其理甚明。衡諸現存文獻，殆以葛洪造而託言劉歆者，殊少疑義。《晉書・曹志傳》云：

> 帝嘗閱《六代論》，問志曰：是卿先王所作邪？志對曰：先王有手作目錄，請歸尋按。還奏曰：按錄無此。帝曰：誰作？志曰：以臣所聞，是臣族父冏所作，以先王文高名著，欲令書傳于後，是以假託。帝曰：古來亦多有是。顧謂公卿曰：父子證明，足以爲審。自今已

程燦章〈西京雜記的作者〉（《中國文化》9 卷，1994 年 2 月，頁 93-96）等均主此。下文引余、洪、程三氏語均各依三篇論文，以下引文不再列注。

〔註 10〕若唐顏師古《漢書・匡衡傳》注：「今有西京雜記者，其書淺俗，出於里巷，多有妄說。」未言作者。陳振孫《直齋書錄解題》謂惟非向歆所傳，亦未必洪之作也。清紀昀《四庫全書總目提要》即主此。以下引紀氏說皆本此，不再列注。

〔註 11〕事見卷五，唯今本多作「司馬車」。金嘉錫〈《西京雜記》斠正〉謂：「案抱經堂本、正覺樓本『司馬』並作『司南』。」見《雜記》與「辟惡車」、「記道車」、「請室車」等並列，推知應爲「司南車」非「司馬車」。驗《藝文類聚》卷四引《典略》云：「明帝使博士馬均，作司南車，水轉百戲，正月朝，造巨獸魚龍蔓延，弄馬倒騎。備如漢《西京故事》。」即引《西京故事》（《西京雜記》）之司南車可輔證之。金氏文收於《臺大文史哲學報》，卷 17， 1968 年，頁 256。

後，可無復疑。

曹志族父曹冏爲使著書傳世，而假託曹植高名。此事且因晉武帝相問方爲人知，並言「古來亦多有是」，知撰書而託於名人，已有前例。所知者，若今見漢世小說，亦多有晉時僞作，〔註12〕故葛洪跋《西京雜記》，並言抄撮劉歆語，故後世以此書繫葛洪，亦合情理。再者，《西京雜記》之故實，亦每與葛著《神仙傳》、《抱朴子》互見，〔註13〕故「葛洪造書而託名劉歆」者應是，今從之。又余嘉錫見《西京雜記》多鈔錄他書而成，〔註14〕以爲《抱朴子‧自敘》之「又抄五經史漢百家之言」即此書，雖乏實證，也可聊備一說。

一、作者及版本

作者葛洪，字稚川，丹陽句容人。因生性率實，杜絕嘲戲，邦人稱之抱朴之士，故自號抱朴子。父悌，吳平後入晉，爲邵陵太守。洪爲悌第三子。少好學，雖家貧仍伐薪以貿紙筆，夜輒寫書誦習，遂以儒學知名。太安中，石冰作亂，洪率眾討，別率破冰，遷伏波將軍。然洪不論功賞，徑至洛陽，搜異書以廣其學。後中原亂，依廣州刺史嵇含，及含遇害，遂停南土多年，後還鄉里，禮辟皆不赴。元帝爲丞相，辟爲掾，以平賊功，賜爵關內侯。咸和初，司徒導召補州主簿，轉司徒掾，遷諮議參軍。干寶與深相親友，薦洪撰國史，洪固辭不就。以年老，欲鍊丹以祈遐壽，遊止於羅浮山煉丹。在山積年，著述不輟。後卒於山。〔註15〕洪博聞深洽，江左絕倫，著《抱朴子》內外篇、《神遷傳》、《隱逸傳》，碑、頌、詩賦百卷，軍書、檄移、章表，皆有撰述，又抄五經、七史、百家之言、兵事、方伎、短雜、奇要，篇章富於班馬。〔註16〕

〔註12〕若魯迅言：「現存之所謂漢人小說，蓋無一眞出於漢人，晉以來，文人方士，皆有僞作，至宋明尚不絕。」文見魯氏著《魯迅小說史論文集——中國小說史略及其他》（臺北：里仁出版社，1994年），頁25。

〔註13〕詳論參程章燦〈西京雜記的作者〉一文。

〔註14〕《西京雜記》引他書，余嘉錫《四庫全書辨證》已有深考。據余氏文，本書事兼見《三輔舊事》、《漢舊儀》、《七略》、《新論》等前人著作。

〔註15〕《晉書》言其卒歲爲八十一，與鄧岳約卒於康帝前不合。故錢賓四於〈葛洪年譜〉指出葛洪先鄧岳卒，然葛洪應卒於哀帝興寧二年，但鄧岳早卒於康帝前，故葛洪不出六十。故云：「然要之其壽最高當不過六十，則絕無疑者。」考辯詳贍，言之成理，今從之。錢文收錄於《中國學術思想史論叢（三）》（臺北：東大圖書公司，1993年），頁61～67。

〔註16〕本文據《晉書‧葛洪傳》、《抱朴子‧自敘》之敘述節錄。葛氏生平及論著具載二書，又今人陳飛龍著有《葛洪文論及其生平》（臺北：文史哲出版社，1980

《西京雜記》成書後沈寂一時，裴松之注《三國志》、後魏酈道元注《水經》、劉孝標注《世說》均未徵之，至梁殷芸《小說》方見引用。本書初著錄《隋志》舊事類，二卷，《舊唐書・經籍志》、《新唐書・藝文志》著錄，均作一卷。後世目錄，皆著其書。藤原佐世《日本國見在書目錄》、王堯臣《崇文總目》、晁公武《郡齋讀書志》、陳振孫《直齋書錄解題》及元馬端臨《文獻通考・經籍考》作二卷，宋後則析爲六卷。〔註 17〕本書唐宋類書頗見徵引，又有南宋曾慥《類說》、元陶宗儀《說郛》節錄之，足供校讎之資。今傳《西京雜記》版本頗眾，惜未見宋本，雖然清薛福成《天一閣見存書目》收有二卷本《西京雜記》，並註云：「全鈔本。晉葛洪撰此本未經宋人分析之本」語，似是宋鈔本，然亦未傳；錢曾《讀書敏求記》卷二下云：「葛洪《西京雜記》二卷，……章丘李中麓所藏，卷仍上下，但每事標題，又分自甲至癸，殆猶存子駿《漢書》之舊與」，曾氏藏本，今不可見，然觀其排序分目，同於抱經堂所刊，或爲盧文弨所據之底本，亦未可知也。至若楊立誠《四庫目略》記有明柯堯叟本、明活字本〔註 18〕、袖珍刊本，甘鵬雲《崇雅堂書錄》有華陽傅世洵刻本等，未見，或已佚。今所存者，惟以明末嘉靖時之刻本爲最早。後臚列知見版本如次：

（一）明刻本：除嘉靖沈氏野竹齋刊本及稍後孔胤刊本單刻外，餘者若萬曆吳琯《古今逸史》、商濬《稗海》、郭子章《秦漢圖記》陝西布政司刊本、程榮《漢魏叢書》、何允中《廣漢魏叢書》、天啓唐琳《快閣藏書》、崇禎毛晉汲古閣《津逮祕書》均爲叢刻，分六卷；惟萬曆李栻《歷代小史》本作一卷。

（二）清代本：乾隆王謨《增訂漢魏叢書》、馬俊良《龍威祕書》、《博古存什叢書》本（實爲《稗海》本）、嘉慶張海鵬《學津討原》、同治顧之逵輯《藝苑捃華》（又名《祕書四十八種》）、清宣統《無一是齋叢鈔》諸刻本及乾隆三十年敕輯《四庫全書》鈔本均爲六卷；乾隆盧文弨《抱經堂叢書》校刻本、光緒崇文書局《正覺樓叢書》則爲二卷本。

年）可參看，此不詳述。

〔註 17〕陳氏《解題》：「唐〈藝文志〉，亦只二卷，今六卷者，後人分之也。」今據此爲言。

〔註 18〕以上柯堯叟、明活字本於清時仍見，清莫友芝《郘亭知見傳本書目》卷十一收錄之，惟今藏書目錄均未收，似已亡佚。

（三）民國本：海鹽張元濟輯《四部叢刊》影印明嘉靖三十一年孔胤刊本、上海進步書局《筆記小說大觀》石印本、中華書局《叢書集成初編》排印本、《漢魏小說採珍》石印本、江蘇廣陵古籍《筆記小說大觀》排印本爲六卷；鄭國勳《龍谿精舍叢書》刊本、宋聯奎輯《關中叢書》排印本則作二卷。近世坊間亦多重新排印，惟多有訛誤，少有發明，故不贅述。

（四）國家圖書館藏有二卷、六卷舊鈔本兩種，年代不明。

蓋《西京雜記》雖然版本繁多，卷數亦有一卷、二卷、六卷之分，然驗其內容與排序均同，僅分卷有異。其中尤以盧文弨抱經堂校定本既出，非惟二卷本多翻刻之，六卷本亦多據此爲底本，實爲今日通行本之祖本。潘景鄭《著硯樓書跋》云：「今通行六卷本，則以嘉靖元年吾吳沈氏野竹齋刊本爲最善先，惜流傳不廣；其次則嘉靖壬子孔天胤刊本，即今涵芬樓影印者是也。……惟抱經堂最精審，然亦非原本面目矣。」明嘉靖沈氏及孔氏所鐫刻之《西京雜記》，爲今傳之最古本，而抱經堂本雖後出，然校讎精審，亦稱善本，實爲今人研究《西京雜記》應備之佳槧。

二、《西京雜記》之內容

《西京雜記》既鈔集史傳之遺，故多錄傳記之片段，檢其內容，或記典章制度、故事遺聞，又雜以詩賦書信，捷對語錄，致使僅百餘則之作品，體裁甚繁。其撰述之手法，大抵取街譚巷語或歷史典故，而緣飾以己意。若〈彈碁代蹴踘〉

> 成帝好蹴踘，群臣以蹴踘爲勞體，非至尊所宜。帝曰：朕好之，可擇似而不勞者奏之。家君作彈棋以獻，帝大悅，賜青羔裘，紫絲履，服以朝覲。〔註19〕

文記成帝好蹴踘，群臣謂有勞聖體，故劉向獻彈棋以代之。按《世說新語・巧藝》劉孝標注、《太平御覽》卷七五五引晉傅玄〈彈碁賦序〉云：「漢武帝好蹴鞠，劉向以爲蹴鞠勞人體，竭人力，非至尊所宜，乃因其體而作彈碁以解之」，所指乃爲武帝，其餘所載均同，知劉向獻蹴鞠事原傳於當世，二人摘取不同而小異。今葛洪則移此語於劉歆，並添帝厚賜劉向事。而於里巷傳聞外，亦取正史載記，若〈昆明池養魚〉：

〔註19〕本文爲行文便利，每則均據抱經堂叢書本之篇目爲準。以下引文均同。

武帝作昆明池，欲伐昆明夷，教習水戰，因而於上游戲養魚，魚給諸陵廟祭祀，餘付長安市賣之。池周迴四十里。

昆明池事見《史記》及《漢書・武帝紀》言元狩三年「發謫吏穿昆明池」事；《漢書・西域傳》謂：「殊方異物，四面而至，於是廣開上林，穿昆明池」；〈食貨志〉言：「故吏皆適令伐棘上林，作昆明池」，見上林乃爲納四方異物而造，名其池爲昆明，《史記》所載亦同，見東漢張衡《兩京賦》敘上林之美即言其中「迺有昆明靈沼，黑水玄阯」，〔註20〕均未見作昆明池爲伐昆明夷。僅〈食貨志〉後言：「上林財物眾，迺令水衡主上林。上林既充滿益廣，是時粵欲與漢用戰逐，迺大修昆明池。治樓船，高十餘丈，旗織加其上。甚壯，於是天子感之，迺作柏梁臺。」昆明池再次修葺方爲水戰，惟所伐者爲粵蠻，非昆明夷。〔註21〕王先謙補注云：「武紀在元鼎二年」，所指應是平於元鼎六年之南粵。唐顏師古《漢書》注言昆明池事與《西京雜記》同，〔註22〕實襲自《西京雜記》。今《三輔黃圖》徵引《三輔舊事》、《涯涘圖》、《廟記》所記昆明池事，殆爲《西京雜記》所據，〔註23〕得見葛洪著書之本。故若東方朔之捷思巧對，王昭君之遠嫁西蠻，或趙氏姐妹之寵擅後宮，趙后之計殺如意，均據

〔註20〕文見《文選》卷二。

〔註21〕見《御覽》卷三九九引辛氏《三秦記》均言武帝造昆明池，以習水戰，未言伐昆明夷。晉潘岳〈西征賦〉謂：「乃有昆明池乎其中，…伊茲池之肇穿，肄水戰於荒服，志勤遠以極武，良無要於後福。」李善注謂：「釋穿池之意也。言志在勤於遠略以極武功，良無要於已後之福也。」（《文選》卷十）又《太平御覽》卷六七引《漢書》注再徵引潘岳〈關中記〉曰：「昆明池，漢武習水戰也。」（〈關中記〉未見，嚴可均輯《全晉文》之潘岳文無），見斯時已有昆明池爲伐蠻夷而開鑿之說，惟均無言伐昆明夷。

〔註22〕顏師古注《漢書・武帝紀》引《三輔黃圖》云：「西南夷傳有越巂昆明國，有滇池方三百里，漢使求身毒國而爲昆明所閉，今欲伐之，故作昆明池以習水戰，在長安西南周回四十里。」與《西京雜記》所載同。驗《三輔黃圖》一書雜用晉以後事，致晁氏《郡齋讀書志》、陳氏《解題》謂陳梁時人作。雖《四庫全書總目》及張元濟跋語又定《三輔黃圖》爲唐初作，唯二說均爲葛洪後，得見《三輔黃圖》或傳承《西雜記》。《四庫全書總目》之《三輔黃圖》提要云：「惟兼採《西京雜記》、《漢武故事》諸僞書日，《洞冥記》、《拾遺記》諸雜說，愛博嗜奇，轉失精核，不免爲白璧微瑕耳。」即謂此。

〔註23〕《西京雜記・玉魚動蕩》：「昆明池刻玉石爲鯨魚，每至雷雨，魚常鳴吼，鰭尾皆動。漢世祭之以祈雨，往往有驗。」見《三輔黃圖》引三書：《三輔舊事》（又作《三輔故事》）：「池中有豫章臺及石鯨，刻石爲鯨魚，長三丈，每至雷雨常鳴吼，鬣尾皆動。」《涯涘圖》：「上林苑有昆明池，周匝四十里。」《廟記》云：「因欲遊戲，養魚以給諸陵祭祀，餘付長安廚。」均爲《雜記》所本。

些許史事而敷衍，故見眞假相摻，而饒奇趣。然則雜鈔群書，亦爲本書之特色。或因多記宮闈祕聞，故托言劉歆以取信世人。然於傳鈔祕事故聞外，又雜以怪力之語，直若志怪之書。若〈弘成子文石〉：

> 五鹿充宗，受學于弘成子，成子少時，嘗有人過己授以文石，大如燕卵，成子吞之，遂大明悟，爲天下通儒。成子後病，吐出此石，以授充宗，充宗又爲碩學也。

二人均因天授文石而爲碩儒，其事與《齊書》之江淹夢郭璞授五色筆、《梁書》載紀少瑜夢陸倕授青鏤管筆〔註24〕相當。而〈揚雄夢鳳作太玄〉、〈仲舒夢龍作繁露〉之著書天啓，無不言天給神思，甚者若〈籙術制蛇御虎〉言黃公制虎事，又與《搜神記》互見。其餘若申言符瑞感應，或廣錄奇樹異苑，亦爲本書大宗。

次就述事之內容觀察。《西京雜記》雖言西漢故實，獨瀰漫六朝氣息。若司馬相如雖身處西漢，然偕卓文君私走，而與魏晉逾禮風氣相合，自爲六朝談論所摘取。故《西京雜記》謂相如貧居成都計取王孫財，誇飾其假譎謀略，又卓文君作〈白頭吟〉諫相如納妾，申言卓女之規箴而擅文學，塑造出稍違史實、又具名士風範之形象。甚者若東方朔，除轉嫁郭舍人巧思救武乳母事，而更增其善嘯之特長，顯與史傳相違。其〈長嘯塵落瓦飛〉云：

> 東方生善嘯，每曼聲長嘯，輒塵落瓦飛。

此則言東方朔善嘯，聲振塵瓦。然東方生善嘯之事，不見正史。按嘯歌之舉，啓自漢末。若向栩爲人獨行任誕，不好語言而善長嘯，可謂啓六朝嘯歌之先聲。〔註25〕入魏，自有諸葛臥龍之長於嘯歌，〔註26〕而後若隱逸之宗測〔註27〕、漁父，〔註28〕名士之劉寶〔註29〕、謝萬〔註30〕、王廙〔註31〕、謝鯤〔註32〕之徒

〔註24〕此事未見今本《梁書》，或爲佚文。紀少瑜《南史》有傳，亦不載此事。本事見《太平御覽》卷六〇五引。

〔註25〕《後漢書・獨行列傳》：「向栩字甫興，河內朝歌人，…性卓詭不倫，恒讀老子，狀如學道，又似狂生，好被髮，著絳綃頭，常於灶北坐板床上，如是積久，板乃有膝踝足指之處，不好語言而言而喜嘯。」《太平御覽》卷三九二引《英雄記》：「向栩爲性卓詭不凡，好讀老子，狀如學道，又復似狂居，嘗灶北坐被髮，喜長嘯，人客從輒伏不視，人有於栩前獨拜栩不答。」

〔註26〕《三國志・諸葛亮傳》裴松之注引《魏略》云：「亮在荊州，以建安初與潁川石廣元、徐元直、汝南孟公威等俱游學，三人務於精熟，而亮獨觀其大略，每晨夜從容，常抱膝長嘯。」

〔註27〕《南齊書・高逸傳》：「（宗測）齎老子莊子二書自隨，子孫拜辭悲泣，測長嘯不視，遂往廬山，止祖炳舊宅。」

〔註28〕《南史・隱逸傳》：「漁父者，不知姓名，亦不知何許人也。太康孫緬爲尋陽

均善之，時人亦借此以見高尚襟懷也。《世說新語・棲逸》云：

> 阮步兵嘯，聞數百步。蘇門山中，忽有眞人，樵伐者咸共傳說。阮籍往觀，見其人擁膝側。籍登嶺就山，箕踞相對。籍商略終古，上陳黃、農玄寂之道，下考三代盛德之美，以問之，仡然不應。復敘有爲之教，棲神導氣之術以觀之，彼猶如前，凝矚不轉。籍因對之長嘯。良久，乃笑曰：可更作。籍復嘯。意盡，退，還半嶺許，聞上　然有聲，如數部鼓吹，林谷傳響。顧看，迺向人嘯也。〔註33〕

阮籍原以言語與眞人對問，然眞人均不作答，後籍對之嘯歌，意盡而退，眞人亦以嘯歌答籍。得見長嘯乃高於言語之應對，能盡言語之不能盡，故成公綏之〈嘯賦〉云：「乃知長嘯之奇妙，此音聲之至極。」〔註34〕申言嘯歌乃極至之音聲，知當時人對嘯歌之態度，大體如此。故《西京雜記》載東方生之舉止，實由魏晉士人之好尚使然。乃時人之好尚使然。餘者若江都王〈勁超高屛〉之似豪爽，郭舍人善於投壺之如巧藝，揚雄論枚皐長卿文章遲速之近文學，而巧對捷語，又散見各篇，均顯見時代風尚影響本書之取材及筆法。

若《西京雜記》擷取西漢時人之文章，〔註35〕甚而假託時人之口，以申言天人相感、陰陽五行運行之理，頗合西漢思想。〈樊噲問瑞應〉云：

> 樊將軍噲問陸賈曰：自古人君，皆云受命於天，云有瑞應，豈有是乎？賈應之曰：有之。夫目瞤得酒食，燈華得錢財，乾鵲噪而行人至，蜘蛛集而百事喜，小既有徵，大亦宜然，故目則祝之，燈華則

太守，落日逍遙渚際，見不輕舟波隱顯，俄而漁父至，神韻蕭灑，垂綸長嘯，緬甚異之。」

〔註29〕《世說新語・任誕》：「劉道眞少時，常漁草澤，善歌嘯，聞者莫不留連。」

〔註30〕《世說新語・簡傲》：「謝萬北征，常以嘯詠自高，未嘗撫慰眾士。」

〔註31〕《晉書・王廙傳》：「廙性儁率，嘗從南下，旦自尋陽，迅風飛帆，暮至都，倚舫樓長嘯，神氣甚逸。」

〔註32〕《晉書・謝鯤傳》：「鄰家高氏女有美色，鯤嘗挑之，女投梭，折其兩齒，時人爲之語曰：任達不已，幼輿折齒。鯤聞之，傲然長嘯曰：猶不廢我嘯歌。」此事互見《世說・任誕》，所記亦同。按嘯歌常見於魏晉，又若晉趙至、謝安、郭璞等均好之，事具見本傳。甚者若《拾遺記》造善嘯之國，其風氣之盛可知。

〔註33〕此則亦見《晉書・阮籍傳》。唯眞人則明指孫登。其說較《世說》爲略，故今引《世說》。

〔註34〕見《文選》卷十八。

〔註35〕如《雜記》所言符瑞之「不可力取」，乃據《春秋繁露・符瑞》所言：「有非力之所能致而自致者，西狩獲麟，受命之符是也」；又〈董仲舒天象〉託言董生申言陰陽之義，與《繁露・陰陽出入》同。

拜之，乾鵲噪則餧之，蜘蛛集則放之，況天下大寶，人君重位，非天命何以得之哉？瑞者，寶也、信也，天以寶爲信，應人之德，故曰瑞應。無天命，無寶信，不可以力取也。

樊噲、陸賈之對答，自是史書所無，今乃託於二人，以申言符瑞實有，天命有徵。故若〈元后燕石文兆〉以應后位，董仲舒、揚雄著《春秋繁露》、《太玄經》均見夢兆，乃緣自天人感應之論而造之。然葛洪所載感應之言，終究不同於西漢之學。顏之推《顏氏家訓》云：「（揚雄）桓譚以勝老子，葛洪以方仲尼，使人歎息，此人直以曉算術、解陰陽，故著《太玄經》，爲數子所惑耳。」明言葛洪推崇《太玄》，乃因此書申言算術陰陽。錢賓四於此申說云：「夫陰陽之說，破棄神權，別尋因果，要不可謂非學說之進步。……而道家之旨，惟在明其自然。鄒衍閎大不經，流而爲神仙。仲舒又衍而爲災異，從而證明其天人相關之學，止雨致雨之術，不脫於象類，自陷於歧途，終召大愚之譏。而漢之學術，遂亦不足觀矣。故仲舒雖尊孔子，明仁義，而終不失爲漢儒之學也」，〔註 36〕知陰陽學說不僅啓發神仙家，道儒亦納其義理，董仲舒、葛洪雖皆言陰陽災異，然董生亦不失儒家之學，葛洪乃預於道術神仙之流。故〈淮南與方士俱去〉言道術之實有，或〈眞自知死〉記曹元理的妙算神機，均突顯對道術法門之深信，遂於史遺之體製中，瀰漫濃厚之道教氣息矣。

故知《西京雜記》本係鈔錄史遺，所記雖非均自我作古，然好據史事又自作詭詞，固難見徵於史錄，又因受時風之影響及自身對求僊之偏愛，雖記西漢之事，其人物乃具名士風格，思想上亦充滿道教色彩，因而構成記古卻似言今之行文特色也。

第二節　殷芸《小說》

《西京雜記》後，唯受命梁武帝而鈔錄史遺之殷芸《小說》，堪承其遺續。殷芸本傳未言及撰《小說》事，乃據《隋志》子部小說類著錄：《小說》十卷，注云：「梁武帝敕安右長史殷芸撰，梁目三十卷。」知著其書。《史通・雜說》稱「梁武帝令殷芸編諸小說」云云，或襲自《隋志》。陳振孫《解題》謂《邯鄲書目》或題劉餗撰，又言：「此書首題秦漢魏晉宋諸帝，注云：齊殷芸撰，非劉餗明矣。」見《解題》又載有《劉餗小說》三卷，知二書因均

〔註 36〕見錢氏著《國學概論》（臺北：臺灣商務印書館，1990 年），頁 96。

名《小說》，題名劉餗乃張冠李戴。晁公武《郡齋讀書志》原題《劉餗小說》十卷，後更之爲殷芸即爲此。本書首載《隋志》，五代《舊唐志》、北宋初編《御覽》、《廣記》收數則、《新唐志》、王堯臣《崇文總目》、尤袤《遂初堂書目》、晁公武《郡齋讀書志》、陳振孫《直齋書錄解題》有收，知宋時頗爲通行。陶宗儀《說郛》收《小說》，並存其舊，知猶未佚。惟清初錢牧齋《絳雲樓書目》卷二收《殷芸小說》，又似爲單傳孤本，〔註 37〕其詳不得而知。見明時楊士奇《文淵閣書目》未載、今亦不得《小說》明刻本，復以《永樂大典》卷二千九百七十七亦僅轉引《續談助》所錄《小說》六則以觀，此書蓋亡於明代，應無疑義。

一、作者及版本

作者殷芸，字灌蔬，陳郡長平人（今河南省淮陽縣），生於宋明帝泰始七年（西元 471 年）。性倜儻，不拘細行，然不妄交遊，門無雜客。勵精勤學，博洽群書。幼而廬江何憲見之，深相歎賞。永明中，爲宜都王行參軍。天監初，爲西中郎主簿、後軍臨川王記室。七年，遷通直散騎侍郎，兼中書通事舍人。十年，除通直散騎侍郎，兼尚書左丞，又兼中書舍人，遷國子博士，昭明太子侍讀，西中郎豫章王長史，領丹陽尹丞，累遷通直散騎常侍祕書監，司徒左長史。普通六年，直東宮學士省。大通三年（529 年），卒，時年五十九。〔註 38〕故《小說》之編著，蓋自天監十三年豫章王綜遷安右將軍、殷芸任安右長史始，以迄十五年綜遷安右將軍、芸領丹陽尹間，見梁武帝曾於天監十五年命徐勉於華林作《華林遍略》，以高安成王命劉峻著《皇覽》，故《小說》之編纂，自是此時之事。

《小說》已佚，幸賴《續談助》、《類說》、《說郛》之節錄，存其涯略，令今人稍見舊觀；而類書多所引錄，亦可供輯佚之資。節本及輯本亦眾：

（一）節　本

1. 宋晁載之《續談助》本：收七十六則，且注出處。後有晁氏跋語。
2. 宋朱勝非《紺珠集》本：收於卷二，作《商芸小說》。自〈四寶宮〉迄

〔註 37〕今據卷首曹溶題詞稱其藏書云：「一所收必宋元板，不取近人所刻及鈔本。…一好自矜嗇，傲他氏以所不及，片楮不肯借出，儘有單行之本，燼不復見於人間。」知絳雲樓所藏，多有不傳於世之祕冊，至若殷芸《小說》，亦似單傳之本。

〔註 38〕此處全據《梁書・殷芸傳》，原文不長，因而全錄。

〈一朝科頭〉計二十二則。

3. 南宋曾慥《類說》本：收錄於卷之四十九。自〈蒲臺〉迄〈九醞酒〉計四十四則。
4. 元陶宗儀《說郛》本：收錄於卷二十五，有注出處，計二十四則。
5. 元陶宗儀、明陶珽重校《說郛》宛委山堂本本：作《商芸小說》，弓四十六收錄，計十則。
6. 《五朝小說》：清據重校《說郛》重新排印。民國十五年上海掃山房又重以石印，更名《五朝小說大觀》。
7. 《古今說部叢書》：清宣統二年上海國學扶輪社據重校《說郛》重新排印。

（二）輯本及輯注本

1. 清杜文瀾《古謠諺》、王仁俊輯《經籍佚文》本：杜氏據《太平廣記》卷一百三十五輯《小說》佚文一則，復爲王氏《經籍佚文》據之，其案語曰：「俊案：杜氏《古謠諺》五十七曰：案《說郛》卷四十六列殷芸《小說》未載此條，今據《廣記》錄之。」所載同杜氏《古謠諺》。
2. 魯迅《古小說鉤沈》本：魯迅據《廣記》、《御覽》、《續談助》、《紺珠集》、《類說》、《說郛》、《海錄碎事》等書輯出，計收一三五則。
3. 余嘉錫《殷芸小說輯證》輯注本：一九四二年余氏與其長女淑宜廣據類書輯成，采書較魯迅多十二種，多收佚文二十餘則，惟漏輯《說郛》卷廿五引自《郭子》「襄邑縣南十八里」一則。余氏輯本收錄於《余嘉錫論學雜著》，一九六三年由北京中華書局出版，一九九七年岳麓書社復以簡體排印，更名《余嘉錫文史論集》。
4. 唐蘭《輯殷芸小說并跋》輯本：收錄於《周叔弢先生六十生日紀念論文集》。唐蘭於魯迅《鉤沈》本之基礎再加考訂，刪其重複並刊定謬誤，計收一百五十一則。然其輯本竟納劉氏《小說》四則，殊不可解；判斷亦多臆測，自使輯文多失而致誤。〔註 39〕
5. 周楞伽《殷芸小說輯證》輯注本：一九八四年上海古籍出版社排印。

〔註 39〕若唐蘭見《太平廣記》卷一百六十四〈李膺〉條共引四則李膺事，唯前三則注出商芸《小說》，末則爲《李膺家錄》，乃稱：「按此上四條均引小說，疑此條亦本小說也。」而收於唐氏輯本卷三，其推論毫無理據。又卷一百九十七〈張華〉條亦用同理，以爲所引《世說》亦是《小說》。其誤斷多此類。

周氏據余氏輯證本稍作調整而復為之詳注。周氏廣徵群書，甚而囊括方志，自利於文字校勘。惟用明清類書，若清馬驌《繹史》、康熙敕撰《淵鑒類函》，又失於不夠嚴謹。

綜觀諸本，節本中以晁載之《續談助》引錄最早亦最夥，曾慥《類說》次之，均為後來輯本復《小說》原書之重要依據；全面性輯本以魯迅（周樹人）《鉤沈》本最早，且時代先後為序，隱然有十卷之分；後余嘉錫、唐蘭、周楞伽輯本出，又以十卷分之，欲復《小說》舊觀。以諸輯本相較之，周、唐二氏本均未加註，自以余嘉錫輯注者為最佳。按周楞伽《輯證》本雖後出，且據余氏本而續作，細究之，未及余氏本。就二氏所據底本以觀，《小說》本亡於明初，故余氏所據底本，亦以宋元為斷限，周氏輯本，卻用清代類書，而自致淆亂。〔註 40〕故周氏所謂他書所漏輯者，實多出於《繹史》及《淵鑒類函》，其優劣由此鑒之；就內容觀之，余氏輯本考證縝密，無徵不信，周氏沿其成說，又好增片面之論，而誤導讀者判斷，今聊舉一例以說之。若卷一記漢武帝事云：「漢武帝過李夫人，就取玉簪搔頭。自此後宮人搔頭皆用玉，玉價倍貴焉。又以象牙為篦，賜李夫人。」魯迅輯本即謂：「《西京雜記》上有之，無末二句」，余嘉錫所言亦同；周楞伽沿之，亦謂不知其出處。〔註 41〕

〔註 40〕按周楞伽謂：「不過有一件奇怪的事，就是清人所見的此書佚文，反較曾見原書而加以輯錄的宋、元人為多，如『腰纏十萬貫，騎鶴上揚州』條，清代的類書《淵鑒類函》、《佩文韻府》均載，而宋、元人輯錄的《太平御覽》、《續談助》、《紺珠集》、《類說》、《說郛》中反而沒有，不知何故。…已故余嘉錫先生明知馬驌所見義較《說郛》為長，然因《繹史》為晚出之書，遂不欲據改，未免略有偏執，過於謹慎，殊不知清初網羅遺帙，藏書出自民間；閣臣所見，或較宋、元人為廣，當非出於杜撰，馬驌據以輯入所編《繹史》，豈得因其係晚出之書而不采？」（文見氏著〈中州名家殷芸的小說〉，收錄於《中州學刊》1984 年第 1 期，頁 119。）周氏以《小說》或傳於民間，以說清代類書所得《小說》較宋元為多，又用之譏評余氏，理據甚為薄弱。若《小說》清時傳於民間，何以今僅得一二則不見於宋元類書？何況明清藏書諸家目錄，亦偏尋不得。且周氏舉「腰纏十萬貫，騎鶴上揚州」條，又見於《全唐詩》卷八七二，與上舉《淵鑒類函》、《佩文韻府》二書同為清聖祖敕撰，何以同事而斷代不同？實則此故實乃出於宋時所流行之謠諺，繫於殷芸《小說》下乃出於類書傳鈔之誤，其後以訛傳訛，錯誤相沿。詳考請參拙文〈「騎鶴上揚州」非殷芸《小說》佚文辨正〉，《文獻》，114 期，2007 年 10 月，頁 47～52。至於周氏駁論余氏云云，自不值識者一哂。

〔註 41〕周氏《輯注》謂：「末二句非《西京雜記》文，引自何書，待查。篦系晚出字，古時作枇不作篦，見《廣雅・釋器》。頗疑此二句為後人所增。」相去更遠。

今本《西京雜記》卷五載「武帝以象牙爲簟，賜李夫人」，唯以「簟」爲「篦」。《御覽》卷一四四兩則並舉，《白氏六帖》注引《西京雜記》均作「簟」。見《西京雜記．昭陽殿》謂：「玉几玉床，白象牙簟」，亦以象牙爲簟，未見「玉篦」，知前則記以玉簪搔頭，故更「簟」爲「篦」，亦爲梳髮器物，見余氏小誤而周氏亦不能分判。王達津亦列舉周氏輯文疑義十九則，〔註 42〕雖不足爲周氏輯本病，然亦知其輯注《小說》，實亦未超越余嘉錫。至若其繁言不休，體例不一，自損周氏輯本之佳處，故今仍推余氏本之文約意廣爲尚。（其餘疑義，詳見後文引）惟周氏將本事、輯證分列，眉目較余氏清楚而已。

二、《小說》之內容

《小說》雖已亡佚，然賴《續談助》、《說郛》之節錄，多存舊制，得見其規模；由之便可知《小說》十卷之分，蓋據時代先後爲次。復驗佚文所載，多一人數記，是以人物爲目，以事而繫人。至若其鈔撮之法，僅據文全錄，並無更易。本書既名之「小說」，故取正史所棄，好引奇聞祕事，或鈔錄言語捷對，又兼及靈怪，令軼事、志異並存一書中。故宋晁載之《續談助》跋語謂：「右鈔殷芸《小說》，其書載自秦漢迄東晉江左人物，雖與諸史時有異同，然皆細事，史官所宜略。又多取劉義慶《世說》、《語林》、《志怪》等已詳事，故鈔之特略。然其目小說則宜爾也。」即爲此意。今檢其引書，亦可略分數類：蓋里巷傳語，未徵其實，《衝波》、《西京雜記》是也；荒誕不經，好述神怪，雖稱史傳，亦非史家所信，《異苑》、《幽冥錄》屬之；而瑣語者流，專收名人談講，逸聞佳話，雖爲小道，亦類史書，《語林》、《世說》即是；若別傳、州郡之作，或自矜門第，或盛說風土，未能盡孚信實，亦一併爲殷芸著書所資取。以下就《小說》條文之性質，分三項析論云。

（一）拾諸稗史，摘取巷聞

本書既以收拾正史所遺者爲宗旨，自近《西京雜記》之體例，故其取錄者，即得里巷傳語，無驗史實之事。若卷二引《衝波傳》云：

按唐蘭云：「然如『篦』字，今雜記下作『簟』，疑象牙不可作簟，以『篦』字爲長，故不改。」已見此則出《雜記》，惟未驗以玉作簟，乃夸寫武帝之奢而增飾李夫人之受寵也，故以「簟」字爲長。餘論見後文所述。

〔註 42〕文見王氏撰〈殷芸小說輯注獻疑〉，收錄於《古籍整理出版情況簡報》第 191 期，1988 年 5 月，頁 21～24。

子路、顏回浴於洙水，見五色鳥。顏回問子路曰：由，識此鳥否？子路曰：識。回曰：何鳥？子路曰：熒熒之鳥。後日：顏回與子路又浴於泗水，更見前鳥，復問：由識此鳥否？子路曰：識。回曰：何鳥？子路曰：同同之鳥。顏回曰：何一鳥而二名？子路曰：譬如絲絹，煮之則爲帛，染之則爲皂，一鳥二名，不亦宜乎？

此則言子路與顏回見五色鳥，因數日之隔，子路卻以一鳥而命二名，致使顏回詰問；然子路則附會絲絹因處理不同亦具二名答辯之，雖具巧思，惟不免強詞奪理。又卷二《東方朔傳》載武帝問東方生樹名，亦因時日不同而一樹二名。二則所記雖時日及人物相去甚遠，然用似是而非之說辭，以顯答者之俊辯則無別，而自我作古之筆法，亦由此彰顯。除言語之捷對外，又載近乎術解神算之事。若卷二引《衝波傳》云：

孔子嘗游於山，使子路取水，逢虎於水所，與共戰，攬尾得之，內懷中，取水還。問孔子曰：上士殺虎如之何？子曰：上士殺虎持虎頭。又問曰：中士殺虎如之何？子曰：中士殺虎持虎耳。又問：下士殺虎如之何？子曰：下士殺虎捉虎尾。子路出尾棄之。因恚孔子曰：夫子知水有虎，使我取水，是欲死我。乃懷石盤，欲中孔子。又問：上士殺人如之何？子曰：上士殺人使筆端。又問：中士殺人如之何？子曰：中士殺人用舌端。又問：下士殺人如之何？子曰：下士殺人懷石盤。子路出而棄之，於是心服。

此文似揶揄聖人所標舉不言怪力亂神之準則外，更藉聖人行動，申言方術神算之實有，而富饒奇趣。前一則載記捷對，後一則但言術解，性質雖不相類，然藉古代人物，而增飾故實則一。故若秦始皇與神人會，漢高祖以避厄藏井，暨武帝之奢華，孔子之妙算，自是稗史野言，而通於軼事小說之命意矣。

（二）張皇神鬼，記述幽冥

殷氏書每直引怪力亂神事，或講應驗，或說形變。若卷一引《異苑》晉武庫失火事：

晉惠帝元康三年，武庫火燒孔子屐、高祖斬白蛇劍、王莽頭等三物，中書監張茂先懼難，作列兵陳衛，咸見此劍穿屋飛出，莫知所向。〔註43〕

〔註43〕按此則余嘉錫〈殷芸小說輯證〉、周楞伽輯注《殷芸小說》均僅據《史通・雜記》所引「晉武庫失火，漢高祖斬蛇劍穿屋而飛」而輯之。然見劉知幾之引

武庫火事亦見劉敬叔《異苑》，所載與《小說》同，沈約《宋書・禮志》、〈天文志〉及〈五行志〉，則僅記高祖斬白蛇劍因之焚燬，删落時人咸見寶劍穿屋飛出，不知所向一段。劉敬叔之言，涉及靈怪，惟唐修《晉書》竟納之，〔註 44〕自招劉知幾之譏嘲。蓋《史記》載劉邦斬蛇起義，稍涉神奇，然太史公之著墨，意在申言漢興乃天命，未誇語其劍何如。惟至《西京雜記》則附麗於神劍，言其瑰麗不凡，《異苑》更輔以靈性，自飛而去。故《神仙傳》云：「眞人去世，多以劍代其形，五百年後，劍亦能靈化，亦其驗也。」（卷二）即言眞人佩劍能靈化，更遑論開國之寶器，自易附會更甚。其他，若始皇與神人會、書生觀天象以救漢武帝、張華廣識異物、蔡邕成仙之樂事，又有本事互見干寶《搜神記》者，〔註 45〕其志異之本質，亦由此得知。

（三）蒐羅逸事，捃錄英華

魏晉以降，孺慕名士，故其談吐容止，自爲時人所重，若《語林》之屬，蓋是此風氣之產物。所記無外乎賞譽品鑒，行止容貌。卷三引《世說》並《李膺家錄》云：

> 李元禮謖謖如勁松下風。
>
> 李膺嘗以疾不迎賓客，二十日乃一通客，唯陳仲弓來，輒乘轝出門迎之。

首則借松樹搖曳之動態景象，可形容難以言傳之人格特質，亦見李氏富於美感之容止。後則載李膺對陳蕃之寵禮及相知。李氏原爲漢末名士，文行爲天下軌範，而與郭泰之交游，本爲當世美談。《御覽》卷三八○引《郭林宗別傳》云：「林宗遊洛陽見河南尹李膺，膺大奇之，於是名震京師。復歸鄉里，衣冠

文，僅爲敘述《異苑》所記，自非《小說》所引。故魯迅、唐蘭輯本均未收此則，蓋因此而棄之。見《太平御覽》卷三四四、三六四、《太平廣記》卷二三一及李善注《文選》卷三十謝玄暉〈和伏武昌登孫權故城〉均引《異苑》此事。今以《御覽》卷三四四引文較詳，與《晉書・張華傳》所記幾無差別，知《晉書》全引《異苑》。又殷芸《小說》引他書之則目，更動原文甚少，今以《續談助》所錄殷芸《小說》言出《世說》者，與今本《世說》對校之（僅得九則，餘七則應是注文而爲宋人刪動，詳說參本論文第三章），僅文字略異可知。故今《御覽》引《異苑》本事，自近殷芸所採，故引文亦據之。

〔註 44〕武庫遭火事分見《晉書・惠帝紀》、〈天文志〉、〈五行志〉及〈張華傳〉，惟〈張華傳〉言及「劍穿屋而出」事，周楞伽《輯證》僅引〈惠帝紀〉；又卷七蛇化爲雉雉，本事亦見〈張華傳〉。

〔註 45〕見今本《搜神記》卷十一記漢武帝問東方朔象牛之物，與《小說》卷二互見。

諸儒送至河上車數千兩，林宗唯與膺同舟而濟，眾賓望之，以爲神仙焉。」時人豔羨如此。《小說》所集李膺事甚多，或記其與郭泰之交游，或言徐孺子之寵禮，均以片面詞彙形容其人之風神，以突顯卓犖不群之名士特質。惟所載雖不乏據實而記，卻多是碎語細事，時又不免張冠李戴，或夸語緣飾，故入小說，難登正史之林。

故知《小說》所收，雖可略分軼事、志異及瑣語三類，皆未悖於拾遺補闕史傳之宗旨，而與《西京雜記》性質相近；惟就比例以觀，志人者殆又過半，小說史家每將之置諸志人小說，亦緣於此。

第三節　軼事類小說之傳承及其特色

先秦諸子之說辭，除採寓言設問外，亦好引證史事，以資論辯，已見軼事小說之雛體。迄西漢之劉向《說苑》、《新序》出，方爲成書之始，然其引史傳以述志之旨意，仍無異於先秦。《漢書・楚元王傳》云：「（劉）向以爲王教由內及外，自近者始，故採取詩書所載賢妃貞婦，興國顯家可法則，及孽嬖亂亡者，序次爲列女傳，凡八篇，以戒天子。及采傳記行事，著《新序》、《說苑》凡五十篇。」知向造二書，乃援傳記體例，其旨爲勸誡君主，《隋志》以此分入儒家。而此例上承秦漢，下啓魏晉，實開文學新體。見劉勰詮敘文類，即云：「博明萬事爲子，適辨一理爲理，彼皆蔓延雜說，故入諸子之流」，殆未以史傳視之。然抽繹史事之片段，用以成篇，實爲《西京雜記》所承。然究漢初劉向《新序》、《說苑》二書，引文或有訛誤，亦本諸史事，而《西京雜記》採百家傳記，以類相從，時又自我作古，增飾故事，又與漢初相別。故《西京雜記》雖遙承諸子，仍以故事之經營爲尚，不以述志爲旨，故與諸子論議分道揚鑣，而爲魏晉新體。惟後起之殷芸《小說》，除承繼《西京雜記》外，又深受當時崇尚博聞之風影響。《文心雕龍・事類》即云：「劉歆遂初賦，歷敘於紀傳，漸漸綜採矣。至於崔班張蔡，遂捃摭經史，華實布濩，因書立功，皆後人之範式也。」知用典之風氣，肇自東漢，暨「曹植辨道，體同書抄」，〔註 46〕已兆文章矜用數典之習；惟入齊梁，尤爲盛焉。《南齊書・文學傳》謂：「今之文章，略有三體。……次則緝事比類，非對不發。博物可嘉，職成拘制。」鍾嶸《詩品》亦言：「故大明泰始中，文章殆同書鈔」，率不然

〔註 46〕見《文心雕龍・論說》。

之。文人好採細事瑣語，甚而冷典僻事，以此相高。黃季剛即云：「爰至齊梁而後，聲律對偶之文大興，用事采言，尤關能事。其甚者，捃拾細事，爭疏僻典，以一事不知爲恥，以字有來歷爲高。文勝而質漸以漓，學富而才爲累，此則末流之弊，故宜去甚去奢，以節止之者也。」〔註 47〕不事才學，而競相用典，雖爲文章流弊，轉爲當時所賞。蓋三國時，雖好廣識博見，〔註 48〕猶未廣被文苑，然風氣已啓。迨入齊梁，用之文筆，而盛極一時。尤可注意者，梁武帝於天監十五年，因安成王秀延攬劉峻撰《皇覽》，而命徐勉等入華林作《遍略》以高之。〔註 49〕《隋志》言武帝亦命殷芸作《小說》，以捃拾史乘之所棄，豈非爲廣識博見，而有助文章取用乎？再者《小說》引錄，頗不類斯時小書割裂他文而未言出處，亦可相印證。故知晉葛洪《西京雜記》祖述劉向，爾後殷芸《小說》乃追蹤其體，惟受時代風氣影響，其例亦稍異矣。

雖然自輔翼聖典之《左氏傳》，或稱良史之《史記》、《漢書》均不免神怪之論，但當時傳記，特偏好記異述奇之事。其雜傳一類，見載前代名人者，恒附會過甚，或以稽考不易使然，惟記當時人物，因矜言門第鄉里，好造作時聞，甚而光怪陸離，悉數收錄。若《世說・德行》劉孝標注引檀道鸞《續晉陽秋》曰：「陳仲弓從諸子姪造荀父子，于時德星聚，太史奏：五百里賢人聚。」陳寔家會，竟引動天文，已言過其實而近乎誣。故余嘉錫《箋疏》云：「據《漢雜事》所載，殆時人欽重太丘名德，造作此言，與荀氏無與焉。乃其後人自爲家傳，附會此事，以爲家門光寵，斯其誣罔虛謬，足令識者齒冷矣。」〔註 50〕已而宗教傳記，借仙佛顯世以申言教法，張皇神奇。若釋慧皎《高僧傳》載精誠止雨、山精化人云云即然，湯一介評曰：「慧皎生於千餘年前，又爲一佛教信徒，所作《高僧傳》難免宣揚其宗教之信仰，誇大僧人之作用，多載迷信故事，此故不可取也。」〔註 51〕其餘各家，亦可以推想；反之當時志怪小說，亦借史體以載鬼神，無不滲入當時傳記。何況軼事類小說原屬稗史，本好異聞之記述，而取法史傳體例，狡獪以成文。若王昭君遠嫁

〔註 47〕見黃氏著《文心雕龍札記》（臺北：文史哲出版社，1973 年），頁 185。

〔註 48〕若《後漢書・鄭孔荀列傳》：「鴻豫亦稱文舉奇逸博聞。」《三國志・陳矯傳》：「博聞彊記，奇逸卓犖，吾敬孔文舉。」又《二國志・杜襲傳》：「粲彊識博聞，故太祖游觀出入，多得驂乘。」均以博識見賞。

〔註 49〕事見《梁書・文學傳》、《南史・劉懷珍傳》。

〔註 50〕見余著《世說新語箋疏》，頁八。

〔註 51〕見湯氏校注《高僧傳》之〈緒論〉（北京：中華書局，1997 年），頁 3。

匈奴事，《世說・賢媛》、劉孝標注引《琴操》均載之。《琴操》謂昭君已嫁，然因其子世違欲爲胡人而自殺，實具氣節，與《世說》互通沆瀣，余嘉錫箋疏：「據《兩漢書》所言，則昭君不名世違，且未立爲單于，昭君亦未自殺。《琴操》之言，與正史不合。孝標不引《兩漢書》而引《琴操》，豈欲曲成昭君之美談耶？」〔註52〕道出小說欲加深昭君德行形象之初衷。見《西京雜記》之載，不僅強調昭君不肯賄賂延壽之高潔，更加寫元帝殺畫工事，以快人心。是知昭君事經後人附會渲染，雖所記不同，然欲成昭君高名則無別，而各家渲染，以致各有不同。再者東方朔巧計救武帝乳母，互見《世說・規箴》，與正史事繫郭舍人顯然相違。《漢書・東方朔傳》記郭舍人與東方朔爭勝敏思，東方生勝舍人一籌。郭舍人名不稱世，東方生則負盛名，故轉嫁救武帝乳母事，以增談助時之趣味。見二則均緣於史傳而增其故事，其成書之法由此可見。而二書收錄，無論名人軼聞，未證其實，或怪力亂神，不能究詰，皆爲史傳所不取，《西京雜記》、《小說》今並列之，除鑒其傳承，亦因其屬性使然。故雖爲史書之遺，令志人神怪兼有，而軼事類小說之性質，亦由此表露無遺。

軼事類小說雖承襲諸子遺緒，復因捃拾遺聞而隸名史部。然文士以博識爲工，而良史以實錄爲貴，故好載不經，又雜以神鬼，自招史家訶詆，而終歸小說之塗。然軼事小說因取摭豐富，文采可觀，實有助後世文章，故紀昀《四庫全書總目・西京雜記》提要云：「其中所述，雖多小說家言，而摭採繁富，取材不竭，李善注《文選》、徐堅作《初學記》，已引其文。杜詩用事謹嚴，亦多採其語，詞人沿用數百年，久成故實，故有不可遽廢者也。」雖專言《西京雜記》，實則軼事小說無不皆然。若乃孔子之術解，昭君之遠嫁，曼倩之善辯，張華之博識，無不事富奇偉，文辭豐腴。故知此史學之歧流，雖無益於史部，固有助於文章，而啓後來辭人之巧思，抑亦文士摭取典故之淵藪也。

〔註52〕見余著《世說新語箋疏》（臺北：華正書局，1989年），頁668。

第五章　志人小說分論（三）俳諧類

俳諧之屬，因專輯調笑，集綴成編，亦稱笑書。其撰述風氣肇自六朝，文體亦備於斯時。若溯其源，或可推至先秦，〔註 1〕然究春秋戰國之文士論辯，多援引雜事進言，雖稱小說之權輿，卻仍應視作諸子論議之附庸。故劉勰云：「若乃湯之問棘，云蚊睫有雷霆之聲，惠施對梁王，云蝸角有伏尸之戰，列子有移山跨海之談，淮南有傾天折地之說，此踳駁之類也。」〔註 2〕見諸子憑藉無徵譬說，以述己志，而迭用刺諷調笑之話語，亦爲諸子多樣說理的形式之一例。若莊子之宏肆、孟子之善辯、列子之無端、韓非之博喻，其寓言譬說，或用虛構以寄嘲諷，或援史傳進行譬喻，無非假滑稽詭譎之詞，以勸諫說理。此諷人述志之創作使命，自漢迄終，沿襲未易。彥和謂：「昔齊威酣樂，而淳于說甘酒，楚襄讌集，而宋玉賦好色，意在微諷，有足觀者。及優旃之諷漆城，優孟之諫葬馬，並譎辭飾說，抑止昏暴。是以子長編史，列傳滑稽，以其辭雖傾回，意歸義正也。」〔註 3〕微諷足觀，意歸義正，爲滑稽排調之準的，亦知俳諧之流，均賦與裨益治世之命意矣。雖然，漢季以前之笑話，均被以淑世治國之前題，仍對後世專以調笑爲主之作品，具樞紐性啓示及影響。〔註 4〕時入三國，俳諧大暢，君王亦預其風，若魏武殘忍偉略，卻行爲佻易，

〔註 1〕學者多主此說。若王利器云：「如果說，笑話這種文藝形式，在東漢末年的《笑林》，才見於著錄，那末，在戰國以來諸子中有關宋人的諷刺小品，就是這種文藝形式的濫觴了。」可謂代表。文見王著〈笑話的生成和發展〉，收錄於《王利器論學雜著》（臺北：貫雅文化事業有限公司，1992 年），頁 102。

〔註 2〕見《文心雕龍・諸子》。

〔註 3〕見《文心雕龍・諧讔》。

〔註 4〕陳必祥言：「西漢中期，還出現過以東方朔爲代表作家的滑稽文學。這種文學

〔註5〕而吳國孫策、孫權，頗好笑語；〔註6〕至若蜀漢劉備左右，亦不乏滑稽調笑之徒。〔註7〕君王所好，自成時尚。而文人調笑之作，已於漢末張衡、孔融兆其體，〔註8〕魏晉以降，滑稽之風更熾。若梁蕭子顯言晉時「王褒〈僮約〉，束晳〈發蒙〉，滑稽之流，亦可奇瑋。」〔註9〕入南朝，「惟宋齊以降，作者益爲輕薄，其風蓋昌於劉宋之初。嗣則卞鑠、丘巨源、卞彬之徒，所作詩文，并多譏刺。梁則世風益薄，士多嘲諷之文，而文體亦因之愈卑矣。」〔註10〕故知笑書之生成，不僅爲文學之自然推衍，亦頗受時風左右。六朝笑書，據史志僅著錄魏邯鄲淳《笑林》、魏澹《笑苑》、隋陽松玠《解頤》及侯白《啓顏錄》，今僅《笑林》、《啓顏錄》殘存佚文，雖難見六朝笑書之全豹，亦可略見一斑，而其發展之脈絡，亦頗分明。以下即就《笑林》、《啓顏錄》遺文稍作探討，用觀六朝笑書之梗概。

第一節　邯鄲淳《笑林》

《笑林》不僅爲笑書之肇始，亦爲志人小說之發軔，其地位不言可喻。

顯然是春秋戰國時期滑稽之辭的延續，不僅開了魏晉南北朝時期滑稽嘲謔之風的先河，而且對這個時期滑稽嘲謔式的小品故事也產生了直接的影響。」可謂知言。文見陳著《古代散文文體概論》（臺北：文史哲出版社，1997年10月），頁85。

〔註5〕《三國志・魏書・武帝操紀》裴松之注引《曹瞞傳》云：「太祖爲人佻易無威重，好音樂，倡優在側，常以日達夕。被服輕綃，身自佩小鞶囊，以盛手巾細物，時或冠帢以見賓客。每與人談論，戲弄言誦，盡無所隱，及歡悦大笑，至以頭沒杯案中，肴膳皆沾汙巾幘，其輕易如此。」

〔註6〕《三國志・蜀書・費禕傳》：「孫權性既滑稽，嘲啁無方，諸葛恪、羊衜等才博果辯，論難鋒至，禕辭順義，據理以答，終不能屈。」又見《三國志・吳書・孫策傳》：「策爲人，美姿顏，好笑語。」

〔註7〕《三國志・蜀書・簡雍傳》記：「時天旱禁酒，釀者有刑，吏於人家得釀具，論者欲令與作酒者同罰，雍與先主游觀，見一男女行道，謂先主曰：彼人欲行淫，何以不縛？先主曰：卿何以知之？雍對曰：彼有其具，與欲釀者同。先主大笑，而原欲釀者。雍之滑稽，皆此類也。」簡雍與劉備之對談，顯現簡雍之捷智，而宋天和子《善謔集》對此略加刪改而收之，可驗此則直似笑話之載記。

〔註8〕《文心雕龍・書記》篇言：「至如張衡〈譏世〉，頗似俳說，孔融〈孝廉〉，但談嘲戲。」尤其孔融好著諧讔，更啓魏晉風尚。詳參拙文〈《文心雕龍・諧讔》初探〉《錢穆先生紀念館館刊》，第7期，1999年12月。

〔註9〕見《南齊書・文學傳》。

〔註10〕見劉師培《中國中古文學史》（北京：人民文學出版社，1998年），頁93。

本書初著錄於《隋志》，署名邯鄲淳。惟宋僧贊寧《筍譜》暨《五色線》引〈煮簀爲笋〉，均繫陸雲，似陸氏亦有《笑林》。余嘉錫、〔註 11〕寧稼雨〔註 12〕據此言陸雲撰別本《笑林》。按《隋志》、新舊《唐志》未著錄陸氏《笑林》，至宋出現陸雲著與邯鄲淳著《笑林》二種，實悖常理。驗之《藝文類聚》卷十九、《太平御覽》卷六八八引《世說》均載有陸雲好笑過甚，或因此有陸雲別撰《笑林》之說。馬國翰輯《笑林》小序辯此謂：「陸雲字士龍，爲性喜笑，似以《笑林》出士龍所著，蓋因笑事而誤，當以史志爲據也。」所言甚是。惟《日本國見在書目錄》於《笑林》後附有《笑論》一卷，疑即爲陸雲書。故陸雲著《笑林》之說，今仍存疑。〔註 13〕

一、作者及其版本

淳字子叔，潁川人，博學有才識，魏初傳古文者，即出於淳。〔註 14〕善書，師於扶風曹喜而究其妙旨，後與清河張揖齊名。弱冠即見異才，不僅爲曹操所接遇，亦與曹植友善。及黃初時，任官博士給事中。〔註 15〕著有《邯鄲淳集》二卷，後不傳。其文散見類書之中，今輯存於嚴可均《全三國文》，另有《笑林》輯本傳世。

本書《隋書・經籍志》、《日本國見在書目錄》、《舊唐書・經籍志》、《新唐書・藝文志》均著錄三卷，至元修《宋史・藝文志》則未見。宋初《太平御覽》、《太平廣記》均收《笑林》，或此書宋初尚存。然晁公武《郡齋讀書志》、陳振孫《直齋書錄解題》〔註 16〕、尤袤《遂初堂書目》均無著錄，南宋時已亡佚。

〔註 11〕余氏於〈殷芸小說輯證〉注文附論《笑林》。收錄於《余嘉錫文史論集》（長沙市：岳麓書社，1997 年），頁 298。

〔註 12〕寧稼雨言：「《隋志》和兩《唐志》所著錄的三卷本《笑林》，爲邯鄲淳所撰，吳曾所見的十卷本《笑林》，爲陸在三卷本基礎上增補而成，如此說若成立，那麼今存《笑林》佚文，邯鄲淳不可能爲者，便應屬陸雲。至於記漢魏事者，則很難分清爲誰所寫了。」文見寧著《中國志人小說史》（遼寧省：遼寧人民出版社，1991 年），頁 15。

〔註 13〕關於作者之疑義，詳參拙文〈邯鄲淳《笑林》研究〉，《東吳中文研究集刊》第 6 期，1999 年 5 月，頁 35。

〔註 14〕事見《三國志・魏志》卷二一引《文意敘錄》。

〔註 15〕以上具以《三國志・魏志》卷二一引《魏略》、《後漢書》卷八四引《會稽典錄》所載。

〔註 16〕今《直齋書錄解題》雖輯自《永樂大典》，然見陳氏註《開顏集》云：「校書郎周文規撰。未知何時人，以古笑林多猥俗，迺於書史中鈔出可資談笑者爲

今人王利器引宋吳曾《能改齋漫錄》卷七所記：「秘閣有古《笑林》十卷。晉孫楚〈笑賦〉曰：『信天下之笑林，調謔之巨觀。』《笑林》本此。」〔註 17〕吳氏以爲祕閣所藏《笑林》，即爲淳書。按南宋初傅幹注《東坡詞》卷九云：「祕閣古《笑林》：『晉元帝生子，宴百官，賜束帛，殷羨謝曰：臣等無功受賞。帝曰：此事豈容卿有功乎』。《世說》亦云。」是知祕閣藏本《笑林》載有晉時事，自非邯鄲生所能見，此本雖古，然亦是它本《笑林》，或爲後人附驥而得，非邯鄲淳著《笑林》原書可知。見《崇文總目》、《宋史・藝文志》知宋有何自然、路氏《笑林》二種，吳氏以古《笑林》之名與二書相別。然元脫脫修《宋史・藝文志》，既據兩宋諸國史藝文志鈔撮而成，也未見邯鄲淳《笑林》著錄。今所見《笑林》，概由《藝文類聚》、《太平御覽》、《太平廣記》等類書鉤沈，故今見《笑林》均爲輯本。而《類林》、〔註 18〕《續談助》各收《笑林》一則，本爲《類聚》、《御覽》、《廣記》所收，內容亦同，故從略。《笑林》板本有五：

（一）明陳禹謨《廣滑稽》本：明萬曆陳禹謨輯《廣滑稽》，自〈未殺陳佗〉迄〈傾家贍君〉計十三則。

（二）清馬國翰《玉函山房輯佚書》本：馬氏據《藝文類聚》、《太平廣記》、釋贊寧《筍譜》輯出，自〈吳人食酪〉至〈煮簀爲笋〉，計二十六則。

（三）清王仁俊《玉函山房輯佚書補遺》本：王仁俊據《琱玉集》補入趙伯事。然馬氏輯本據《御覽》已收此則。《琱玉集》與《御覽》內文間有差異，王氏增錄或可作參校。

（四）魯迅《古小說鉤沈》本：周氏於馬、王二氏之基礎上又參校《續談助》（收〈善治傴者〉）、《紺珠集》（收〈羊踏破菜園〉）、《類林雜說》（收〈伯翁嫁妹〉）增輯三則，計二十九則。

（五）王利器、王貞珉《歷代笑話集》本：一九五六年由上海古典文學出版社刊行，一九八一年再於上海古籍出版社印行。據其序略云：「（《笑林》）原書今佚，今清馬國翰有輯本，現在據馬氏《玉函山房輯佚書》本移錄，并據魯迅《古小說鉤沈》補錄馬氏未輯諸錄於後。」得知其根據之底本，故馬氏佚本計二十六則，魯迅增錄三則，故得二十九則，可謂目前《笑林》較完

此編。」陳氏所見雖廣，仍直引周文規言而未加補注，得知陳氏與《笑林》無緣一見。

〔註 17〕文見王利器《中國笑話大觀》（北京：北京出版社，1995 年），頁 1。

〔註 18〕《類林》今佚，本文所據乃史金波等之輯本。下文《啓顏錄》引《類林》，亦據此輯本。見《類林研究》（寧夏：寧夏人民出版社，1993 年）。

之足本。一九九五年二氏再據前作《歷代笑話集》、《中國歷代笑話集續編》合爲一書，由北京出版社出版《中國笑話大觀》，內容亦同。楊家駱《中國笑話書》（1972 年臺北世界書局初版）、郭俊峰《中國歷代笑話集成》（1996 年吉林省時代文藝出版社出版）均據王氏輯本。自《笑林》輯本出，據魯迅、王利器等書之節選文字頗眾，〔註 19〕故未列入上述版本。諸家輯本，廣徵群書，雖仍有些許疑義，〔註 20〕猶可略窺《笑林》之形態也。

二、《笑林》之內容

《笑林》者，調謔之巨觀也。晉孫楚《笑賦》謂「有度俗之公子，總萬

〔註 19〕如吳曾祺《舊小說》、陳星鶴、楊志華《魏晉南北朝小說賞析》、侯剛、張宏淵《歷代微型小說欣賞》、粹文堂、郭雲龍各出《中國歷代短篇小說選》、徐震堮選注《漢魏六朝小說選注》、陳萬益等編《歷代短篇小說選》、申俊《中國笑話》等均僅依前人輯佚成果加以節錄數則，下文言及《啓顏錄》亦同，不再詳載。

〔註 20〕自明代《笑林》輯本問世，迄王利器輯本出，頗爲完備，然其輯文，疑義有三：

1. 存疑一則。周氏《古小說鉤沈》本據《紺珠集》補入〈羊踏破菜園〉一則。然傳言朱勝非編《紺珠集》本輯自類書，錯謬頗眾，此條僅此著錄，本有疑義，而曾慥《類說》明言錄自《啓顏錄》，此則更形可疑。周氏據此增輯一則，仍需旁證，方可定讞，故應存疑。
2. 增錄一則。《太平廣記》卷二六二記「不識鏡」，註文引自《笑林》，其內容記鄉人因不識鏡而引發可笑之愚言愚行，爲各輯本所未收，應增錄之。
3. 辨疑一則。《太平廣記》卷二五一載鄰夫則，註文引自《笑言》，盧錦堂〈太平廣記引書數試探〉云：「明鈔本，孫潛校本都注出『《笑林》』。查《笑言》，前人書志不見著錄。」（《漢學研究》第 2 卷第 2 期，1984 年 6 月，頁 254～255。）主張更名爲《笑林》。按盧氏文中言及「明鈔本」，即明沈氏野竹齋鈔本，所惜未知沈氏根據之底本爲何；而清孫潛校本乃據宋鈔本以校談刻本，然孫氏所據宋鈔本今已遺佚，亦未知孫氏何以更《笑言》爲《笑林》之理據。今《廣記》所引書目《笑言》、《笑林》二書并記，雖《廣記》編輯之初頗爲粗濫，亦未必爲編者之誤。而唐代有何自然、路氏《笑林》，《廣記》之徵引，是否以何路二氏之《笑林》爲《笑言》，與邯鄲淳《笑林》相別？驗此則之內容行文多記詩句對答，已非早期笑話形態，與今殘本淳著《笑林》頗不相類。按《全唐詩》卷八七二收「鄰人」詩句，由內文得見《全唐詩》編纂者即據《太平廣記》「鄰夫」條，當因其詩句相謔而判斷出自唐代；再者，「鄰夫」所詠之詩引佛經「鳩盤茶（荼）」比擬其妻，此例也見於唐孟棨《本事詩・嘲戲》記裴談懼內，以「鳩盤荼」喻其悍妻。因此今傳各家《笑林》輯本均未收此則，諒必已有考量。盧氏舉證，尚嫌薄弱，僅存疑。余嘉錫〈殷芸小說輯證〉，以《事文類聚》前三十六引《小說》〈貧人售瓮〉，疑出《笑林》。余氏因內容頗爲戲謔而有此推測，並無實證，尚不足信。

物之細故，心㝡髣乎巢由，以得意爲至樂。」度俗事，總細故，即爲《笑林》創作之法式，今見《笑林》之取材，或取古事、或採時聞以爲寓體，面貌頗爲多樣。就內容而言，《笑林》雖好嘲戲，但究其創作初衷，並非僅以調笑戲謔爲其命意，而藏以諷喻勵世之寓意，即陳蒲清言：「笑話本身與寓言結有不解之緣。……到了漢末魏初，更出現了我國第一部笑話專集——《笑林》，其中很多故事既是詼諧有趣的笑話，又是富於教益的寓言。」〔註 21〕陳氏有鑒於《笑林》除僅供一噱外，往往給予讀者弦外之音。故以「寓言」三項定義：短小故事、虛構性及勸誡諷喻性度量之，〔註 22〕以爲《笑林》可謂寓言之專集，蓋鑑於故事中多以「舉非違，顯紕繆」爲宗旨，於笑談之外，並寄嘲諷。今以其譏嘲之主題觀察，不外針對個人及社會而發論，尤其特寫個人之言行，最受諸子寓言之影響。如記〈太原人失火〉〔註 23〕云：

> 太原人夜失火，出物，欲出銅槍，誤出熨斗，便大驚惋。謂其兒曰：異事，火未至，槍已被燒失脚。

太原人未察其所出者爲熨斗，反應及言語令人啼笑皆非，此則是以爲父者之愚行愚語，來博君一粲，至若〈齊人學瑟〉之不知變通、〈故學無益〉之讀書未深，均以主人翁之可笑舉動作爲論述重點。然而入魏後時風丕變，《笑林》在內容上也賦新意，即出現專以嘲諷其內在才性之作，如〈傾家贍君〉、〈沈峻送布〉均直指人性之偏而加以嘲弄，若〈胡邕好色〉所云：

> 吳國胡邕，爲人好色，娶妻張氏，憐之不舍。後卒，邕亦亡，家人便殯於後園中，三年取葬，見冢土化作二人，常見抱如臥時，人競笑之。

此則所記胡邕好色事，雖引涉靈怪，然其諷喻之旨，乃在胡邕好色過甚，溺於其中而不能自制。就此而論，其故事頗似《世說新語・惑溺》所載荀粲因婦病亡，痛悼追憶不已，身死而人笑，胡邕亦然。《笑林》針對士人溺於其性而未能自拔，予以嘲弄，頗似漢魏以降人物才性之論，反映時風，亦異於其他各代之取材。

個人生活於群體之中，與社會之互動亦爲文人觀注之焦點，故《笑林》頗以個人與社會規範相交涉者，作爲撰寫題材。就此而言，人物雖爲故事之

〔註 21〕文見陳著《中國古代寓言史》（湖南：湖南教育出版社，1996 年），頁 166。

〔註 22〕此三點爲李富軒、李燕爲寓言所下的定義。文見二氏所著《中國古代寓言史》（臺北：志一出版社，1998 年），頁 3。

〔註 23〕本文爲行文之利，每數均用《太平廣記》所標題目，以下均同。

主體，然而其調笑之發生，往往即爲人與社會規範間有所誤解及衝突，雖表呈主人翁之無知，因爲社會現象之反映也。見《笑林》之取用題材，頗見以南北差異、不知禮教爲排調之主體，由此，亦可見其時代之特出處。若〈吳人食酪〉、〈漢人煮簀〉二則，一爲南人至北，一爲北人至南，因南北飲食習慣不同而造成誤解。六朝時期，因南北之差異而相互嘲弄者，頗見載記。若《世說新語・輕詆》載支道林聞王氏兄弟口操吳音，而比況爲「白頸烏」，乃源於南北音韻不同而爲嘲笑之資。〔註 24〕凡此，以南北互異爲戲謔題材者，實肇始於當時人對南北歧異之重視耳。至若而因不知禮而成爲排調之對象者，亦在《笑林》所存佚文中頗有記述，如〈傖人弔喪〉云：

> 傖人欲相共弔喪，各不知儀，一人言粗習，謂同伴曰：「汝隨我舉止。」既至喪所，舊習者在前，伏席上，餘者一一相髡於背，而爲首者以足觸詈曰：「痴物！」諸人亦爲儀當爾，各以足相踏曰：「痴物！」最後者近孝子，亦踏孝子而曰：「痴物！」

文中雖僅譏諷愚人不知弔禮而致誤，與今《笑林》輯文記弔禮共另二則合觀，尤顯示出該時代對禮儀之重視，而人與社會之互動與關聯，亦成爲笑話取材之泉源。甚者，出現不似笑話而似《世說》筆調之創作，更能突顯魏晉時風。如姚彪對沈珩借鹽百斛事：

> 姚彪與張溫俱至武昌，遇吳興沈珩於江渚守風，糧用盡，遣人從彪貸鹽一百斛。彪性峻直，得書不答，方與溫談論。良久，敕左右倒鹽百斛著江水中，謂溫曰：明吾不惜，惜所與耳。

故事中姚彪傾鹽於江中及對張溫答語或爲其可笑處，然欲譏嘲姚彪之任誕乎，抑或姚彪嗤笑沈珩不自量力之借貸乎？頗令讀者費解。其中，「明吾不惜，惜所與耳」之答語，更似專門以描繪六朝人物外在表徵之瑣語類小說。自此，得見《笑林》不僅扮演供人一噱之娛樂角色，亦在時風影響下，反映出意在言外之社會思潮也。

今觀其人物之創作，無論用歷史人物，或自我虛設，皆欲一語道中嘲弄之主題，以達刺諷目的。就其敘事手法而言，大抵遵循一定之敘述進程：首將主角點出，繼而描述其可笑之行爲及言語，隨即戛然而止。故其作品往往

〔註 24〕余嘉錫於此條案語云：「嘉錫案：道林之言，譏王氏兄弟作吳音耳。」所見極是。與《世說新語・排調》記顧長康以老婢聲比擬洛下讀書聲，其義相通。見余著《世說新語箋疏》（臺北：華正書局，1989 年），頁 848～849。

缺乏故事之完整性，充分表現出早期笑話之樸素形態，文字亦頗簡潔。若〈魯人持竿〉云：

> 魯有執長竿入城門者，初豎執之，不可入，橫執之，亦不可入，計無所出。俄有老父至曰：「吾非聖人，但見事多矣。何不以鋸中截而入？」遂依而截之。

故事以自認略遜聖人之老父爲主軸，先述老父以賢者自況，後敘其荒謬之建言，更加深事之可笑。至於以魯國作爲敘事背景，亦寄調侃孔子之同鄉後輩，竟自我標榜頗與聖人同倫之意。若以故事性來衡量本作，不僅已有人、地、時三要素，對於場景及人物均有所描繪，雖簡單而不失情節完整。然而如前所述，《笑林》之作本資一噱，實未留心於故事之完整敘述，故如〈斫羹益鹽〉敘掌杓者因羹味淡而持續加鹽，惟只嘗杓中不曾加鹽羹湯，至終不悟。作者既以「數益升許」之行爲，夸大其愚行，而復以第一人稱，反筆寫出主人翁現身說法「因以爲怪」之反應，加深刻畫主角終於不悟之愚昧。此則僅記述某人片面之愚行，無意於故事完整之傳寫。顯見作者既以啓顏爲前題，並非藉故事性取悅讀者，由於偏重趣味，在故事取材上雖取逸事或新聞，作者亦可任意更動人物姓名及情節，甚至虛設人物。若〈膠柱鼓瑟〉即據《史記・廉頗藺相如列傳》中藺相如諫趙王：「若膠柱而鼓瑟耳，括徒能讀其父書傳，不知合變也。」之語改寫，不僅虛設人物，且嘲弄「不知合變」者之愚昧。至若〈傾家贍君〉引漢世人事，更屬子虛烏有，難以深考矣。又由於其諷喻主旨寄寓於敘事之中，讀者必須自行體會，撰者在敘述上更當鮮明生動，或由人物言談入手，或對事件始末細加描繪，藉以深刻寓意。若〈傾家贍君〉云：

> 漢世有人年老，無子家富，性儉嗇，惡衣蔬食，侵晨而起，侵夜而息；營理產業，聚斂無厭，而不敢自用。或人從之求丐者，不得已而入內取錢十，自堂而出，隨步輒減，比至於外，才餘半在，閉目以授乞者，尋復囑云：「我傾家贍君，愼勿他說，復相效而來。」老人俄死，田宅沒官，貨財充於內帑矣。

自丐者求乞至故事終場，作者以三個進程逐漸加深老人儉嗇形像：先因不得已而至室中取錢，次則取錢後隨步輒減，最後給予丐者時閉目以授，不忘說明此舉乃「傾家贍君」，復叮囑丐者愼勿與他人說，免得仿效者旋踵繼至。就笑話而論，既將老人之儉吝描繪深細，可笑處已全然發揮，故事乃以老人死後，財物均收於內帑爲結，更烘托及強化諷喻之主題，顯見作者於文字運用之技巧與純熟。

綜上所述，《笑林》在內容上雖好言調譃，也頗寄寓意，在取材上與諸子相仿，或取古事，或虛擬人物；敘事專擅簡短精悍，見笑書承繼諸子寓言之痕跡焉。

第二節　侯白《啓顏錄》

《笑林》之後，唯隋侯白《啓顏錄》堪與抗顏。尤其《啓顏錄》出，笑書繼之而盛，對後世笑書發展之助益，尤勝《笑林》。雖然書志著錄率皆繫於侯白，然今學者意見紛歧，蓋鑑於《啓顏錄》多記唐事，爲侯白所未見，故主後人增益及托名侯白二說。郭娟玉自其稱謂、名物、著作三者相比較，主「托名侯白」與主「唐人增益」二說，二者實無相悖。〔註 25〕郭氏之論述當是。蓋笑書多爲好事者所增益，非獨《啓顏錄》而然，自難據侯白身後事之數則，即斷言《啓顏錄》非侯白著。惟《隋志》卷五八明言「高祖聞其名，……每將擢之，……後給五品食，月餘而死」，侯白生年實未逾隋高祖，〔註 26〕故陳祚龍據之，輔以輯本載唐後事甚多，且《隋書》未錄《啓顏錄》等證據，爲後人托名僞作。〔註 27〕按《舊唐志》收《啓顏錄》，見開元間本書已充於內庫，〔註 28〕年代甚近，故題侯白著《啓顏錄》，應不致有誤。至若《隋志》寫於貞觀年間，僅知此時未收是書而已，自不能依此判定僞作。

一、作者及其版本

作者侯白，字君素，好學有捷才，性滑稽，尤辯俊。舉秀才，爲儒林郎。通侻不持威儀，好爲誹諧雜說，人多愛狎之，所在處，觀者如市。楊素甚狎

〔註 25〕文見郭著〈啓顏錄初探〉，《大陸雜誌》，第 94 卷第 4 期，1997 年 4 月，頁 39～40。

〔註 26〕今人若王利器、王家駱、葉慶炳、郭娟玉等均主侯白卒於唐高祖李淵之時。然《隋書》卷五八與侯白交游者均爲卒於隋，未入唐。而《隋書》中言高祖，均指隋楊堅。或爲唐寫本《啓顏錄》已載唐事，以致誤判。

〔註 27〕見陳氏〈太平廣記析疑——看了《古典小說論評》以後〉，《哲學與文化》，14 卷 11 期，1987 年 11 月，頁 21～27。

〔註 28〕雖然此書爲五代劉昫作，其書乃據唐毋煚《古今書錄》刪去小序及敘錄，毋氏亦爲增補元行沖《群書四部錄》所著，故《舊唐志》所錄頗能反映唐開元時之書錄。詳論參見余嘉錫《目錄學發微・目錄學源流考中——唐至清》（臺北：藝文印書館，1987 年）。

之。高祖聞其名，召與語，悅之，令於祕書修國史，每將擢用，輒曰：白不勝官而止。後給五品食，月餘而死，時人傷其薄命。著《旌異記》十五卷，行於世。〔註29〕其性滑稽善辯，由《啓顏錄》亦可得見。《啓顏錄》初著錄於《舊唐志》，《新唐志》亦載，均作十卷，與唐寫本《啓顏錄》抄寫於開元年間互證，知唐初即已流傳。北宋《太平廣記》頗爲徵引，南宋陳振孫《直齋書錄解題》載《啓顏錄》八卷、曾慥《類說》引十七則，得見南宋時此書尚存。然《宋史・藝文志》著錄「皮光業啓顏錄六卷」，不作侯白。《宋志》乃據兩宋藝文志，陳氏《解題》云：「啓顏錄八卷：不知作者，雜記詼諧調笑事。唐志有侯白啓顏錄，未必是此書。然亦多有侯白語，但訛謬極多。」或爲皮氏續《啓顏錄》，以致其它書志直錄侯白而未言皮光業，疑陳氏所見《啓顏錄》，實非它本。今證以《太平廣記》與曾慥《類說》所收，屢載及唐事，與今傳唐寫本多有不同，則宋初流傳，殆非《啓顏錄》之原本。〔註 30〕本書南宋時流傳未廣，〔註31〕此後亦不見著錄，或已亡佚。今所見《啓顏錄》，僅唐敦煌寫本較爲完備，餘皆散見於類書輯錄云。

（一）唐敦煌卷子本

倫敦大英博物館敦煌卷子本（S・六一〇）殘卷，存〈論難〉、〈辯捷〉、〈昏忘〉、〈嘲誚〉四門，下繫可笑事數則。〈嘲誚〉末題「開元十一年（西元 723 年）捌月五日寫了，劉丘子于二舅家」語，得見此鈔本年代最早，亦藉此得見本書之舊觀。

（二）輯　本

《啓顏錄》成書後爲相似笑書闌入，或爲類書收錄，若唐朱揆《諧噱錄》、《南北朝新語》均引〈牛羊下來〉，《類林》、《太平廣記》等類書直錄其文，後人據此輯錄之，已有選本與輯錄本如下：

1. 南宋曾慥《類說》本：收錄於卷之十四。自〈跨馬揮鞭傍河牽船〉迄〈命群臣爲大言〉計十七則。

〔註29〕以上俱見《隋書》卷五十八、《北史》卷八十三載。

〔註30〕葉慶炳見此，即言：「大概《廣記》所引以及陳振孫所記的啓顏錄，都已混雜了侯白、皮光業的文字。《續百川學海》所啓顏錄雖題侯白撰，事實上並非侯白的原書。」〈太平廣記引書引得補正〉，收錄於《古典小說論評》（臺北：幼獅文化事業公司，1990 年 8 月），頁 95。

〔註31〕若晁公武《郡齋讀書志》、尤袤《遂初堂書目》等均未著錄。而陳振孫《直齋書目解題》載八卷，亦非完本。

2. 元陶宗儀、明陶珽重校《說郛》宛委山堂本本：弓二十三收錄，自〈諸葛恢〉迄〈羅刹鬼國〉，計十一則。
3. 明陳禹謨《廣滑稽》本：卷二十二收錄，自〈短人行〉迄〈當入號號〉，計二十一則。
4. 明許自昌輯《捧腹編》本：卷六收〈典琴〉一則。
5. 明王圻輯《稗史彙編》本：卷九十三人事門排調類引《啓顏錄》，計收〈薛綜〉、〈劉道貞〉、〈姓方（房）人〉、〈方抱一〉等四則。見內文及標目知王氏乃據《太平廣記》節錄。
6. 明吳永輯《續百川學海》本：庚集收《啓顏錄》一卷，計十一則，版本與重編《說郛》全同。此本乃據《說郛》舊版翻印之。〔註 32〕
7. 清王仁俊輯《經籍佚文》：收《啓顏錄》佚文一則。其自注云：蓋因《說郛》卷二十三未載，乃據《廣記》錄之。
8. 王利器、王貞珉《歷代笑話集》本：一九五六年由上海古典文學出版社刊行，一九八一年再於上海古籍出版社印行。其序略云：「版本有六：一爲敦煌卷子本，存〈論難〉、〈辯捷〉、〈昏妄〉、〈嘲誚〉四篇；二爲明談愷刻《太平廣記》引，共二十五則；三爲明刊《類說》卷十四載，共十七則；四爲明吳永輯《續百川學海》廣集載十一則，清順治刊本《說郛》所載全同；五爲明萬曆甲寅陳禹謨《廣滑稽》卷三十二所載，共四十五則；六爲明刊本許自昌《捧腹編》一則」，得見其收錄之根據。楊家駱《中國笑話書》（1972 年臺北世界書局初版）、郭俊峰《中國歷代笑話集成》（1996 年吉林省時代文藝出版社出版）均悉數據王氏輯本。

（三）輯注本

一九九○年由上海古籍出版社印行，曹林娣、李泉輯注，於王利器《歷代笑話書》之基礎上參校各本最早之出處，並加注釋。全書計得一○四條，著錄最爲完備。

〔註 32〕昌彼得以重編《說郛》校之《廣漢魏叢書》、明末重編《百川學海》、《續百川學海》、《廣百川學海》、《熙朝樂事》、《藝遊備覽》等六叢書，與重編《說郛》版式悉同。故知今傳之重編《說郛》實非原刻，乃掇拾舊版並補刻重印者，而推之諸叢書乃自一叢刻版分散而印行者。昌氏考證纂詳，其說可信，故從之。文見昌氏著《說郛考》（臺北：文史哲出版社，1979 年），頁 26～27。

二、《啓顏錄》之內容

《啓顏錄》所收文字，或擷取前人著作，〔註 33〕或記隋唐之時事，以爲調笑之資。既以悅笑爲宗旨，每流於輕浮，故魯迅云：「(《啓顏錄》) 蓋上取子史之舊文，近記一己之言行，事多浮淺，又好似（以）鄙言調謔人，誹諧太過，時復流於輕薄矣。」〔註 34〕蓋調謔太過，實爲本書特色。今《啓顏錄》雖非完帙，然亦可借敦煌殘卷見此書之梗概。《啓顏錄》劃分數門，以類相屬，頗與《世說》相況。今存論難、辯捷、昏忘、嘲誚四目，不外對愚人之嘲弄及記言語之捷對。愚人愚事，雖自《笑林》已頗著述，《啓顏錄》之作，其數更夥，均收於〈昏忘〉中。故陳蒲清言：「生活故事和笑話趣聞之間沒有絕對界線，也可以說，滑稽調笑的生活故事便是笑話趣聞。在各類故事中，笑話趣聞最容易被加工爲寓言，特別是其中的愚人笑話。」〔註 35〕愚人之可笑，即因愚騃而顯露於行爲，嘗爲歷代笑話不可或缺之題材。本書所錄無非愚闇及健忘，而導致愚言愚行，令人發噱。若〈昏忘〉云：

> 隋鄭元昌，山東望族，因嫁女與京下仕人，送女入京。在禮席上，男夫婦女親戚聚會，座上有四五十人，元昌最爲尊老，坐居第一。眾共觀瞻。先不識石榴，席上令飣數顆，元昌取其一顆，並皮食之，覺其味酢澀，乃謂主人曰：「此著嘴鎚，欲似未熟，請更爲煮之。」坐上莫不大笑。

山東望族食石榴，連皮而食，因味苦澀而告主人應蒸食之，自暴誤認石榴爲梨之少識，〔註 36〕而致口出愚言，爲眾所笑。此事乃因南北之風土不同而致誤，亦與《笑林》所收〈煮簀爲笋〉之來由相似。其餘各則，亦未脫囿於所見或本性昏忘之笑事。由此，除見選材頗好愚行，亦突顯本書僅供一笑之命意。至於其內容，亦見《笑林》之影響，惟脫去寓意，與《笑林》稍有不同。

〔註 33〕若言劉道真數則均見於郭澄《郭子》，又〈諸葛恪〉、〈諸葛恢〉、〈劉道真〉條即分見《世說·排調》及《金樓子·捷對》篇。惟《世說·排調》所引爲諸葛瑾，非諸葛恪，其餘文字均同。瑾爲恪父。

〔註 34〕見周氏著《魯迅小說史論文集——中國小說史略及其他》(臺北：里仁出版社，1994 年)，頁 56～57。

〔註 35〕文見陳著《寓言文學理論·歷史與應用》(臺北：駱駝出版社，1992 年 10 月)，頁 71。

〔註 36〕《世說新語·輕詆》篇劉孝標注引《舊語》云：「秣陵有哀仲家梨甚美，大如升，入口消釋。言愚人不別味，得好梨烝食之也。」得見梨味不美而蒸食之，知此公乃誤石榴爲梨。

故如〈昏忘〉載：

> 鄠縣有一人多忘，將斧向田斫柴，並婦亦相隨。至田中遂急便轉，因放斧地上，旁便轉訖，忽起見斧，大歡喜云：得一斧。仍作舞跳躍，遂即自踏著大便處，乃云：只應是有人因大便遺卻此斧。其妻見其昏忘，乃語之云：向者君自將斧斫柴，爲欲大便，放斧地上，何因遂即忘卻？此人又熟看其妻面，乃云：娘子何姓，不知何處記識此娘子？

全文極寫鄠縣人之善忘，及因善忘所引發之愚行，而於發人一噱後，不及其它。今觀〈昏忘〉十四則，均爲此類，好嘲弄及誇大主角之愚言愚行，往往失於厚道而流於刻薄。故《啓顏錄》雖以言語爲大宗者，然影響後世最深者，因爲多記愚人可笑故事，可謂奠定笑書之基本形式矣。

《啓顏錄》四類中，言語之屬，所佔分量極重。論難、辯捷、嘲誚雖分三門，然皆指言語之捷對，間因屬性稍別，而劃歸於三目中。例如：〈論難〉多記相互詰難以表口才，〈辯捷〉多用「應聲」、「即報」以明捷思，〈嘲誚〉多載嘲弄以示戲謔，惟三者均強調某人之捷語巧思則無別，故分目本難妥貼，故事亦可易位，自是當然。無論針鋒相對亦或文字游戲，常出人意表，甚而強詞奪理，均求言語之勝出，令對方爲之語塞。若〈論難〉言：

> 動筩又嘗于國學中看博士論難云：孔子弟子達者有七十二人。動筩因門曰：達者七十二年，幾人已著冠？博士曰：經傳無文。動筩曰：先生讀書，豈合不解孔子弟子著冠有三十人，未著冠者有四十二人？博士曰：據何文以知之？動筩曰：論語云：冠者五六人，五六三十也，童子六七人，六七四十二也，豈非七十二人？坐中大悅。博士無以應對。

動筩設難於博士，故意曲解《論語》曾點語，巧妙地合「已冠者」與「未冠者」七十二人數，雖不免強詞奪理，然頗具巧思，使聽者解頤，博士踧踖，而爲侯白所引錄。其餘各條，亦未脫言語之勝出，令人開顏，而成爲本書之大宗。其特重語鋒巧對，自與《世說・排調》消息相通。書中多載雙方論難之機鋒，其性質與《世說》之瑣語最爲相近，其行文亦相類也。〔註37〕

〔註37〕按若《世說・言語》記：「梁國楊氏子，九歲，其聰惠。孔君平詣其父，父不在，乃呼兒出，爲設果。果有楊梅，孔指以示兒曰：此是君家果，兒應聲答曰：未聞孔雀是夫子家禽。」孔君平以「楊梅」之首字與楊姓同調侃楊氏子，

由以上之論述，足見《笑林》與《啓顏錄》雖同爲笑書，然《笑林》因承襲先秦之諸子寓語，每多存寓意，故其意涵頗爲繁複；惟至《啓顏錄》，則純然娛樂，內容及形式亦較單純而趨於固定，自此奠立笑書之基石矣。

第三節　六朝笑書之特質及其發展

笑書雖與瑣語類小說不無相似處，尤其《世說》中之言語排調，與其立意頗有契合，亦多見相類故事。然究其傳承，笑書雖與先秦寓言有所分別，〔註 38〕亦頗延襲諸子；而瑣語小說則因清言談玄及品鑒人物，而流爲文體。《世說・排調》記：

> 陸太尉詣王丞相，王公食以酪。陸遂病。明日與王牋云：「昨食酪小過，通夜委頓。民雖吳人，幾爲傖鬼。」

此則與《笑林》之〈吳人食酪〉，均以南北飲食不同爲言，然《笑林》僅以吳人之愚行爲笑，與陸玩以南北的飲食差異，以寄譏諷，自不相同。〔註 39〕再由《世說》之標目觀察，〈言語〉、〈排調〉、〈輕詆〉三篇專收人物言語，而依其屬性及品第之不同，分入三個標目內，惟過於輕浮，難登大雅，便「過乃疏鄙，不足多稱」〔註 40〕矣。故若《世說・排調》與笑書雖最相近，然其收文準則，亦須雅馴。以檢〈排調〉六十五則，無非言語之刺諷妙喻，自與笑書之言行並呈不同。進一步言，《世說》以鑒賞人物爲其旨歸，笑書則以淺俗悅笑爲命意，故見〈排調〉篇均歷歷有人，方能進行人物之品題，藉由其言

卻爲小兒以其戲言反駁之，孩童言語之巧對及應聲之捷悟，均爲時人所鑑賞，而楊氏子之夙惠，亦藉此表露無遺。二書行文，如出一轍。

〔註 38〕按先秦之愚人故事，若《孟子》之〈揠苗助長〉、《韓非子》之〈守株待兔〉，均不忘於故事後申述其寓意，而《笑林》之作，雖頗見其刺諷，而其內涵則需讀者意會而未予詳述。

〔註 39〕余嘉錫於此條案語云：「又案：《類聚》七十二引《笑林》曰：『吳人至京，爲設食者有酪蘇，未知是何物也，未強而食之。歸吐，遂至困頓。謂其子曰：與傖人同死，亦無所恨，然汝故直愼之。』《笑林》爲魏邯鄲淳所著，在陸玩之前，疑玩即用其語，以戲王導耳。」余氏按語更說明陸玩引用《笑林》，以傖人比況，加深言語的調侃。見《世說新語・方正》云：「王丞相初在江左，欲結援吳人，請婚陸太尉。對曰：培塿無松柏，薰蕕不同器。玩雖不才，義不爲亂倫之始。」余嘉錫亦謂：「過江之初，王導勛名未著，南人以北人爲傖父，故玩託詞以拒之，其言雖謙，而意實不屑也。」可謂知言。引文見余著《世說新語箋疏》。

〔註 40〕《金樓子・捷對篇》注云：「諸如此類，合曰排調。過乃疏鄙，不足多稱。」

語捷對，進而欣賞其才性風神，而笑書故事主角亦時有實人實事，然既僅供悅笑之資，故亦採虛構人物，藉以描繪其可笑事，甚至內含刺諷之旨。故見〈排調〉篇雖與笑書體製相似，然其笑事卻僅限言語機鋒，不及其他，廣度不及笑書，亦因命意有異所致。此外，《世說》既以品鑒風神爲其命意，故出現不少賞譽或標榜容止之隻語片言，與笑書訴諸啓人一笑之敘事，自是不同。由此以觀，二者在傳承、命意、內容、形式均有所別，諒非一族。故笑書既不同於諸子之流，亦與《世說・排調》篇相異其趣，遂構成志人小說之二種不同門類。

就笑書之發展而言，雖自《笑林》奠其根本，《啓顏錄》繼之風行，然其間未見相似之作品。究其原由有三：

一、俳諧文之流行。蓋滑稽文學，本繼自漢賦，曹魏以降，駢文風氣轉盛，〔註 41〕散體漸微，排調之屬，亦依韻體爲之。故史志所載之俳諧文學，皆爲韻文。《隋志》收《誹諧文》三卷及十卷二種，註文云：「袁淑撰，梁有《續誹諧文集》十卷，又有《誹諧文》一卷，沈宗之撰。」今人或以爲《誹諧文》爲笑話集，實誤。〔註 42〕按袁淑《俳諧文》雖已亡佚，猶見嚴可均《全宋文》輯袁淑〈雞九錫文〉、〈勸進牋〉、〈驢山公九錫文〉、〈大蘭王九錫文〉、〈常山王九命文〉〔註 43〕五篇，若〈雞九錫文〉以封雞晉爵爲主題，原爲荒謬之題材，乃以嚴正筆墨行文，更突顯是文之滑稽。《俳諧文》雖今亡佚，其內容大約可以想見，而五篇文章均爲賦體，亦非偶然；尤其六朝既文筆二分，以文命名，自不該收散筆也。此時之滑稽文學，雖然盛況空前，惟於笑書之

〔註 41〕若蔣伯潛、蔣祖怡所謂：「到了三國晉代，駢文漸地獨立了，漸漸地成熟了，一般文人都在這一方面致力，開拓出新園地來。」又言：「因此，駢文努力於技巧，結果雖然使文章走上浮靡輕艷的路，但是在文章本身看來，它足以脫離了散文的羈絆而獨立起來，所以六朝時代可以說是駢文成熟的時代，它自己也因而有了獨立的生命與價值」文見二氏著《駢文與散文》（上海市：上海書店出版社，1997 年），頁 19、24。

〔註 42〕如王利器於〈笑話的形成和發展〉一文中即持此論。按《續談助》以《笑林》中孔文舉事繫於《俳諧文》，應爲《續談助》之誤記或所引非袁淑所著《俳諧文》，王氏或爲此則所誤。

〔註 43〕五篇分輯自《藝文類聚》、《初學記》、《太平御覽》，均言引自袁淑《誹諧集》。按史志均僅載袁淑著《誹諧文》，未見《誹諧集》。雖然《新唐書・藝文志》載《俳諧記》，然爲唐訥言撰，見《類聚》、《初學記》、《御覽》既均指袁淑，故此本應即爲《誹諧文》。范文瀾《文心雕龍注》云：「隋書經籍志總集類有袁淑誹諧文十卷，是撰誹諧集之始。」即以《誹諧文》爲《俳諧集》。

發展，究竟無所助益。

二、子書之風仍熾：漢季以降，子書沿續先秦而未絕，其中亦不乏笑話之片段。若晉虞喜《志林新書》云：

> 諸葛恪父瑾長面似驢，孫權大會群臣，使人牽一驢，人長撿其面題曰諸葛子瑜也。恪跪對乞請筆益兩字。續其下曰：之驢，舉坐欣笑，以驢賜恪。〔註 44〕

孫權性頗嘲謔，以驢嘲恪，而諸葛恪之警悟，得見其權變。全書雖仍以述志為主，然亦載笑言。又如梁元帝《金樓子・捷對》篇，尤似笑話集成，故撰寫子書，提供短製笑語之歸依，影響笑書之仿作。

三、新文體之蠡起：以《世說》為代表之瑣語類作品於斯時流行，影響深廣，尤其《世說新語・排調》篇專收笑談捷語，直與《笑林》抗顏。然南方好尚風雅，雖言語調侃，亦講求謔而不虐，故以滑稽挖苦為主之笑書，自難獲得南方士族青睞，今檢六朝笑書，無論《笑林》、《解頤》、《啓顏錄》、《笑苑》，均為北方文學，至於南朝之笑語，僅見《世說・排調》而已。

由此觀之，《笑林》於漢末即以散筆創作笑話，惟因俳諧賦文興盛而未能廣傳，重以子書與瑣語類小說興盛，對散筆笑話之發展，無疑雪上加霜。《笑林》後之笑話集，終於南朝，竟成絕響。入隋，僅見隋陽松玠《解頤》、侯白《啓顏錄》、魏澹《笑苑》三種，故知笑書之發展，亦待有乎隋後風氣之轉變也。

在文以載道與流連哀思之文學爭論中，笑書因其辭淺會俗、以資悅笑而不得豫焉，歷代以來備受文壇輕視，不僅乏文人問津，自邯鄲淳《笑林》問世後，終南朝結束而未見來者。知《笑林》承繼滑稽刺諷傳統，亦趨向專供戲笑，誠如劉勰所言：「至魏人因俳說以著笑書，薛綜憑宴會而發嘲調，雖抃笑衽席，而無益時用矣。然而懿文之士，未免枉轡。潘岳〈醜婦〉之屬，束皙〈賣餅〉之類，尤而效之，蓋以百數。魏晉滑稽，盛相驅扇。遂乃應瑒之鼻，方之於盜削卵，張華之形，比乎握舂杵，曾是莠言，有虧德音，豈非溺者之妄笑，胥靡之狂歌歟？」〔註 45〕指陳自魏以降，滑稽文學不僅趨向「抃笑衽席、無益世用」專言調戲，甚者入晉世，流於人物軀體形貌之譏詆，既言中笑書往來發展之整體趨向，亦說明《笑林》與其他笑書仍有區隔。《啓顏

〔註 44〕虞喜《志林新書》原佚，今輯存於清馬國翰《玉函山房輯書》子編儒家。

〔註 45〕《文心雕龍・諧讔》。

錄》其書多記言語之巧辯、警悟，已受魏晉以來瑣語作品影響，又延續《笑林》嘲弄之傳統，故排調與瑣語二類之深切關聯，亦由此書之體例得到說明。若《啓顏錄・昏忘》之屬，雖僅佔全書四目之一，然其專致人物形體之詆嘲，開後來笑話集之先河，影響後世最爲深遠。而如僅求一噱，多採不雅馴題材之趨向，不幸爲彥和言中，見後世笑話漸趨流俗，甚至專採情色，成爲中國笑書之主流與大宗。故中國笑書發軔於六朝，爲益於世風轉趨純粹娛樂之樞紐，然因本體不雅及淺俗悅笑之特性，不僅爲志人小說中之特殊門類，亦由此發展出自成體系之文學體製，即紀昀所謂：「古有《笑林》諸書，今雖不盡傳，而《太平廣記》所引數條，體亦如此，蓋小說家有此一格也。」〔註 46〕其論頗近事實，唯殊簡略耳。

〔註 46〕見《四庫全書總目》之《談諧》提要。

第六章　結　論

由先秦兩漢諸子之博喻，而啓六朝新體之開展，文體於自身嬗遞中，又染乎世情之新變，造就出特出之文學體例，志人小說由是生焉。爾後此體又仿作不絕，名作迭出，文人或從中摘取嘉句，汲取故事，自爲中國文學之重鎭。以下就文學形式及內容簡述志人小說對後世文學之影響及啓迪，以爲結論。

第一節　對文學形式之影響

志人小說今幸有《世說新語》、《西京雜記》二種全書傳世，因其文詞雋永，富於典故，而爲後世所傳誦，仿傚亦眾；而排調一類，也有《笑林》啓其端緒，《啓顏錄》建備體例。諸多仿作自李唐以來，頗行於世，其後風氣未曾衰頹，而各有其族：

一、瑣語類

《世說》仿作一枝獨秀，影響久遠。如：唐王方慶《續世說新書》、劉肅《大唐新語》、宋王讜《唐語林》、孔平仲《續世說》、王績《補妒記》、龐元英《談藪》、明何良俊《何氏語林》、焦竑《明世說》、李贄《初潭集》、林茂桂《南北朝新語》，清李清《女世說》、王晫《今世說》、吳肅公《明語林》，張繼泳《南北朝世說》，甚而民國亦得易宗夔《新世說》。以上諸書，大體沿《世說》舊制而有新意，若明林茂桂《南北朝新語》採南北朝之史事，仿《世說》分門體例得六十一門，然分目實多異同。以卷一所繫十五門爲例，除〈雅量〉、〈規箴〉、〈棲隱〉（同〈隱逸〉）、〈賢媛〉見於《世說》外，餘者皆自創之，而言〈孝友〉、

〈烈義〉、〈嚴正〉、〈鯁直〉諸目，深具濃厚之儒家意涵，最爲顯著。其餘諸作，或記時事、或鈔自他書，雖名曰續書，實爲創作，均具新意。

二、軼事類

《西京雜記》專載西漢故實，殷芸《小說》拾摘稗官小史，後世模仿其體專鈔瑣聞遺史者亦多，若：唐則有韋述《西都雜記》、胡璩《譚賓錄》、鄭處誨《明皇雜錄》、趙璘《因話錄》、張固《幽閑鼓吹》，宋之詹玠《唐宋遺史》、司馬光《涑水記聞》、蔡絛《鐵圍山叢談》，明祝允明《前聞記》、佘永麟《北窗瑣語》、宋雷《西吳里語》、陳敬則《明興雜記》，入清又得顧公燮《消夏閒記》、歐陽昱《見聞瑣錄》等，其仿作歷世不衰，影響亦廣。

三、俳諧類

笑書自《笑林》初肇，後有《啓顏錄》續之，唐以來便得何自然、路氏《笑林》二種，而五代皮光業亦有《啓顏錄》，其仿作之跡顯而易見。餘者，如唐朱揆《諧噱錄》、高懌《群居解頤》、宋天和子《善謔集》、周文玘《開顏集》、朱暉《絕倒錄》、徐慥《漫笑錄》，明王世貞編《調謔編》、郭子章《諧語》、浮白齋主人《雅謔》、馮夢龍《笑府》、浮白主人《笑林》、江盈科《雪濤諧史》，入清更有陳皋謨《笑倒》、石成金《笑得好》、游戲主人《笑林廣記》、方飛鴻《諧謔編》等，蔚爲大觀，迄今不歇。此類因淺俗悅笑之特質，故多採趨市井之戲謔；復又闌入色情，不堪入目，〔註 1〕即紀昀「文家有必不可作之題，且有必不可作之體也，雖高手無所施其巧，抑或愈工而愈入惡趣，皆所謂『本體不雅』者」〔註 2〕之謂也。

第二節　對文學內容之啓發

志人小說既有別於正史之求實，更趨於美感及趣味之抒發，而嘉言美句，

〔註 1〕陳清俊嘗謂：「明清兩代淫褻笑話特別盛行，《笑林廣記》中有更露骨、更誇張的作品。雖然其間容有挖若嘲弄的目的，但是由於有意以淫褻爲題，常導致題材掩蓋主題的現象。而且所呈現出來的每每是卑俗、粗陋、猥褻不堪的風貌。」即鑒於明清笑書之趨於色情之敘述。見陳氏著《中國古代笑話研究》，臺灣師範大學國文學系碩士論文，1985 年，頁 83。

〔註 2〕見紀評《文心雕龍・諧讔》。

亦多見於此，對後世文學之創作，影響自深。惟文人汲取，用《世說》則專擷辭藻，《雜記》則偏采故實，故無論詩、詞、戲曲亦或小說，均多采摘，而各具影響也。

一、詩句之援引

詩言志，歌永言，而據事類義，援古證今，爲作詩不刊之法。唐代詩人已多援六朝志人小說故實入詩，用以鍛鍊詩句：駱賓王〈在獄詠蟬〉「不堪玄鬢影，來對白頭吟」，便用卓文君作〈白頭吟〉事；王維〈洛陽女兒行〉「狂夫富貴在青春，意氣驕奢劇季倫，自憐碧玉親教舞，不惜珊瑚持與人」，比之石崇之汰侈，〈春日與裴迪過新昌里訪呂逸人不遇〉「到門不敢題凡鳥，看竹何須問主人」，言嵇康及王子猷之任誕；李白〈古風〉「黃犬空歎息，綠珠成釁讎」，用綠珠故事，〈襄陽歌〉「清風朗月不用一錢買，玉山自倒非人推」，自喻如嵇康之容止；杜甫〈秋興〉「織女機絲虛夜月，石鯨鱗甲動秋風」，也記昆明池刻玉石爲鯨，〈詠懷古跡〉「一去紫臺連朔漠，獨留青塚向黃昏。畫圖省識春面，環佩空歸月夜魂」，詠懷明妃；元稹〈遣悲懷〉「鄧攸無子尋知命，潘岳悼亡猶費詞」，引鄧攸道中棄子以全其姪事；李商隱〈曲江〉「死憶華亭聞唳鶴，老憂王室泣銅駝」，採陸機之猶悔。〔註 3〕足見唐詩已廣用《世說》、《雜記》之事，後起詩作，無不皆然。

二、詞作之採用

填詞風氣興於唐末，入宋大行，文人亦好徵六朝事，頗以《世說》爲據。得蘇軾〈賀新郎〉「願謝公雅志莫相違」，用謝安之栖隱；周邦彥〈大酺〉「衛玠清羸」，說叔寶之容止；〈過秦樓〉「才減江淹，情傷荀倩」，采荀粲之惑溺；張炎〈甘州〉「待擊歌壺，怕如意，和冰凍折」，見王處仲之豪爽；辛棄疾〈水調歌頭〉「休說鱸魚堪膾，儘西風，季鷹歸未，求田問舍」，演張季鷹之識鑒；〈漢宮春〉「山河舉目雖異，風景非殊」，感新亭之對泣。〔註4〕凡此，因知見魏晉之名士群像，仍活絡於詞家酬唱間。爾後，散曲繼興，亦承續此風，若元佚名〈寄生草〉「想著它擊珊瑚列錦帳石崇」，用石崇與王愷之爭奢；朱有燉〈紅繡鞋〉「乘興去雖然美話，興闌歸也自由」，采王徽之雪夜訪戴逵之任

〔註 3〕以上所引，均據戴君仁編《詩選》注（臺北：中國文化大學出版部，1988 年）。
〔註 4〕以上所引，均據鄭騫編《詞選》注（臺北：中國文化大學出版部，1991 年）。

誕；陳鐸〈南南呂梧桐樹〉「慚無謝女才，空想梁園賦」，引謝道韞之詠絮才為喻；李登〈懶畫眉〉「那裏有，門前修刺孔融來」，援孔北海謁李膺；而陳鐸〈川撥棹〉「漢相如恩愛，薄卓文君緣少」及〈南浣溪沙〉「恨只恨薄倖相下狠毒」，均以《西京雜記》之司馬相如將聘妾，卓文君作白頭吟以自絕事而鋪陳。〔註 5〕

三、故事之敷衍

唐傳奇體裁固然承繼自六朝小說，其內容亦多援引之。采志人小說者，則有元稹《鶯鶯傳》之「君子有援琴之挑，鄙人無投梭之拒」、「清潤潘郎玉不如，中庭蕙草雪銷初」，用《世說・任誕》謝鯤挑鄰女及〈容止〉潘安事；又《東陽夜怪錄》藉去文之口，陳言王子猷雪夜訪戴安道及其愛竹之行；至若韋瓘《周秦行紀》，虛設王嬙、戚夫人、綠珠吟詩，直用《西京雜記》及《世說》典故，〔註 6〕均為志人小說影響後世之明證。且因小說多渲染史傳人物，曲折情節，描繪深細，自啓文人神思，亦供後世文人敷衍故事之用。若《世說・假譎》溫嶠計娶劉氏女，後有關漢卿《玉鏡臺》、朱鼎《玉鏡臺記》以為劇本；《西京雜記》及《世說》之王昭君，則得元馬致遠之《漢宮秋》、清尤侗之《琵琶記》據作本事；至若司馬相如與卓文君之情奔，幾成戀愛自由之典型，明朱權《卓文君私奔相如》、清袁于令《鷫鸘裘傳奇》，並演其事。〔註 7〕

四、嘉言之摘錄

志人小說既載名言雋語，品藻人物，故頗供嘉言之需用。若「皮裏陽秋」，以況臧否人事於胸中，「吳牛汗月」，猶言杯弓蛇影；而以「柳絮才」喻才女，「小時了了」說年少聰慧，甚而喻美食引「千里蓴羹，未下鹽豉」，說棲逸用「春初早韭，秋暮晚菘」，餘者見如「拾人牙慧」、「入幕之賓」、「咄咄怪事」、「新亭對泣」、「擲地作金石聲」、「無可無不可」等近人習知之語，均用《世說》中語。而文人尤多援引，廣被於文學各體矣。

〔註 5〕以上所引，均據鄭騫編《曲選》注（臺北：中國文化大學出版部，1992 年）。

〔註 6〕以上唐傳奇之引文及用典之說，乃據王夢鷗《唐人小說校釋（上下）》而推說，（臺北：正中書局，1994、1995 年）。

〔註 7〕詳論參見古苔光〈西京雜記對後世文學的影響〉一文，《中外文學》，第 4 卷 11 期，1976 年 4 月，頁 102～118。

文學發展之歸趨，本傳承舊體，以開新製，其勢未曾稍歇。縱觀志人小說，自六朝肇始，風格已立，然亦漸與志怪揉合，與雜俎混合，至唐則啓迪唐傳奇之撰述，〔註 8〕而成宋話本、明清白話小說等專以鋪陳故事之一脈；然志人之仿作，亦並行不絕，甚而用以載錄談藝，考述故實，信手而書，此體幾近無所不賅。惟不拘一體，龐雜不群，致後世文體論家置之「雜著」一門。〔註 9〕故林紓言：「然勘災、濬渠、築塘、修祠宇、紀亭台，當爲一類；記書畫、記古器物，又別爲一類；記山水又別爲一類；記瑣細奇駭之事，不能入正傳者，其名爲『書某事』，又別爲一類；學記則爲說理之文，不當歸入廳壁；至遊讌觴詠之事，又別爲一類：綜名爲記，而體例實非一。」〔註 10〕尤見筆記之流衍，已姿態萬端，頗施之於諸體類也。後人每視爲小說，蓋鑑於文體之傳承而發論。故中國小說之定義，不僅含納西國所謂「說故事」之內涵，亦納筆記叢談之特質。〔註 11〕故知時運交移，文質代變，故觀瀾而索源，以察驗文體嬗變之始末，抑亦就之深明六朝志人小說之性質、影響及其傳承焉。

〔註 8〕若魯迅言：「小說亦如詩，至唐代而一變，雖尚不離于搜奇記逸，然敘述宛轉，文辭華豔，與六朝之粗陳梗概者較，演進之跡甚明，而尤顯者乃在是時則始有意爲小說。」已明言六朝小說影響唐傳奇之歷史痕跡。文見其著《中國小說史略》，收於《魯迅小說史論文集》（臺北：里仁書局，1994 年），頁 59。

〔註 9〕若明徐師曾於《文體明辨序說》置雜著一體，而云：「按雜著者，詞人所著之雜文也；以其隨事命名，不落體格，故謂之雜著。」即爲筆記後來之衍生。

〔註 10〕文見林氏著《春覺齋論文》。

〔註 11〕筆者有〈清人俞蛟夢厂雜著初探〉一文，即藉六朝志人小說之特質，以論清以來筆記小說何以入小說之林，並兼說今人多用西方小說定義，以繩中國小說之失當，可參看。拙文收錄於《國家圖書館館刊》，1999 年第 2 期，1999 年 12 月，頁 227～238。

引用書目

一、傳統古籍

（一）史　部

1. 《史記會注考證》，（漢）司馬遷著，瀧川資言考證，天工出版社，1989年。
2. 《漢書》，（漢）班固，（唐）顏師古注，鼎文書局，1999年。
3. 《後漢書》，（劉）宋范曄，（唐）李賢注，鼎文書局，1999年。
4. 《三國志》，（晉）陳壽，（劉）宋裴松之注，鼎文書局，1999年。
5. 《晉書》，房玄齡等著，鼎文書局，1999年。
6. 《宋書》，（梁）沈約著，鼎文書局，1999年。
7. 《南齊書》，（梁）蕭子顯著，鼎文書局，1999年。
8. 《梁書》，（唐）姚思廉著，鼎文書局，1999年。
9. 《陳書》，（唐）姚思廉著，鼎文書局，1999年。
10. 《南史》，（唐）李延壽著，鼎文書局，1999年。
11. 《隋書》，（唐）魏徵等著，鼎文書局，1999年。
12. 《宋史》，（元）脫脫等著，鼎文書局，1999年。
13. 《三輔黃圖》，佚名，藝文印書，1978年。
14. 《高士傳》，（晉）皇甫謐著，臺灣中華書局，1987年。
15. 《群輔錄》，（晉）陶潛著，大化出版社，1990年。
16. 《華陽國志校注》，（晉）常璩，劉琳校注，新文豐出版社，1988年。
17. 《水經注》，（後魏）酈道元著，世界書局，1983年。

18. 《史通通釋》，(唐) 劉知幾著，(清) 浦起龍釋，里仁書局，1989 年。
19. 《史通新校注》，(唐) 劉知幾著，趙呂甫校注，重慶出版社，1990 年。
20. 《文史通義》，(清) 章學誠著，葉瑛校注，漢京文化出版公司，1986 年。
21. 《日本國見在書目錄》，(日) 藤原佐世著，新文豐出版社，1984 年。
22. 《崇文總目》，(宋) 王堯臣著，臺灣商務印書館，1978 年。
23. 《郡齋讀書志》，(宋) 晁公武著，臺灣商務印書館，1978 年。
24. 《遂初堂書目》，(宋) 尤袤著，新文豐出版社，1985 年。
25. 《直齋書錄解題》，(宋) 陳振孫著，臺灣商務印書館，1978 年。
26. 《文獻通考・經籍考》，(元) 馬端臨著，新文豐出版社，1986 年。
27. 《讀書敏求記》，(清) 錢曾著，臺灣商務印書館，1965 年。
28. 《四庫全書總目》，(清) 紀昀等著，藝文印書館，1987 年。
29. 《鄭堂讀書記》，(清) 周中孚著，臺灣商務印書館，1978 年。
30. 《郘亭知見傳本書目》，(清) 莫友芝著，廣文書局，1972 年。
31. 《天一閣見存書目》，(清) 薛福成著，古亭書屋，1970 年。
32. 《隋書經籍志考證》，(清) 姚振宗著，臺灣開明書店，1967 年。

(二) 子　部

1. 《春秋繁露》，(漢) 董仲舒著，廣文書局，1991 年。
2. 《說苑》，(漢) 劉向著，藝文印書館，1965 年。
3. 《新論》，(漢) 桓譚著，臺灣中華書局，1966 年。
4. 《論衡校釋》，(漢) 王充著，黃暉校釋，中華書局，1996 年。
5. 《風俗通義》，(漢) 應劭著，世界書局，1975 年。
6. 《人物志》，(魏) 劉卲著，(後魏) 劉昞注，世界書局，1972 年。
7. 《抱朴子外篇校箋》，(晉) 葛洪著，楊明照校箋，中華書局，1991 年。
8. 《金樓子》，(梁) 蕭繹著，世界書局，1962 年。
9. 《顏氏家訓》，(北齊) 顏之推著，藝文印書館，1980 年。
10. 《筍譜》，(宋) 釋贊寧，新文豐出版社，1985 年。
11. 《能改齋漫錄》，(宋) 吳曾著，中華書局，1985 年。
12. 《日知錄》，(清) 顧炎武著，明倫出版社，1971 年。
13. 《札迻》，(清) 孫詒讓，世界書局，1975 年。
14. 《西京雜記》，(晉) 葛洪著，藝文印書館，1980 年。
15. 《裴啓語林》，(晉) 裴啓著，周楞伽輯證，大化藝術出版社，1998 年。
16. 《世說新語校箋》，(南朝宋) 劉義慶編，徐震堮箋，文史哲出版社，1989

年。
17. 《世說新語箋疏》，（南朝宋）劉義慶編，余嘉錫疏，華正書局，1989年。
18. 《世說新語校箋》，（南朝宋）劉義慶編，楊勇箋，正文書局，1992年。
19. 《殷芸小說輯證》，（梁）殷芸著，（周）楞伽輯證，上海古籍出版社，1984年。
20. 《談藪》，（隋）陽玠松著，程毅中輯校，中華書局，1996年。
21. 《啓顏錄》，（隋）侯白著，曹林娣等輯注，上海古籍出版社，1990年。
22. 《隋唐嘉話》，（唐）劉餗著，程毅中點校，中華書局，1997年。
23. 《本事詩校補考釋》，（唐）孟棨著，王夢鷗補釋，藝文印書館，1974年。
24. 《世說敘錄》，（宋）汪藻著，藝文印書館，1994年。
25. 《唐語林校證》，（宋）王讜著，周勛校注，中華書局，1987年。
26. 《世說新語補》，（明）何良俊著，廣文書局，1987年。
27. 《廣滑稽》，（明）陳禹謨輯，莊嚴出版社，1995年。
28. 《南北朝新語》，（明）林茂桂著，中國書店，1990年。
29. 《搜神記》，（晉）干寶著，汪紹楹校注，里仁書局，1999年。
30. 《搜神後記》，（晉）陶潛著，汪紹楹校注，木鐸出版社，1982年。
31. 《酉陽雜俎》，（唐）段成式著，漢京文化，1983年。
32. 《廣博物志》，（明）董斯張著，新興書局，1972年。
33. 《續談助》，（宋）晁載之輯，新文豐出版社，1984年。
34. 《類說》，（宋）曾慥輯，書目文獻出版社，1988年。
35. 《說郛三種》，（元）陶宗儀等編，上海古籍出版社，1988年。
36. 《稗史彙編》，（明）王圻輯，新興書局，1988年。
37. 《少室山房筆叢》，（明）胡應麟著，世界書局，1980年。
38. 《古謠諺》，（清）杜文瀾編，世界書局，1960年。
39. 《神仙傳》，（晉）葛洪著，大化出版社，1990年。
40. 《抱朴子內篇校釋》，（晉）葛洪著，王明校釋，中華書局，1985年。
41. 《觀世音應驗記（三種）》，（南朝宋）傅亮等著，孫昌武點校，中華書局，1994年。
42. 《高僧傳》，（梁）釋慧皎著，湯一介校注，中華書局，1997年。

（三）集 部

1. 《文心雕龍校釋》，（梁）劉勰著，劉永濟校釋，華正書局，1981年。
2. 《文心雕龍注》，（梁）劉勰著，范文瀾注，臺灣開明書店，1993年。

3. 《文心雕龍讀本》,(梁) 劉勰著,王更生譯釋,文史哲出版社,1995 年。
4. 《昭明文選》,(梁) 蕭統編,(唐) 李善注,藝文印書館,1998 年。
5. 《傅幹注坡詞》,(宋) 蘇軾著,傅幹注,巴蜀書社,1993 年。
6. 《全唐詩》,(清) 聖祖敕編,明倫書局,1971 年。
7. 《春覺齋論文》,(清) 林紓著,人民文學出版社,1998 年。
8. 《全上古三代秦漢三國六朝文》,(清) 嚴可均校輯,中華書局,1995 年。
9. 《玉函山房輯佚書》,(清) 馬國翰輯,中文出版社,1990 年。
10. 《子史鉤沈》,(清) 黄奭輯,書目文獻出版社,1992 年。
11. 《玉函山房輯佚書補遺》,(清) 王仁俊輯,中文出版社,1990 年。
12. 《經籍佚文》,(清) 王仁俊輯,中文出版社,1990 年。
13. 《蒙求集註》,(晉) 李瀚著,(宋) 徐子光補註,中華書局,1985 年。
14. 《北堂書鈔》,(唐) 虞世南著,宏業書局,1974 年。
15. 《藝文類聚》,(唐) 歐陽詢著,上海古籍出版社,1999 年。
16. 《初學記》,(唐) 徐堅等著,鼎文書局,1975 年。
17. 《白氏六帖事類集》,(唐) 白居易著,鼎文書局,1975 年。
18. 《琱玉集》,(唐) 佚名,中華書局,1985 年。
19. 《太平御覽》,(宋) 李昉等編,中華書局,1998 年。
20. 《太平廣記》,(宋) 李昉等編,文史哲出版社,1987 年。
21. 《紺珠集》,(宋)(傳) 朱勝非輯,臺灣商務印書館,1970 年。
22. 《小學紺珠》,(宋) 王應麟著,上海古籍出版社,1990 年。
23. 《永樂大典》,明姚廣孝等奉敕輯,中文出版社,1985 年。

二、近人著作

(一) 專　書

小說研究

1. 《世說新語佚文》,古田敬一著,廣島大學文學部,1954 年。
2. 《說郛考》,昌彼得著,文史哲出版社,1979 年。
3. 《唐代小說敘錄》,王國良著,嘉新水泥公司,1979 年。
4. 《小說見聞錄》,戴不凡著,浙江人民出版社,1980 年。
5. 《中國小說史》,范煙橋著,長安出版社,1982 年。
6. 《中國古代寓言史》,陳蒲清著,湖北教育出版社,1983 年。
7. 《唐人小說校釋》(上下),王夢鷗著,正中書局,1984 年。

8. 《魏晉南朝志怪小說研究》，王國良著，文史哲出版社，1984 年。
9. 《中國古代笑話研究》，陳清俊著，臺灣師大國研所碩論，1985 年。
10. 《劉義慶及其世說新語之散文》，尤雅姿著，臺灣師大國研所碩論，1986 年。
11. 《六朝志怪小說考論》，王國良著，文史哲出版社，1988 年。
12. 《古典小說論評》，葉慶炳著，幼獅文化，1989 年。
13. 《歷代筆記概述》，劉葉秋著，中華書局，1990 年。
14. 《中國志人小說史》，寧稼雨著，遼寧人民出版社，1991 年。
15. 《世說新語研究》，王能憲著，江蘇古籍出版社，1992 年。
16. 《魯迅小說史論文集》，魯迅著，里仁書局，1992 年。
17. 《寓言文學理論·歷史與應用》，陳蒲清著，駱駝出版社，1992 年。
18. 《魏晉南北朝小說》，劉葉秋著，萬卷樓圖書公司，1993 年。
19. 《中國文言小說史》，吳志達著，齊魯書社，1994 年。
20. 《中國笑話大觀》，王利器、王貞珉輯，北京出版社，1995 年。
21. 《中國小說史》，韓秋白、顧青著，文津出版社，1995 年。
22. 《中國笑話書》，楊家駱主編，世界書局，1996 年。
23. 《中國筆記小說史》，吳禮權著，商務印書館，1997 年。
24. 《世說新語研究》，范子燁著，黑龍江教育出版社，1998 年。
25. 《中國古代小說概論》，葉桂桐著，文津出版社，1998 年。
26. 《中國古代寓言史》，李富軒、李燕著，志一出版社，1998 年。
27. 《六朝志怪小說故事考論》，謝明勳著，里仁書局，1999 年。
28. 《六朝志人小說研究》，李玉芬著，文津出版社，1999 年。

文獻及目錄

1. 《書舶庸譚》，董康著，世界書局，1971 年。
2. 《著硯樓書跋》，潘景鄭著，廣文書局，1971 年。
3. 《崇雅堂書錄》，甘鵬雲著，廣文書局，1972 年。
4. 《僞書通考》，張心澂著，鼎文書局，1973 年。
5. 《四庫目略》，楊立誠著，成文出版社，1978 年。
6. 《中國文言小說書目》，袁行霈、侯忠義編，北京大學出版社，1981 年。
7. 《中國善本書目提要》，王重民著，明文書局，1984 年。
8. 《四庫提要辨正》，余嘉錫著，藝文印書館，1987 年。
9. 《目錄學發微》，余嘉錫著，藝文印書館，1987 年。

10. 《漢書古今人表疏證》，王利器、王貞珉著，貫雅出版社，1990年。
11. 《中國目錄學》，昌彼得、潘美月著，文史哲出版社，1991年。
12. 《敦煌類書》，王三慶等輯注，麗文文化出版社，1993年。
13. 《類林研究》，史金波等輯著，寧夏人民出版社，1993年。
14. 《中國文言小說總目提要》，寧稼雨著，齊魯書社，1996年。
15. 《古佚書輯本目錄（附考證）》，孫啓治等編，中華書局，1997年。
16. 《張元濟及其輯印四部叢刊之研究》，吳栢青著，東吳大學中研所碩論，1999年。

文化與史論

1. 《廿二史箚記》，清趙翼著，世界書局，1974年。
2. 《中國佛學源流略講》，呂澂著，里仁書局，1985年。
3. 《歷史哲學》，牟宗三著，臺灣學生書局，1988年。
4. 《魏晉南北時期的道教》，湯一介著，東大圖書公司，1988年。
5. 《國學概論》，錢穆著，臺灣商務印書館，1990年。
6. 《魏晉思想與談風》，何啓民著，臺灣學生書局，1990年。
7. 《魏晉南北朝史》，勞榦著，中國文化大學出版部，1991年。
8. 《漢魏兩晉南北朝佛教史》，湯用彤著，臺灣商務印書館，1991年。
9. 《魏晉清談》，唐翼明著，東大圖書公司，1992年。
10. 《王利器論學雜著》，王利器著，貫雅文化出版社，1992年。
11. 《中國學術思想史論叢》，錢穆著，東大圖書公司，1993年。
12. 《才性與玄理》，牟宗三著，臺灣學生書局，1993年。
13. 《魏晉思想》，魯迅等著，里仁書局，1995年。
14. 《國史大綱》，錢穆著，臺灣商務印書館，1996年。
15. 《余嘉錫文史論集》，余嘉錫著，岳麓書社，1996年。
16. 《魏晉南北朝史論》，周一良著，北京大學出版社，1997年。
17. 《中國知識階層史論（古代篇）》，余英時著，聯經出版社，1997年。
18. 《中國史學史》，金靜庵著，鼎文書局，1998年。
19. 《中國史學史》，杜維運著，三民書局，1998年。
20. 《魏晉史學與其他》，逯耀東著，東大圖書公司，1998年。
21. 《不死的探求——抱朴子》，李豐楙著，時報文化，1998年。
22. 《道教概說》，李養正著，中華書局，2000年。

文選和文論

1. 《文心雕龍札記》，黃侃著，新文豐出版社，1979 年。
2. 《葛洪文論及其生平》，陳飛龍著，文史哲出版社，1980 年。
3. 《中古文學史論》，王瑤著，長安出版社，1982 年。
4. 《東漢士風及其轉變》，張蓓蓓著，臺灣大學文學院，1985 年。
5. 《詩選》，戴君仁編，中國文化大學出版部，1988 年。
6. 《詞選》，鄭騫編選注，中國文化大學出版部，1991 年。
7. 《曲選》，鄭騫編選注，中國文化大學出版部，1991 年。
8. 《駢文與散文》，蔣伯潛、蔣祖怡著，上海書店出版社，1997 年。
9. 《漢魏六朝文學論集》，廖蔚卿著，大安出版社，1997 年。
10. 《古代散文文體概論》，陳必祥著，文史哲出版社，1997 年。
11. 《文體敘說三種》，明吳訥等著，大安出版社，1998 年。
12. 《文體論》，薛鳳昌著，臺灣商務印書館，1998 年。
13. 《中國中古文學史》，劉師培著，人民文學出版社，1998 年。
14. 《論文雜記》，劉師培著，人民文學出版社，1998 年。

（二）單篇論文

1. 〈唐寫本世說新書跋尾〉，劉盼遂著，《清華學報》，卷 2 第 2 期，1925 年。
2. 〈六朝時的志怪與志人〉，魯迅著，《中國小說的歷史的變遷》，三聯書店，1958 年。
3. 〈論西京雜記之作者及成書時代〉，勞榦著，《中研院史語所集刊》，卷 33，1962 年。
4. 〈再說西京雜記〉，洪業著，《中研院史語所集刊》，卷 34 下，1963 年。
5. 〈輯殷芸小說并跋〉，唐蘭著《，周叔弢先生六十生日紀念論文集》，1967 年。
6. 〈西京雜記斠正〉，金嘉錫著，《臺大文史哲學報》，卷 17，1968 年。
7. 〈世說四科對論語四科因襲與嬗變〉，傅錫壬著，《淡江學報》，第 12 期，1974 年。
8. 〈西京雜記對後世文學的影響〉，古苔光著，《中外文學》，卷 4 第 11 期，1976 年。
9. 〈世說新語原名考略〉，周本淳著，《中華文史論叢》，總第 15 輯，1980 年。
10. 〈世說新語作者問題商榷〉，蕭虹著，《中央圖書館館刊》，卷 14 第 1 期，1981 年。

11. 〈中州名家殷芸的小說〉，周楞伽著，《中州學刊》，1984 年 1 期，1984 年。
12. 〈太平廣記引書試探〉，盧錦堂著，《漢學研究》，卷 2 第 2 期，1984 年。
13. 〈太平廣記析疑——讀了古典小說論評以後〉，陳祚龍著，《哲學與文化》，卷 14，1987 年。
14. 〈殷芸小說輯注獻疑〉，王達津著，《古籍理出版情況報》，第 191 期，1988 年。
15. 〈文心雕龍文體論〉，王更生著，《文心雕龍研究》，文史哲出版社，1989 年。
16. 〈論後漢末的人物評論風氣〉，劉增貴著，《中國史學論文選集》，第六輯，1989 年。
17. 〈世說新語別解——任誕篇〉，張蓓蓓著，《文史哲學報》，第 38 期，1990 年。
18. 〈世說新語佚文〉，王利器著，《王利器論學雜著》，貫雅出版社，1992 年。
19. 〈第一部志人小說——裴啓語林〉，周楞伽著，《怎樣讀文學古籍》，中華書局，1994 年。
20. 〈西京雜記的作者〉，程燦章著，《中國文化》，卷 9，1994 年。
21. 〈啓顏錄初探〉，郭娟玉著，《大陸雜誌》，卷 94 第 4 期，1997 年。
22. 〈經學、文學、史學的結合——文心雕龍〉．史傳篇初探，黃東陽著，《孔孟月刊》，卷 37 第 1 期，1998 年。
23. 〈文心雕龍．諧讔初探〉，黃東陽著，《錢穆先生紀念館館刊》，第 7 期，1999 年。
24. 〈邯鄲淳笑林研究〉，黃東陽著，《東吳中文研究集刊》，第 6 期，1999 年。
25. 〈清人俞蛟夢厂雜著初探〉，黃東陽著，《國家圖書館館刊》，1999 年第 2 期，1999 年。
26. 〈殷芸小說簡論，黃東陽著〉，《東吳中文研究集刊》，第 7 期，2000 年。
27. 〈六朝觀世音信仰之原理及其特徵——以三種觀世音應驗記爲線索〉，黃東陽著，《新世紀宗教研究》，第 3 卷第 4 期，2005 年。
28. 〈「騎鶴上揚州」非殷芸小說佚文辨正〉，黃東陽著，《文獻》，114 期，2007 年。
29. 〈晉裴啓語林之佚文考辨——兼論其品鑒人物的思考模式〉，黃東陽著，《東吳中文學報》，第 13 期，2007 年。

附錄一　《文心雕龍・諧讔》初探

一、前　言

漢末士風的丕變，不僅徵驗於思想與學術，〔註 1〕亦反映在文學體製之開創，而專致嘲戲隱言之作，亦為當時文體大備之一例。雖自靈帝已好俳諧賦文，卻為傳統文論所影響，文人蔑視之，〔註 2〕惟北海孔融出，專事諧讔，以諷曹操，又好尚離合詩，開啓後人仿作風氣，〔註 3〕致使魏晉以降，諧讔風行，若蕭子顯指陳晉時「王褒〈僮約〉，束晳〈發蒙〉，滑稽之流，亦可奇瑋」之「奇瑋」可觀，〔註 4〕劉申叔謂「諧讔之文，亦起源古，昔宋代袁淑，所作益

〔註 1〕漢末士風之轉變，詳參張蓓蓓師《東漢士風及其轉變》（臺北：國立臺灣大學出版委員會，民國 74 年）。

〔註 2〕若《文心雕龍・時序》篇云：「降及靈帝，時好辭製，造羲皇之書，開鴻都之賦，而樂松之徒，招集淺陋，故楊賜號為驩兜，蔡邕比之俳優，其餘風遺文，蓋蔑如也。」由此得見。

〔註 3〕孔融調笑之作，已啓魏晉諧讔風氣。除賦雜嘲戲外，若〈離合郡姓名詩〉之作，不僅為標準之「讔語」，更開讔語風尚。王利器謂：「從上面所引這些詩的斷限看，我們知道離合詩這種體制，最早是起於建安時代的孔融。」〈離合詩之研究〉（《王利器論學雜著》臺北：貫雅出雅社，民國 81 年，頁 52～76）即指此。而張蓓蓓師於〈孔融新論〉一文除詳論孔融對諧讔之好尚外，並言：「（孔融）材力有餘而成俳諧固是，意氣流宕而成俳諧或許更接近於孔融的眞相。名士作風，易於有此。魏晉名士頗好俳調，焉知不近承孔融之風而起？」（收錄於《第三屆魏晉南北朝文學與思想學術研討會》，臺北：文津，民國 86 年，頁 655～692）已斷言孔融對諧讔風尚之影響。要之孔融前，雖不乏文人從事俳調，卻不免淪於倡優視之之虞，惟孔融起，一改觀念與風尚。

〔註 4〕見梁蕭子顯《南齊書・文學傳》。

繁，惟宋齊以降，作者益爲輕薄，其風蓋昌於劉宋之初。嗣則卞鑠、丘巨源、卞彬之徒，所作詩文，并多譏刺。梁則世風益薄，士多嘲諷之文，而文體亦因之愈卑矣」〔註5〕之風靡南朝，均說明諧讔於六朝之流行。故著成梁時之《文心雕龍》特置〈諧讔〉，亦爲時風之對應。但諧讔本爲文章末事，《文心》亦以還經宗誥爲文論圭臬，縱然六朝流行滑稽，然爲「本體不雅」之諧讔創設一篇，〔註6〕其用心自應推究。故本文擬以〈諧讔〉爲題，除敘寫〈諧讔〉之文論源本，進而探知彥和立體之初衷外，亦冀藉此略窺《文心》論文之一斑。

二、間出《詩經》，折衷里巷

人稟七情，應物而感。〈原道〉云：「心生而言立，言立而文明，自然之道也」，又說：「夫以無識之物，鬱然有彩，有心之器，豈無文歟？」人心爲人文生成之根本，〔註7〕因外事引發而心有所感，進而發之於文。故論諧讔之肇始，劉勰即言：「芮良夫之詩云：自有肺腸，俾民卒狂。夫心險如山，口壅若川，怨怒之情不一，歡謔之言無方」，施政者任情失政，下位怨怒自生，情感發之於心，繼以被之詩歌。變雅變風肇因如此，諧讔亦然，惟假滑稽詭譎之體製，以達勸說之目的，自與《詩經》終歸淳雅之正聲不同。不僅吟諷刺上的原由二體無別，就文體之傳承以觀，亦頗密切。〈雜文〉篇謂：「自對問以後，東方朔效而廣之，名爲客難，託古慰志，疏而有辨。揚雄解嘲，雜以諧謔，迴環自釋，頗亦爲工。」又謂「詳夫漢來雜文，名號多品。或典、誥、誓、問，或覽、略、篇章，或曲、操、引，或吟、諷、謠、詠。」其中「解嘲」、「諷」體，頗與諧讔相類，尤其雜文原爲「文章之枝派，暇豫之末造」，

〔註5〕見劉著《中國中古文學史》（臺北：河洛出版社，民國69年），頁93。

〔註6〕於劉勰前，晉摯虞《文章流別集》中有「解嘲」一體，今人龔菱《文心雕龍研究》、鄧國光《摯虞研究》均以爲「解嘲」與「諧讔」相當。然《文心．雜文》云：「揚雄解嘲，雜以諧謔，迴環自釋，頗亦爲工。」將「解嘲」置於〈雜文〉。故劉勰置〈諧讔〉一篇，並非僅以〈雜文〉之末視之。故王更生師謂：「再是摯虞的《文章流別論》，……以之持較劉勰的文體分類，除了賦、詩、箴、頌、誄、碑等七體設有專篇外，其他如『七發』『解嘲』，見於〈雜文〉篇。」所言甚是。見王師著〈劉勰文體分類的基據〉《文心雕龍新論》（臺北：文史哲出版社，民國80年），頁25。

〔註7〕文學雖源於自然，仍須稟五行秀氣之人來轉化自然之文，以成人文。詳論可參拙作〈從《文心雕龍．原道》篇看劉勰的文學起源論〉《中國文化月刊》第215期，民國87年2月，頁72～82。

與諧讔乃文辭之末相合。故劉師培敘〈雜文〉之體類時即言：「而一二慧業文人，筆舌互用，多或累幅，少或數言，語近滑稽，言違典則，此則子雲稱爲小技，而昌黎斥爲俳優者也。」〔註 8〕薛鳳昌亦謂：「即辭賦一類，亦以此時爲登峰造極，各體俱備。……枚皋之〈嫚戲〉，又是隱書說部之亞流」，〔註 9〕均視此體爲賦之衍生。但雜文與諧讔，仍有分際，王夢鷗先生即指出：「嚴格的說，諧讔之文，亦可謂雜文之一，所不同的，它是更坦率的走向遊戲筆墨。」〔註 10〕已見諧讔在娛樂之著重，與雜文有別。而置諸「論文」十篇之末，除因「小道可觀」之性質，與九流十家之小說家同外，亦因諧讔流自雜文，故附諸「文」論之末。且諧讔之作，已蔚爲大國，應成別類，故難納於雜文之下。故論者見〈雜文〉、〈書記〉均收眾體而性質相近，將〈雜文〉與〈諧讔〉互乙，〔註 11〕已忽略〈雜文〉與〈諧讔〉之從屬關係，而悖於彥和文體排序之本意。故知雜文自賦體而生，賦卻法式《詩經》，無怪乎王更生師以爲「《諧讔》篇云：宋玉賦〈好色〉，意在微諷，有足觀者。又說：荀卿〈蠶賦〉，已兆其體。故〈諧讔〉自然也是直接源於騷辭，間接出於《詩經》」，〔註 12〕可說遵循常理而近乎實情了。

雖然諧讔爲賦體之亞流，但在振葉尋根時亦顯分歧。如論者見文人製作諧讔，多以諷諭君主，視爲「宮廷文學」，〔註 13〕或言及俚諺，斷爲「民間文學」之專論。〔註 14〕然劉勰云：「昔華元棄甲，城者發睅目之謳；臧紇喪師，

〔註 8〕見劉著《論文雜記》（北京：人民文學出版社，1998 年），頁 113。

〔註 9〕見薛著《文體論》（臺北：臺灣商務印書館，民國 87 年），頁 30。

〔註 10〕文見王著《古典文學的奧祕——文心雕龍》（臺北：時報文化出版社，民國 87 年），頁 86。

〔註 11〕若李曰剛謂：「抑又須附記者，本篇（諧讔）原篇次爲第十五，位於第十四雜文之後，茲以雜文乃文體論『文』部份明詩等九類之別裁，與敘『筆』部份史傳等九類以外之『書記』爲別裁者相當，用將本篇與雜文篇次互易，……。」即主〈諧讔〉與〈雜文〉次序互乙。見李著《文心雕龍斠詮》上編（臺北：國立編譯館中華叢書編審委員會，民國 71 年），頁 573。

〔註 12〕文見王更生師〈文心雕龍文體論〉（重修增訂）《文心雕龍研究》（臺北：文史哲出版社，民國 78 年），頁 324。

〔註 13〕如周鳳五先生謂：「（諧）有了諷諭的功能，又雜有俳優的趣味，這正是宮廷文學的特徵。」又云：「讔這一種文章的宮廷性也就可以確定了。」即將諧讔繫於「宮廷文學」。語見其著〈由文心辨騷、詮賦、諧讔論賦的起源〉《文心雕龍綜論》（臺北：文史哲出版社，民國 77 年），頁 402～403。

〔註 14〕若孫蓉蓉謂：「應該説，劉勰是我國歷史上較早研究民間文學的文藝理論家，在《文心雕龍》中有多篇涉及，〈諧讔〉篇則專門論述了民間文學創作。」文

國人造侏儒之歌；並嗤戲形貌，內怨為俳也。」就作者而論，一為守城士兵之諷音，一為國人貴族之嘲詆，並非侷限於文人製作，亦折衷於民間里巷，故彥和謂諧讔之源，僅推至春秋時期，實因諧讔雖取法《詩經》諷旨，卻以俳調隱語為文，非直出經典外，而頗取里巷謠諺，自難探本，故如劉勰之妙悟，亦不免陷於「不是不受重視，而是沒有本源可尋」〔註15〕的困境了！

三、取用諧讔，體製多端

雖然彥和將諧讔分為二體論述，然細究之，亦知二者關係密切，實難斷然劃分。論諧體，則謂「諧之言皆也，辭淺會俗，皆悅笑也」，論讔文，則云「讔者，隱也。遯辭以隱意，譎譬以指事也」，但悅笑之語，常雜隱言，而隱言制作，亦常為取樂，二者文質相近，本難斷然兩分，故劉勰合二者為一篇，實制宜之舉。而由《文心》所舉「睅目之謳」、「侏儒之歌」看來，均以「嗤戲形貌，內怨為俳」為創作特色，使用外貌之「睅目」、「侏儒」為隱喻，以寄俳調之諷刺，可知諧讔在肇始時之運用，原為一事之兩面，後人承繼及偏重不同，遂漸發展出各自的體製，故創作時採用之偏好相異，表現的風格亦有所別。「諧」者，舉淳于〈甘酒〉、宋玉〈好色〉、優旃之諷漆城、優孟之諫葬馬為例，雖以調笑為宗，亦雜以隱語，以寄微諷。若淳于髡設「一斗亦醉，一石亦醉」的謎面，致齊威王不禁欲問其故，最後以「酒極則亂，樂極則悲，萬事盡然，言不可極，極之而衰」的箴言為謎底，以達諷諫之目的。「讔」者亦然，舉還社喻眢井而稱麥，叔儀歌佩玉而呼庚癸，伍舉荊王以大鳥，齊客譏薛公以海魚，莊姬託辭于龍尾，臧文謬書于羊裘，其中若伍舉以三年不鳴之大鳥為謎，以諷楚王的三年的沈湎酒色，雖用讔語以諷君王，亦采滑稽詭譎取代義正辭嚴之直諫，致使楚莊王的欣然接納，由此均見創作之「諧讔」兼備，故劉勰云：「蓋意生于權譎，而事出于機急，與夫諧辭，可相表裏者也」，王禮卿先生據此申說：「諧隱（讔）二體，體義相近，析其異同，約有七端。……若諧顯而隱隱，則其大異之一也。以其同異略等，用相表裏，故合列一篇，與頌讚等體例同。」〔註16〕所謂「用相表裏」，實說明二者之體近，亦見互為表裏、相輔而成之關係。

見孫著《文心雕龍研究》（南京：江蘇教育出版社，1983年），頁87。

〔註15〕見王更生師〈劉勰文體分類的基據〉《文心雕龍新論》。

〔註16〕文見王著《文心雕龍通解》上冊（臺北：黎明出版社，民國75年），頁280。

故知諧讔之作，乃以抑止昏暴，微諷足觀爲目的，故所用體製，自不限於一體。見其體裁，或賦體、散語、俗諺、謎語、歌謠、寓言，均披諧讔之體，而成文章。故王禮卿云：「所以多變者，固以其輕文重用而示殊，要由其文體卑而示別」，〔註17〕換言之，諧讔之可采，在於其用，故雖爲賦之末流，體製本已多端，兼後世專以悅笑昏迷爲旨，而愈形繁複了。由此，得見〈諧讔〉置於「論文」之末，實因溯其源流，本應爲「文」，而文體變遷，本無定體，尤以諧讔爲最，故於「選文定篇」，即納些許無韻之筆，亦不足爲奇。故如學者主「他的二十篇文體論，自〈明詩〉至〈哀弔〉都是有韻之文，下面的〈雜文〉、〈諧讔〉兩篇是兼有押韻之文和無韻之筆」〔註18〕而誤斷〈諧讔〉爲「文筆雜」類，或務將〈諧讔〉之「選文定篇」皆判定爲有韻之文，以證明諧讔爲「文」類，而求之過深，〔註19〕均因諧讔重其功用而致。見〈諧讔〉選文多式，不僅肇自文體歷世訛變，本同末異，更因劉勰乃取「諧讔」之用及其淺俗說笑之本質，以資選文定篇，致使文筆兼收。此體之特殊，亦由此得見。

四、辭雖傾回，義須歸正

由先秦諸子之論述，雖可略見諧讔的蛛絲馬跡，卻直待魏晉，方成流行之專體，不再僅爲俳優所用，文人亦投入創作的行列。〔註20〕以檢六朝時人之滑稽，不外著於行爲與文章，二者皆爲劉勰〈諧讔〉所言及。就行爲以觀，

〔註17〕引同上註。

〔註18〕此論雖爲張少康《文心雕龍新探》語（臺北：文史哲出版社，民國80年7月，頁186～187），然頗代表大陸學者之主張。甚至臺灣學者華仲麐亦以爲〈雜文〉、〈諧讔〉二篇爲「文筆雜」（見華氏著《文心雕龍要義申說》，臺北：學生書局，民國87年），得見此論之流行。

〔註19〕若顏瑞芳針對范文瀾《文心雕龍注》中有「文筆雜」一體提出針砭。以證〈諧讔〉篇爲「文」類，頗有深解。唯「選文定篇」務將所有類別置韻文，若「魏人因俳說以著笑書」，在毫無證據即判非邯鄲淳《笑林》，即因深求太過。文見顏著〈諧讔非文筆雜辨〉，收錄於《文心雕龍研究》第二輯（北京市：北京大學出版社，1996年），頁202～211。

〔註20〕若尤雅姿謂：「所以當魏晉名士邂逅了秦漢滑稽，個人主義與自由風尚就爲傳統的滑稽文化注入了突變基因，使得魏晉士人所成就的滑稽形態不但在質的方面有了飛躍的發展，在量的方面也有了大幅的提昇，滑稽詩文歌賦，滑稽笑話集，滑稽文學理論，以及士人們在日常生活上的滑稽言行表現，在在可以作爲歷史見證。」《魏晉士人之思想與文化研究》（臺北：文史哲出版社，民國86年），頁284。

諧讔亦有不同的形式與內涵。若《世說新語・規箴》記：

> 晉武帝既不悟太子之愚，必有傳後意。諸名臣亦多獻直言。帝嘗在陵雲臺上坐，衛瓘在側，欲申其懷，因如醉跪帝前，以手撫曰：「此坐可惜。」帝雖悟，因笑曰：「公醉邪？」

> 陸玩拜司空，有人詣之，索美酒，得，便自起，瀉箸梁柱間地，祝曰：「當今乏才，以爾爲柱石之用，莫傾人棟梁。」玩笑曰：「戢卿良箴。」

前者乃臣下藉酒以直言，後者爲舊識依祝詞以進諫，二則均載諫者憑藉滑稽讔言以進規箴，尤其晉武帝立惠帝，以致賈后亂政，引八王相殘，外族入內，中原塗炭。見衛瓘之勸諫，見識深遠，不僅「意在微諷，有足觀者」，更是「大者興治濟身」了。然而此時之用，仍以口利調笑爲主流，以檢史書或《世說》之〈言語〉、〈排調〉、〈輕詆〉數篇可證之。或謂詆戲談笑，雖無補世用，亦大雅無傷，然此體流行，已見其弊。《世說・排調》記：

> 王渾與婦鍾氏共坐，見武子庭過，渾欣然謂婦曰：「生兒如此，足慰人意。」婦笑曰：「若使新婦得配參軍，生兒故可不啻如此！」

查鍾氏之論，在揶揄兒佳不在王渾，然此言已涉亂倫，趨於下流。李慈銘云：「案閨房之內，夫婦之私，事有難言，人無由測。然未有顯對其夫，欲配其叔者。此即倡家蕩婦，市里淫姐，尚亦慚於出言，赧其顏頰。豈有京陵盛閥，太傅名家，夫人以禮著稱，乃復出斯穢語？何足取也！」〔註 21〕雖持言苛刻，亦頗中此事之弊。雖干寶《晉紀・總論》云：「先時而婚，任情而動，故皆不恥淫逸之過，不拘妒忌之惡。有逆于舅姑，有反易剛柔，有殺戮妾媵，有黷亂上下，父兄弗之罪也，天下莫之非也。」知魏晉婦女以不守禮法爲常，然鍾氏借諧語以寄調侃，諧語之弊，亦見甚矣。由此可見，諧讔用之於言行者，可爲規箴，亦可爲笑語排調，甚者有悖人倫。就文章言，亦有不同。《南齊書・文學傳》云：

> 彬才操不群，文多指刺。……彬又目禽獸云：「羊性淫而狠，豬性卑而率，鵝性頑而傲，狗性險而出。」皆指斥貴勢。其蝦蟆賦云：「紆青拖紫，名爲蛤魚。」世謂比令僕也。又云：「科斗唯唯，群浮闇水。維朝繼夕，聿役如鬼。」比令史諮事也。文章傳於閭巷。

依動物之性情，以比況並諷刺時事時人，可謂「諧」、「讔」之合用，而有功

〔註 21〕文見余嘉錫《世說新語箋疏》引李慈銘語。（臺北：華正書局，民國 78 年），頁 789。

於世事。然此類有爲之作，卻若鳳毛麟角，不僅少爲文人採用，亦僅於里巷傳。世所流行，仍以調笑爲主。《晉書・劉伶傳》：

> 嘗渴甚，求酒於其妻。妻捐酒毀器，涕泣諫曰：「君酒太過，非攝生之道，必宜斷之。」伶曰：「善！吾不能自禁，惟當祝鬼神自誓耳。便可具酒肉。」妻從之。伶跪祝曰：「天生劉伶，以酒爲名。一飲一斛，五斗解酲。婦兒之言，愼不可聽。」仍引酒御肉，隗然復醉。

劉伶玩世不恭，以示任誕，而祝詞所用，僅爲排調之諧語。雖然亦有反對聲浪，〔註22〕但此類之作，仍視爲捷悟、言語之外徵，若與卞彬諷諭時事之作品相較，自成截然不同的兩種類型。反觀劉勰之選文，亦含「微諷可觀」、「無益時用」兩類。若先秦之睅目之謳、侏儒之歌、淳于甘酒、宋玉好色、優旃漆城、優孟諫馬等均屬「微諷可觀」；惟本體不雅，其流易弊，自西漢後，諧讔已流於形貌之輕詆，言語之巧對，不僅失去「抑止昏暴，興治濟身」之原意，更趨向詆戲詭辭的愛好。而由讔語發展出以猜謎爲宗的作品，更證劉勰無益規補的推論。若自漢末盛行之離合詩，對姓名、單字、標題、專名等作文字離合，誠爲純粹游戲。以謝靈運之〈別字離合詩〉爲例：

> 古人怨信次，十日眇未央，加我懷繾綣，口詠情亦傷，劇哉歸遊客，處子勿相忘。〔註23〕

詩意即爲別離，而於字中藏「別」字之離合，雖具巧思，然僅以巧弄文字爲尙。故見彥和〈諧讔〉之選文，無論魏人之笑書、薛綜之嘲調，潘岳之〈醜婦〉、束皙之〈賣餠〉，魏文、陳思、曹髦的謎語，均爲「抃笑衽席，無益時用」的作品。故諧讔存而可觀，即在其諷諭之用，然其用雖失，亦未損諧讔之名，卻已喪失其存在之價値。由此，更見彥和〈諧讔〉之作，不僅備文體之一格，亦賦予振作文風，變革風氣的使命，故僅以樹立小說寓言及笑話隱語之理論看待，實失劉勰論文之本心。

五、結　語

諧讔因含「辭淺會俗」、「本體不雅」之本質，本難孚五經標立「情深」、

〔註22〕若《世說・雅量》記王恭輕視諧文，又《晉書・束皙傳》：「（束皙）嘗爲〈勸農〉及〈餠〉諸賦，文頗鄙俗，時人薄之。」得見此類文章亦受人輕視。詳參拙作〈邯鄲淳《笑林》研究〉，《東吳中文研究集刊》第6期，民國88年5月，頁46。

〔註23〕《藝文類聚》卷五六。

「風清」、「事信」、「義貞」、「體約」、「文麗」之六義，然劉勰仍置諸有韻文體之末，除見彥和體認文體現實之勇氣，而針對辭淺會俗之作特樹「義須歸正」的準則，亦知彥和文以致用之積極態度。〔註 24〕故僅視《文心》爲傳統文論之闡述，不僅失之遠矣，亦悖劉勰制作之原意。然劉勰見諧讔文體卑弱，已預見流弊，故特揭示「會義適時，頗益諷誡」之準則，並對從事此體創作之文人提出「空戲滑稽，德音大壞」的嚴重示警。以觀魏晉以降笑書之發展，不僅專以個人身體的缺陷，作爲調笑之資，入明，笑書更闌入色情，不堪入目，清世更好自言淑世警人，卻色情挖苦滿紙，不僅失去娛樂之價値，更有虧人格之完整，均因好尙不雅，僅以調笑爲事。故紀曉嵐評曰：「文家有必不可作之題，且有必不可作之體也，雖高手無所施其巧，抑或愈工而愈入惡趣，皆所謂『本體不雅』者也。」紀氏身處文體卑弱之清代，見彥和於千餘年前即言中此弊，亦無怪喟歎如此！劉勰洞燭機先之遠識，亦藉此得到印證。故知《文心》由文學以觀時序，不僅評論文體，亦對時風深加思量。而劉勰勇於自省的精神，更於《文心》建樹文論外，啓後人之深思。

（原發表於《錢穆先生記念館館刊》第 7 期，88 年 12 月）

〔註 24〕若劉渼謂：「劉勰論文，以經世致用爲主，故於文體的選擇上，首重現實能用，具有時代的意義。」文見劉著《劉勰文心雕龍文體論研究》（臺北：國立臺灣師範大學博士論文，民國 87 年 5 月），頁 116。

附錄二　邯鄲淳《笑林》研究

提　要

漢末邯鄲淳之《笑林》，不僅爲笑書之肇始，對盛行於六朝之筆記小說，亦具啓示意義。雖然《笑林》早佚，然自明以來，即見輯本，令今人得見其梗概。本文除於緒論中概敘笑書之承襲，繼而對本書之流傳及其輯本作一論述，繼之內容及創作技巧的探討，以期對《笑林》之時代定位，有更近眞相的呈現。

關鍵詞：邯鄲，笑林，笑書，志人小說

一、緒　論

小既傳承先秦諸子，〔註 1〕唯笑話之屬，亦由此發端。即王利器所謂：「如果說，笑話這種文藝形式，在東漢末年的《笑林》，才見於著錄，那末，在戰國以來諸子中有關宋人的諷刺小品，就是這種文藝形式的濫觴了。」〔註 2〕然

〔註 1〕譚達先言：「如魏晉的『志人小說』《笑林》、《郭子》等書，是《韓非子》的〈說林〉、〈內外儲說〉中一些寓言故事的繼承與發展。」薛鳳昌亦言：「蓋小說的起源，大概出於子家。自漢以來，著述家所作雜說，十八九皆屬寓言。自來傷時疾俗之士，不欲正言而託物以寄意。後人演之爲小說。」均將小說之源流繫於諸子。分見譚著《中國民間寓言研究》(臺北：臺灣商務印書館，民國 77 年)，頁 92 及薛著《文體論》(臺北：臺灣商務印書館，民國 87 年)，頁 59。

〔註 2〕文見王著〈笑話的生成和發展〉，收錄於《王利器論學雜著》(臺北：貫雅文化事業有限公司，民國 81 年)，頁 102。另外，亦可參見王利器《中國歷代笑

春秋戰國之際，游俠論辯成風，其中多援引事蹟，以成進言，雖爲小說之權輿，亦見先秦寓言附麗於諸子論議之地位。《文心雕龍・諸子》篇云：「若乃湯之問棘，云蚊睫有雷霆之聲，惠施對梁王，云蝸角有伏尸之戰，列子有移山跨海之談，淮南有傾天折地之說，此踳駁之類也。」諸子憑藉無徵譬說，以述己志，而以刺諷調笑之話語進言，暨爲諸子多樣說理的形式之一例，亦見笑話肇始時的功用及形態。若莊子之宏肆、孟子之善辯、列子之無端、韓非之博喻，其寓言譬說，或以虛構人物用以嘲諷，或以實人進行譬喻，無非以滑稽詭譎達到勸諫說理之目的。而俳諧一類，亦以諷人述志爲創作使命，自漢迄終，沿襲未易。劉勰云：「昔齊威酣樂，而淳于說甘酒，楚襄讌集，而宋玉賦好色，意在微諷，有足觀者。及優旃之諷漆城，優孟之諫葬馬，並譎辭飾說，抑止昏暴。是以子長編史，列傳滑稽，以其辭雖傾回，意歸義正也。」〔註3〕微諷足觀，意歸義正，爲滑稽俳調之準的，亦知俳諧之流，均賦與裨益治世之命意。雖然漢季以前的笑話發展，均被以淑世治國之前題，卻對後世專以調笑爲主的作品，具樞紐性的啓示及影響。〔註4〕故笑書之生成，不僅爲文學的自然推衍，亦頗受時風左右。今日學人論及《笑林》，大凡僅以籠統的「志人小說」一詞概括之，〔註5〕不僅失之簡略，亦不免被先入爲主的觀念所限囿。〔註6〕故本文擬以笑書之濫觴《笑林》爲探討主題，除了在內容之分析外，亦期盼在時代意義的討論後，描繪出本書更清晰的面貌。

話集・前言》（上海：上海古典文學出版社，1956年）、王清俊《中國古代笑話研究》（臺北：國立臺灣師範大學碩士論文，民國74年5月）郭俊峰《中國歷代笑話集成・前言》等人對於先秦之笑話規模之論述。

〔註3〕見劉勰《文心雕龍・諧讔》。

〔註4〕陳必祥言：「西漢中期，還出現過以東方朔爲代表作家的滑稽文學。這種文學顯然是春秋戰國時期滑稽之辭的延續，不僅開了魏晉南北朝時期滑稽嘲謔之風的先河，而且對這個時鈅滑稽嘲謔式的小品故事也產生了直接的影響。」可謂知言。文見陳著《古代散文文體概論》（臺北：文史哲出版社，民國86年），頁85。

〔註5〕自魯迅《中國小說史略》將《笑林》置諸志人小說，後世眾家，若郭箴一、孟瑤、譚正璧之《中國小說史》，劉子清《中國歷代著名小說史話》、李悔吾《中國小說史漫稿》、王恒展《中國小說發展史概論》、寧稼雨《中國志人小說史》、劉葉秋《魏晉南北朝小說》、王枝忠《漢魏六朝小說史》等均以「志人小說」之肇始目之，而稍作簡論。惟韓秋白、顧青合著《中國小說史》將《笑林》獨立於軼事小說之外，與眾家不同。

〔註6〕除以上以「志人小說」一詞概括《笑林》外，甚者如吳志達《中國文言小說史》、吳禮權《中國筆記小說史》均獨闕《笑林》，得見觀念的歧異。

二、作者及其版本

《笑林》成書後頗為流傳，且為相似笑話書所收錄。若隋侯白《啓顏錄》、〔註7〕唐劉訥言《諧噱錄》〔註8〕均收〈煮簀之筍〉，然今《笑林》原編已亡佚不可得。而歷來書目著錄，大凡將《笑林》繫於邯鄲淳。亦間有它說。若宋僧贊寧《筍譜》引〈煮簀為筍〉，以《笑林》為陸雲作，宋《五色線》亦引〈煮簀為筍〉事繫於陸雲，故清文廷式《補晉書藝文志》據此著錄陸雲《笑林》。今驗《笑林》雖載張溫使蜀事，亦有言南北差異、抑或特重禮儀等為晉後方熾事，均為淳所未見，故余嘉錫云：「考僧贊寧《筍譜》云：陸雲字士龍，為性喜笑，著《笑林論》。然則陸雲別有《笑林》，《隋志》不著錄者，或即入淳書之中。此兩則（即〈煮簀為筍〉及〈姚彪貸鹽〉事），蓋出自陸氏書也。」〔註9〕甚者以為宋吳曾《能改齋漫錄》所見十卷本之古《笑林》，即為陸雲於三卷本之基礎上而成，〔註10〕藉此說明陸雲曾著《笑林》的說法，亦可兼顧邯鄲淳《笑林》多其身後事的說法。按《筍譜》未見陸雲著《笑林論》，未知余氏所據之底本。今《隋志》、新舊《唐志》均未見陸氏《笑林》，至宋出陸著與淳著《笑林》二種，不僅有悖常理，而《笑林》著錄均為三卷，亦難為陸氏所補。或者陸氏性本滑稽，故引《笑林》自娛，後人誤以為陸氏著《笑林》，而陸氏增續淳著《笑林》亦有可能。故馬國翰於《笑林》小序辯此道：「陸雲字士龍，為性喜笑，似以《笑林》出士龍所著，蓋因笑事而誤，當以史志為據也。」以為宋人誤將《笑林》為陸雲所作，較合情理。故本書之著作權，應歸邯鄲淳。以下就作者及版本作一簡介。

（一）作者生平簡述

作者邯鄲淳，又名竺，字子叔，又字子禮，潁川人，生於漢順帝陽嘉元年，

〔註7〕據曹林娣、李泉輯注《啓顏錄》（上海：上海古籍出版社，1990年）按語雖計二則引自《笑林》，然〈羊踏破菜園〉仍有可議，故存疑之。

〔註8〕本書今存於明刊宛委山堂本《說郛》一百二十弓。

〔註9〕見余著〈殷芸小說輯證〉，收錄於《余嘉錫文史論集》（長沙市：岳麓書社，1997年），頁298。

〔註10〕寧稼雨言：「《隋志》和兩《唐志》所著錄的三卷本《笑林》，為邯鄲淳所撰，吳曾所見的十卷本《笑林》，為陸在三卷本基礎上增補而成，如此說若成立，那麼今存《笑林》佚文，邯鄲淳不可能為者，便應屬陸雲。至於記漢魏事者，則很難分清為誰所寫了。」文見寧著《中國志人小說史》（遼寧省：遼寧人民出版社，1991年），頁15。

〔註11〕博學有才識，魏初傳古文者，即出於淳。〔註12〕善書，師於扶風曹喜而究其妙旨，後與清河張揖齊名。弱冠即見異才，曾作《曹娥碑》爲蔡邕所識。不僅爲曹操所接遇，亦與曹植善。及黃初初時，給官博士給事中。〔註13〕年九十餘。著有《邯鄲淳集》二卷，後不傳。其文散見於類書之中，今輯存於嚴可鈞《全三國文》，另有《笑林》輯本傳世。

（二）《笑林》之著錄及其版本

《隋書・經籍志》、《舊唐書・經籍志》、《新唐書・藝文志》均有著錄，爲三卷本，至元修《宋史・藝文志》則已未見。宋初《太平御覽》、《太平廣記》均收《笑林》，與《新唐書・藝文志》互證，此書宋初尚存。驗晁公武《郡齋讀書志》、陳振孫《直齋書錄解題》、尤袤《遂初堂書目》均無著錄，〔註14〕南宋時似已未見。然今人王利器引宋吳曾《能改齋漫錄》卷七所記：「秘閣有古《笑林》十卷，晉孫楚〈笑賦〉曰：『信天下之笑林，調謔之巨觀。』《笑林》本此。」〔註15〕吳曾既於祕閣得見，南宋初年此書或許尚存。按《崇文總目》、《宋史・藝文志》知宋有何自然、路氏《笑林》二種，吳氏以古《笑林》之名與二書相別。然元脫脫修《宋史・藝文志》，既據兩宋諸國史藝文志而成，亦未見淳《笑林》著錄，故吳氏於祕閣所見之古《笑林》，頗爲可疑。今以元馬端臨《文獻通考・經籍考》亦未收本書推斷，《笑林》於渡江後或已亡佚（或如吳氏言僅藏諸祕閣），至晚不過元初。今所見《笑林》，概由《藝文類聚》、《太平御覽》、《太平廣記》等類書鉤沈，故今所見《笑林》均爲輯本。《類林雜說》、《續談助》各收《笑林》一則，然《類聚》、《御覽》、《廣記》均收，所載亦同，故從略。以下就其板本作一概述。

〔註11〕《後漢書》卷八四引《會稽典錄》載邯鄲淳時甫弱冠，而有異才，並於此時作〈孝女曹娥碑〉。據碑文署年乃漢元嘉元年，以此逆推，故知生於漢順帝陽嘉元年。

〔註12〕事見《三國志・魏志》卷二一引《文意敍錄》。

〔註13〕事見《三國志・魏志》卷二一引《魏略》、《後漢書》卷八四引《會稽典錄》所載。

〔註14〕《郡齋讀書志》於《悅神集》註云：「右不題撰人，記滑稽之說。唐有邯鄲淳《笑林》，此其類也。」知晁氏未見邯著《笑林》。《直齋書錄解題》雖爲殘本，然見陳氏註《開顏集》云：「校書郎周文規撰。未知何時人，以古笑林多猥俗，迺於書史中鈔出可資談笑者爲此編。」陳氏直引周文規言而未加補註，得知陳氏與《笑林》亦無緣一見。

〔註15〕文見王利器《中國笑話大觀》（北京：北京出版社，1995年），頁1。

（1）明陳禹謨《廣滑稽》本：明萬歷陳禹謨輯《廣滑稽》，自〈未殺陳佗〉迄〈傾家贍君〉計十三則。

（2）清馬國翰《玉函山房輯佚書》本：馬氏乃據《藝文類聚》、《太平廣記》、釋贊寧《筍譜》輯出，自〈吳人食酪〉至〈煮簀爲笋〉計二十六則。民國七十三年臺北新興書局《筆記小說大觀》十九編所收《笑林》即據此影印。

（3）清王仁俊《玉函山房輯佚書補遺》本：王仁俊據《琱玉集》補入趙伯事。然馬氏輯本據《御覽》已收此則。《琱玉集》與《御覽》內文間有差異，或爲王氏增錄以供讀者參校。

（4）魯迅《古小說鉤沈》本：周氏於馬、王二氏之基礎上又參校《類林雜說》（收〈伯翁嫁妹〉）、《續談肋》（收〈善治傴者〉）、《紺珠集》（收〈羊踏破菜園〉）增輯三則，計二十九則。

（5）王利器、王貞珉《歷代笑話集》：一九五六年由上海古典文學出版社刊行，一九八一年再於上海古籍出版社印行。據其序略云：「（《笑林》）原書今佚，今清馬國翰有輯本，現在據馬氏《玉函山房輯佚書》本移錄，并據魯迅《古小說鉤沈》補錄馬氏未輯諸錄於後。」得知其根據之底本，故馬氏佚本計二十六則，魯迅增錄三則，故得二十九則，可謂目前《笑林》最完善的輯本。一九九五年二氏再據前作《歷代笑話集》、《中國歷代笑話集續編》合爲一書，由北京出版社出版《中國笑話大觀》，內容亦同。楊家駱《中國笑話書》（民國 61 年臺北世界書局初版）、郭俊峰《中國歷代笑話集成》（1996 年吉林省時代文藝出版社出版）均據王氏輯本。而自《笑林》輯本出，據魯迅、王利器等書之節選文字頗眾，〔註 16〕故均未收入版本之列。

（三）《笑林》輯文辨疑

雖然自明代《笑林》輯本問世，迄王利器輯本出，頗爲完備，然其輯文，疑義有三，以下分述之。

（1）存疑一則。魯氏《古小說鉤沈》本據《紺珠集》補入一則。然傳言

〔註 16〕如吳曾祺《舊小說》、陳星鶴、楊志華《魏晉南北朝小說賞析》、侯剛、張宏淵《歷代微型小說欣賞》、粹文堂、郭雲龍各出《中國歷代短篇小說選》、徐震堮選注《漢魏六朝小說選注》、陳萬益等編《歷代短篇小說選》、申俊《中國笑話》等均僅依前人輯佚成果加以節錄數則。

朱勝非編《紺珠集》本自類書輯成，錯謬頗眾，此條僅此著錄，本有疑義，而曾慥《類說》明言錄自《啓顏錄》，此則更形可疑。周氏據此增輯一則，尚需旁證，方可定讞，故應存疑。

（2）增錄一則。《太平廣記》卷二六二記「不識鏡」，註文引自《笑林》，其內容記鄉人因不識鏡而引發可笑之愚言愚行，為各輯本所未收，應增錄之。

（3）辨疑一則。《太平廣記》卷二五一載鄰夫則，註文引自《笑言》，盧錦堂據「明鈔本，孫潛校本都注出『《笑林》』。查《笑言》，前人書志不見著錄。」為由更名為《笑林》。〔註 17〕按盧氏文中言及「明鈔本」，即明沈氏野竹齋鈔本，所惜未知沈氏根據之底本為何；而清孫潛校本乃據宋鈔本以校談刻本，然孫氏所據宋鈔本今已遺佚，亦未知孫氏何以更《笑言》為《笑林》。見《廣記》所引書目《笑言》、《笑林》二書并記，雖《廣記》編輯之初頗為粗濫，亦未必為編者之誤。而唐代有何自然、路氏《笑林》，〔註 18〕《廣記》之徵引，是否以何路二氏之《笑林》為《笑言》，與邯鄲淳《笑林》相別？驗此則之內容行文多記詩句對答，已非早期笑話形態〔註 19〕與今殘本淳著《笑林》頗不相類，故今傳各家《笑林》輯本均未收此則，諒必已有考量。盧氏所據，尚嫌薄弱，僅存疑。

至於余嘉錫以《事文類聚》前三十六引《小說》〈貧人售瓮〉一則，疑出《笑林》。〔註 20〕余氏僅因內容頗為戲謔而純然臆測，自不足信。故見今所輯《笑林》雖非邯鄲淳之原本，或有後人增益，不過究其內容及文體，亦可代表笑書肇始之雛形。

三、主題分析

《笑林》者，調謔之巨觀也。晉孫楚《笑賦》謂「有度俗之公子，總萬

〔註 17〕文見盧著〈太平廣記引書數試探〉，收錄於《漢學研究》第二卷第二期，民國 73 年 6 月，頁 254～255。

〔註 18〕邯鄲淳後亦見名為《笑林》者，見《崇文總目》、《宋史・藝文志》均收何自然、路氏《笑林》二種。

〔註 19〕按《全唐詩》卷八七二收「鄰人」詩句。由內文得見《全唐詩》編纂者亦據《太平廣記》鄰夫條，或因其詩句相謔而判斷出自唐代。

〔註 20〕同註 9，頁 293。

物之細故，心髣彿乎巢由，以得意爲至樂。」度俗事，總細故，即爲《笑林》創作之淵藪，今見《笑林》之取材，或取古事、或爲時聞以爲寓體。然《笑林》創作初衷，並非僅以調笑戲謔爲其命意，而藏以諷喻勵世之寓意。故陳蒲清言：「笑話本身與寓言結有不解之緣。……到了漢末魏初，更出現了我國第一部笑話專集——《笑林》，其中很多故事既是詼諧有趣的笑話，又是富於教益的寓言。」〔註 21〕即鑒於《笑林》於僅供一噱外，亦往往給予讀者弦外之音。故以「寓言」之三項定義：短小故事、虛構性及勸誡諷喻性來衡量，〔註 22〕《笑林》可謂寓言之專集，即基於其故事多爲「舉非違，顯紕繆」，於笑談以外寄以嘲諷。今以其譏嘲之主題觀察，無外針對個人及社會而發論。以下就此二項分論之。

（一）個人言行之探討

《笑林》既受諸子寓言之影響，頗以人物之外在表現，作爲調笑之資，即陳蒲清所說的：「生活故事和笑話趣聞之間沒有絕對界線，也可以說，滑稽調笑的生活故事便是笑話趣聞。在各類故事中，笑話趣聞最容易被加工爲寓言，特別是其中的愚人笑話。」〔註 23〕愚人之可笑，即因愚騃而顯著於行爲，亦爲歷代笑話不可缺乏的題材。今見《笑林》亦不乏以嘲弄外在之可笑可嘆事。如記〈太原人失火〉：

> 太原人夜失火，出物，欲出銅槍，誤出熨斗，便大驚惋。謂其兒曰：異事，火未至，槍已被燒失腳。

太原人未察其所出者爲熨斗，在反應及言語上更令人啼笑皆非，其主題即以爲父者之愚行愚語，來博君一粲，至若〈齊人學瑟〉之不知變通、〈故學無益〉之讀書未深，均以主人翁之可笑舉動作爲論述之重點。然而時風丕變，《笑林》在內容上亦有新意，即出現專以嘲諷其內在才性之作，如〈傾家贍君〉、〈沈峻送布〉均直指人性之偏而加以嘲弄，若〈胡邕好色〉所記：

> 吳國胡邕，爲人好色，娶妻張氏，憐之不舍。後卒，邕亦亡，家人便殯於後園中，三年取葬，見冢土化作二人，常見抱如臥時，人競笑之。

〔註 21〕文見陳著《中國古代寓言史》（湖南：湖南教育出版社，1996 年），頁 166。

〔註 22〕此三點爲李富軒、李燕爲寓言所下的定義。文見二氏所著《中國古代寓言史》（臺北：志一出版社，民國 87 年），頁 3。

〔註 23〕文見陳著《寓言文學理論・歷史與應用》（臺北：駱駝出版社，民國 81 年），頁 71。

此則所記胡邕好色事，雖引涉靈怪，然其諷喻之旨，在於胡邕好色過甚，溺於其中而不能自制，就此而論，其故事頗似《世說新語‧惑溺》所載荀粲事：

> 荀奉倩與婦至篤，冬月婦病熱，乃出中庭自取冷，還以身熨之。婦亡，奉倩後少時亦卒。以是獲譏於世。奉倩曰：「婦人德不足稱，當以色爲主。」裴令聞之曰：「此乃是興到之事，非盛德言，冀後人未昧此語。」

才性之偏，以致惑溺其中，身死而人笑，荀粲如此，胡邕亦然，《笑林》針對溺其性而未能自拔而提出嘲弄，已具漢魏以降人物才性之論，而以才性理論作爲笑話之題，頗具時代之風，亦異於其他各代。

（二）社會現象之觀察

個人生活於群體之中，與社會之互動亦爲文人觀注之焦點，故《笑林》頗以個人與社會規範間的交涉，作爲撰寫的題材。就此而言，人物雖爲故事之主體，然而其調笑的命題，往往指向人與社會規範間有所誤解及衝突，雖言人物之無知，卻爲社會的反映。今所見《笑林》以當代爲題材者，頗見以南北差異、不知禮教爲俳調之主體，由此，亦可見其時代之特出處。若〈吳人食酪〉、〈漢人煮簀〉二則，一爲南人至北，一爲北人至南，因南北飲食習慣的不同而造成誤解。然而因南北之差異而相互嘲弄者，頗見載記。若《世說新語‧輕詆》記：

> 支道林入東，見王子猷兄弟。還，人問：見諸王何如？答曰：見一群白頸烏，但聞喚啞啞聲。

支道林僅因王氏兄弟口操吳音，而比況爲「白頸烏」，〔註 24〕乃源於南北音韻的不同而爲嘲笑之資。既以南北互異爲戲謔題材，亦肇始於時人對南北歧異的重視。而因不知禮而成爲俳調之對象者，亦在《笑林》所存的殘文中頗有記述，如〈傖人弔喪〉：

> 傖人欲相共弔喪，各不知儀，一人言粗習，謂同伴曰：「汝隨我舉止。」既至喪所，舊習者在前，伏席上，餘者一一相髡於背，而爲首者以足觸詈曰：「痴物！」諸人亦爲儀當爾，各以足相踏曰：「痴物！」最後者近孝子，亦踏孝子而曰：「痴物！」

〔註 24〕余嘉錫於此條案語云：「嘉錫案：道林之言，譏王氏兄弟作吳音耳。」所見極是。與《世說新語‧俳調》記顧長康以老婢聲比擬洛下讀書聲，其義相通。見余著《世說新語箋疏》（臺北：華正書局，民國 78 年），頁 848～849。

文中雖僅譏諷愚人不知弔禮以致誤言，若與今《笑林》輯文記弔禮共三則以觀，顯示出當時對儀禮之重視，可知人與社會間的互動與關聯，亦成為笑話取材之汲取泉源。甚者出現不似笑話而似軼事的創作，更能突顯魏晉之時風。如姚彪對沈珩借鹽百斛事：

> 姚彪與張溫俱至武昌，遇吳興沈珩於江渚守風，糧用盡，遣人從彪貸鹽一百斛。彪性峻直，得書不答，方與溫談論。良久，敕左右倒鹽百斛著江水中，謂溫曰：明吾不惜，惜所與耳。

故事中姚彪傾鹽於江中及對張溫答語或為其可笑處，然而是譏嘲姚彪之任誕，抑或姚彪嗤笑沈珩不自量力的借貸？頗令今日讀者費解。而「明吾不惜，惜所與耳」之答語，更似專以描繪六朝人物外在表徵的軼事類小說。這樣看來，《笑林》不僅扮演著供人一噱的娛樂角色，亦在時風的影響下，反映意出言外的社會思潮，亦知在個人與社會的相互牽絆間，對於笑話靈感的啓發。

四、敘事技巧

今《笑林》雖僅賸殘文二十九則，就人物之創作以觀，無論藉古以諷，或人物虛設，皆直指嘲弄之主題，以達刺諷之目的。就其敘事之手法而言，大凡遵循一定的敘述進程：首將主角點出，繼而敘述其可笑之行為及言語，於此敘事即止。故其作品往往缺乏故事的完整性，除了表現早期笑話的雛形，文字亦見簡捷。若〈魯人持竿〉所記：

> 魯有執長竿入城門者，初豎執之，不可入，橫執之，亦不可入，計無所出。俄有老父至曰：「吾非聖人，但見事多矣。何不以鋸中截而入？」遂依而截之。

故事突顯自以為略遜聖人的老父為主軸，先述老父以聖人自況，後敘其荒謬的建言，更加深故事的可笑。而以魯國作為敘事的背景，亦寄調侃孔子的弦外之音。又以故事性來衡量本作，雖簡單亦不失故事之完整，不僅包括了人、地、時三要素，對於場景及人物均有描繪。然而如前所述，《笑林》之作本於以資一噱，並非均以故事作為寓體，故如〈斫羹益鹽〉：

> 人有斫羹者，以杓嘗之，少鹽，便益之，後復嘗之向杓中者，故云鹽不足。如此數益升許，鹽故不鹹，因以為任。

此則敘述不知名姓的掌杓者，因羹味淡而持續加鹽，卻只嘗杓中不曾加鹽的羹湯，終至不悟。作者除以「數益升許」的行為，夸大其愚行，而復以第一人稱，反筆寫出主人翁現身說法「因以為怪」的反應，更加深刻主角終於不悟的愚昧。此則僅以記述某人片面之愚行，是難孚故事完整性之要求。顯見作者既以悅笑作為前提，並非以故事以悅讀者，在敘事方面便偏重於啓發讀者的笑意而輕故事情節上之曲折，亦由於偏重趣味性，在故事的取材上雖取逸事或新聞，作者亦可任意更動人物姓名及情節，甚至虛設人物。若〈膠柱鼓瑟〉所記：

> 齊人就趙人學瑟，因之先調膠柱而歸。三年不成一曲，齊人怪之。有從趙來者，問其意，方知向人之愚。

此則即據《史記・廉頗藺相如列傳》中藺相如諫俏王語：「若膠柱而鼓瑟耳，括徒能讀其父書傳，不知合變也。」之改寫，不僅虛設人物，且更加嘲弄「不知合變」者的愚昧。至若〈傾家贍君〉引漢世人事，更屬子虛烏有，而難以深考了。又由於其諷喻的主旨即寄於其中，需讀者自行體會，在敘述上更須鮮明，或由人物言談，或以敘事的深細描繪，藉以深刻寓意，若〈傾家贍君〉：

> 漢世有人年老，無子家富，性儉嗇，惡衣蔬食，侵晨而起，侵夜而息；營理產業，聚斂無厭，而不敢自用。或人從之求丐者，不得已而入內取錢十，自堂而出，隨步輒減，比至於外，才餘半在，閉目以授乞者，尋復囑云：「我傾家贍君，愼勿他說，復相效而來。」老人俄死，田宅沒官，貨財充於內帑矣。

自丐者求乞至故事終場，作者以三個進程逐漸加深老人儉嗇形像：先因不得已而至內取錢，次則取錢後隨步輒減，最後給予丐者時閉以授，不忘說明此舉乃「傾家贍君」，亦懼他人復效而叮囑丐者愼勿與他人說，就笑話而論，在此已將老人之儉吝描繪深細，笑處全然發揮，然而卻以老人死後，財物均收於內帑為結，更烘托及強化諷喻的主題。得見邯鄲淳為加強寓意於文字上運用之技巧，雖因各個故事所賦與的命意相異而有所不同，然取材不拘逸事虛構，敘事擅短小精悍，均呈現《笑林》在敘事上的成就及特出。

五、餘論——《笑林》的時代意義

文變既染乎世情，而俳諧文之興衰，亦繫亦世風之更易與文學之變革。就時風而論，漢末靈帝即好俳諧。劉師培云：「又漢之靈帝頗好徘詞，下習其風，益尚華靡，雖迄魏初，其風未革。」〔註25〕而時入三國，君主亦性好滑稽。若

〔註25〕劉氏此語乃據《文心雕龍・時序》篇所言：「降及靈帝，時好辭製，造羲皇之書，開源都之賦，而樂松之徒，招集淺陋，故楊賜號為驩兜，蔡邕比之俳優，

魏武殘忍偉略，卻行為輕易，〔註26〕而吳國孫策、孫權，亦好笑語，〔註27〕至若蜀漢劉備，亦不乏滑稽調笑之徒。〔註28〕上有好者，下必甚焉，俳諧時風的盛行，亦可想而知了。文人俳諧之創作，亦於斯時湧現。《文心雕龍・書記》篇言：「至如張衡〈譏世〉，頗似俳說，孔融〈孝廉〉，但談嘲戲。」雖非專寫滑稽，然已啓俳調之風，魏晉以降，滑稽之風更熾。梁蕭子顯《南齊書・文學傳》云：「王褒〈僮約〉，束晳〈發蒙〉，滑稽之流，亦可奇瑋。」即劉申叔所言：「諧讔之文，亦起源古，昔宋代袁淑，所作益繁，惟宋齊以降，作者益為輕薄，其風蓋昌於劉宋之初。嗣則卞鑠、丘巨源、卞彬之徒，所作詩文，并多譏刺。梁則世風益薄，士多嘲諷之文，而文體亦因之愈卑矣。」〔註29〕俳諧之盛，由此可見。雖然魏晉以降，頗非議此流。《世說新語・雅量》篇云：

> 殷荊州有所識，作賦，是束晳慢戲之流。殷甚以為有才，語王恭：「適見新文，甚可觀。」便於手巾中出之，王讀，殷笑之不自勝。王看竟，既不笑，亦不言好惡，但以如意帖之而已。殷悵然自失。

按《晉書・束晳傳》：「（束晳）嘗為〈勸農〉及〈餅〉諸賦，文頗鄙俗，時人薄之。」束晳慢戲之作，即為俳諧，而殷浩引為奇文，為王恭所輕看。故為斯作，自為文人所不屑為。然就文體而論，俳諧之文，大凡均為賦體，散筆之作，僅見《笑林》。其因由除滑稽之作，本繼漢賦，加以自魏以降，駢文由變而啓盛，〔註30〕散體漸微，故俳調之屬，亦依韻體為之。故史志所載之俳諧文學，亦為

其餘風遺文，蓋蔑如也。」而來，故劉氏雖未言及俳諧文，實指靈帝所好，即為俳諧之文。詳見劉著《中國中古文學史》（臺北：河洛出版社，民國 69 年），頁 8，另亦見范大灟《文心雕龍注》於此句後注。

〔註26〕《三國志・魏書・武帝操紀》裴松之注引《曹瞞傳》云：「太祖為人佻易無威重，好音樂，倡優在側，常以日達夕。被服輕綃，身自佩小鞶囊，以盛手巾細物，時或冠帢以見賓客。每與人談論，戲弄言誦，盡無所隱，及歡悅大笑，至以頭沒杯案中，肴膳皆沾汙巾幘，其輕易如此。」

〔註27〕《三國志・蜀書・費禕傳》：「孫權性既滑稽，嘲啁無方，諸葛恪、羊衜等才博果辯，論難鋒至，禕辭順義，據理以答，終不能屈。」又見《三國志・吳書・孫策傳》：「策為人，美姿顏，好笑語。」

〔註28〕《三國志・蜀書・簡雍傳》：「時天旱禁酒，釀者有刑，吏於人家得釀具，論者欲令與作酒者同罰，雍與先主游觀，見一男女行道，謂先主曰：彼人欲行淫，何以不縛？先主曰：卿何以知之？雍對曰：彼有其具，與欲釀者同。先主大笑，而原欲釀者。雍之滑稽，皆此類也。」簡雍與劉備之對談，除了顯現簡雍之捷智外，若將此單獨抽離出史傳，直似笑話之載記。

〔註29〕劉勰《文心雕龍・諧讔》。

〔註30〕若蔣伯潛、蔣祖怡所謂：「到了三國晉代，駢文漸地獨立了，漸漸地成熟了，

韻文。見《隋志》收《誹諧文》三卷及十卷二種，註文云：「袁淑撰，梁有續誹諧文集十卷，又有誹諧文一卷，沈宗之撰。」今人或以爲《誹諧文》爲笑話集，實誤。〔註 31〕按袁淑《俳諧文》雖已亡佚，僅見嚴可均《全宋文》輯袁淑〈雞九錫文〉、〈勸進牋〉、〈驢山公九錫文〉、〈大蘭王九錫文〉、〈常山王九命文〉〔註 32〕五篇，但由今存殘文五篇均爲賦體以觀，亦非偶然；尤其六朝既文筆二分，以文命名，自不該收散筆。故見此時之滑稽文學雖然盛況空前，卻對於笑書之發展，卻無想當然的助益。

而漢季以降，子書沿續先秦而未絕，其中亦不乏笑話的片段，若晉虞喜《志林新書》所記：

> 諸葛恪父瑾長面似驢，孫權大會群臣，使人牽一驢，人長撿其面題曰諸葛子瑜也。恪跪對乞請筆益兩字。續其下曰：之驢。舉坐欣笑，以驢賜恪。〔註 33〕

孫權性頗嘲謔，以驢嘲格，而諸葛恪之警悟，得見其權變。雖然全書仍以述志爲主，然亦載笑言，又如梁元帝《金樓子・捷對》篇，更似笑話的集成，故子書的撰寫，提供短製笑語的歸依，自對笑書之發展，有所限制。又自魏以來，以記片面言行之新文體，即以《世說》爲代表的瑣語類作品應運而生，更具深遠之影響，而《世說新語・俳調》篇專收笑談捷語，直與《笑林》抗顏。由此觀之，《笑林》早於漢末即以散筆創作笑話，卻因俳諧賦文的興盛而未能廣傳，加上前所言及子書與軼事類小說的興盛，對散筆笑話之發展，無疑雪上加霜。反映於《隋書・經籍志》，《笑林》後之笑話集僅著錄隋陽松玠

一般文人都在這一方面致力，開拓出新園地來。」又言：「因此，駢文努力於技巧，結果雖然使文章走上浮靡輕艷的路，但是在文章本身看來，它足以脫離了散文的羈絆而獨立起來，所以六朝時代可以說是駢文成熟的時代，它自己也因而有了獨立的生命與價值。」文見二氏著《駢文與散文》（上海市：上海書店出版社，1997 年），頁 18、24。

〔註 31〕如王利器於〈笑話的形成和發展〉一文中即持此論。按《續談助》以《笑林》中孔文舉事繫於《俳諧文》，應爲《續談助》之誤記或所引非袁淑所著《俳諧文》，王氏或爲此則所誤。

〔註 32〕五篇分輯自《藝文類聚》、《初學記》、《太平御覽》，均言引自袁淑《俳諧集》。按史志僅載袁淑著《誹諧文》，未見《誹諧集》。雖然《新唐書・藝文志》載《俳諧記》，然爲唐訥言撰，見《類聚》、《初學記》、《御覽》既均指袁淑，故此本應即爲《俳諧文》。范文瀾《文心雕龍注》云：「隋書經籍志總集類有袁淑誹諧文十卷，是撰誹諧集之始。」即以《誹諧文》爲《俳諧集》。

〔註 33〕虞喜《志林新書》原佚，今收錄於清馬國翰《玉函山房輯書》子編儒家。

《解頤》、侯白《啓顏錄》，而終於南朝，竟成絕響。故《笑林》消沈於六朝，亦難爲於形勢比人強。

雖然《笑林》與繼起之軼事類小說頗爲相似，尤其《世說・俳調》篇，與《笑林》之立意亦有契合，甚至收錄之故事亦有相類者，然而《世說・俳調》篇雖記可笑事，其性質卻與《笑林》有所扞格。由文體的傳承以觀，《笑林》頗承諸子，雖與先秦寓言有所分別，〔註34〕亦相去未遠，卻與《世說・俳調》篇因清言談玄及品鑒人物而流爲文體，有所區別。《世說新語・俳調》篇言：

> 陸太尉詣王丞相，王公食以酪。陸遂病。明與王牋云：「昨食酪小過，通夜委頓。民雖吳人，幾爲傖鬼。」

此則與《笑林》吳人食酪則頗爲相類。然《笑林》僅以吳人之愚行爲笑，與陸玩以南北的飲食差異，以寄譏諷，自不相類。余嘉錫案語謂：「又案：《類聚》七十二引《笑林》曰：『吳人至京，爲設食者有酪蘇，未知是何物也，未強而食之。歸吐，遂至困頓。謂其子曰：與傖人同死，亦無所恨，然汝故宜慎之。』《笑林》爲魏邯鄲淳所著，在陸玩之前，疑玩即用其語，以戲王導耳。」陸玩本輕王導，〔註35〕余氏按語更說明陸玩引用《笑林》，以傖人比況，更加深言語的調侃。若從《世說》標目觀察，〈言語〉、〈俳調〉、〈輕詆〉三篇專收人物言語，而依其屬性之不同，分入三個標目內。如〈言語〉所記：「司馬傅齋中夜坐，于時天月明淨，都無纖翳。太傅歎以爲佳。謝景重在坐，答曰：『意謂乃不如微雲點綴。』太傅因戲謝曰：『卿居心不淨，乃復強欲滓穢太清邪？』」謝安戲言謝重，已爲俳調，卻因謔而不失其雅，故仍置諸於〈言語〉，而流於詆毀者，則入〈輕詆〉，再下則「過乃疏鄙，不足多稱」了。由此看來，〈俳調〉篇之收納準的，即與蕭繹《金樓子・捷對》篇所言：「夫三端爲貴，舌端在焉，四科取士，言語爲一，雖諜諜利口，致戒嗇夫，便便爲嘲，且聞謔浪，聊復記言，以觀捷對。」的捷對內涵相合，以檢〈俳調〉六十五則，皆爲言語之刺諷妙喻，自與《笑林》之言行兼重不同。

〔註34〕按先秦之愚人故事，若《孟子》之〈揠苗助長〉、《韓非子》之〈守株待兔〉，均不忘於故事後申述其寓意，而《笑林》之作，雖頗見其刺諷，而其內涵則需讀者意會而未述。

〔註35〕《世說新語・方正》云：「王丞相初在江左，欲結援吳人，請婚陸太尉。對曰：培塿無松柏，薰蕕不同器。玩雖不才，義不爲亂倫之始。」余嘉錫按語謂：「過江之初，王導勛名未著，南人以北人爲傖父，故玩託詞以拒之，其言雖謙，而意實不屑也。」可謂知言。引文同註24。

進一步言，〈俳調〉篇以鑒賞人物爲其旨歸，《笑林》則以淺俗悅笑爲命意，故《世說・俳調》篇均歷歷有人，方能進行人物之品題，藉由其言語捷對，進而欣賞其才性風神，而《笑林》中的故事主角亦時有實人實事，然既僅供悅笑之資，故亦採虛構人物，藉以描繪其可笑事，甚至內含刺諷之旨。故見〈俳調〉篇雖與《笑林》體制相似，然其笑事卻僅限言語機鋒，不及其他，在廣度不及《笑林》，亦因命意相異所致。終以二書之整體看來，《世說》既以品鑒風神爲其命意，故出現不少賞譽或標榜容止的片言，與《笑林》訴諸啓人一笑的敘事，自是不同。由此以觀，二書在傳承、命意、內容、形式均有所差異，自不能等一齊觀。故劉兆祐云：「『志人小說』和『笑話書』，所記載的都是以『人』爲對象，但是兩者的關係卻不是很密切的。」〔註 36〕可謂知言。既知《笑林》不同於諸子之流，亦與頗似笑話集的《世說・俳調》篇相異其趣，縱然《笑林》對後世志人小說之肇始與發展或有影響，卻未若對俳諧文體的助益來得深刻及深遠。

六、結　論

在文以載道與流連哀思的文學爭論中，笑書因其辭淺會俗、以資悅笑的性質不得豫焉，自來備受文壇輕視，不僅乏文人問津，且自邯鄲淳《笑林》問世後，終南朝結束而未見來者。然而《笑林》雖承繼了滑稽刺諷傳統，亦呈現專供戲笑的娛樂新趨向，誠如劉勰所言：「至魏人因俳說以著笑書，薛綜憑宴會而發嘲調，雖抃笑衽席，而無益時用矣。然而懿文之士，未免枉轡。潘岳〈醜婦〉之屬，束晳〈賣餅〉之類，尤而效之，蓋以百數。魏晉滑稽，盛相驅扇。遂乃應瑒之鼻，方之於盜削卵，張華之形，比乎握舂杵，曾是莠言，有虧德音，豈非溺者之妄笑，胥靡之狂歌歟？」〔註 37〕彥和指出自魏以降，滑稽文學更趨向「抃笑衽席、無益世用」的調戲作品，甚者入晉世，流於對人物軀體形貌的輕詆，除了言中笑書後來的整體趨向，亦說明《笑林》與後來笑書的區隔。故張亞新亦言：「總的來看，先秦兩漢的笑話同其他文學形式一樣，還被緊緊地綁縛在『實用』的戰車上，《笑林》的情形則不同了。

〔註 36〕劉兆祐雖言及二者間有所差異，惜未進一步闡論。文見劉著〈志人小說與笑話書〉一文，收錄於《中國文學講話》第五輯（臺北：巨流圖書公司，民國 77 年），頁 503。
〔註 37〕劉勰《文心雕龍・諧讔》。

隨著整個文學觀念的轉變，它比較徹底地從『實用』的綁縛中解脫了出來。雖然，它也包含著比較嚴肅的思想內容，有著『實用』的一面，但這種『實用』與以前相比已經有了很大不同。」〔註38〕所謂的「實用」，即著眼笑話於先秦兩漢所扮演助益治道的功用，而《笑林》一出，除了對故事趣味及文字技巧的追求外，亦扮演將笑話推進於文學殿堂的樞紐地位。諷刺的是，邯鄲淳倚賴笑書而留名青史，而這本寂寞於當世的作品，卻對後世的小說發展，影響深遠，並在文學史占有一席之地。世事原非盡如人意，文章的傳世及發展，亦往往非人所能逆料，這亦是當時的邯鄲生所始料未及的吧！

（原發表於《東吳中文研究集刊》第6期，88年5月）

〔註38〕文見張著〈邯鄲淳及其笑林〉，收錄於《貴州大學學報》，1985年，第一卷第4期，頁38。

附錄三　晉裴啓《語林》之佚文考辨
——兼論其品鑒人物的思考模式

摘　要

裴啓《語林》雖爲志人小說的肇始之作，但亡佚甚早，僅能藉由古注類書的引錄見其梗概。清人馬國翰即鑒於此，輯有《語林》二卷，民國魯迅翻檢更勤，成績更勝前人。雖然二人成就卓著，仍不免留存疑義未予解決，且今傳另有多種輯本，所收條目已見眞訛摻半，又流傳已廣，實貽誤學人，何況近世出土的文獻資料自是前人所未能應用，對本書佚文作一檢視與鉤沈，便顯得必要了。本文除了針對各輯本之佚文考辨眞僞、抉剔訛誤外，亦借用敦煌類書的資料，充補前人遺漏的條文，以期對本書內容作全面的檢查；在各則目確立後，續以考察該書的意涵，已知《語林》僅是少數身處名士集團核心者自我意識反映的記錄，並非是描繪當時完整的社會時尚，至於無緣晉身其中的個人只能單方面接受名士核心的青睞及觀感，無法改變。此是《語林》作者撰寫時的基本認知，亦是六朝志人小說文體的思維法式。

關鍵詞：裴啓，《語林》，六朝，志人小說，輯佚，人倫品鑒。

一、引　言

自司馬遷創紀傳體囿別人物分立專傳，復依循史家習例附加贊語評議是非，除了建立起正史撰寫的依循典範，亦奠定人物品題的文體規模，〔註1〕令

〔註1〕中國史學迄司馬遷，方才確立歷史事件與個人間的緊密關係，讓人物批評更

後來班固撰《漢書》除接踵史遷紀傳體裁，更對史官所當負起定奪歷史人物優劣予以延伸，另設有〈古今人表〉以上、中、下三等人性的智愚來籠絡史上名人，在道德與功過判斷外，也環結起人性天生優劣的關係，道出史家贊語與漢末人物品題風氣的微妙關聯。但史家所依據的評斷標準，雖是基於立功樹德等富含道德色彩的實用意識，與漢末的人物識鑒有所區隔，若比照人倫品鑒的理論專著劉劭《人物志》裏「九徵」、「體別」、「流業」、「材理」等設篇，已將人的才性與道德重新鎔鑄的情況來看，其思考又與史家對人物的品題方式有所交集，並非判然兩分。〔註2〕這淵源於史家評議的品鑒概念，自魏至兩晉已從理論的演述，落實於實際的操作，《語林》的出現，標誌著人倫品鑒觀念的轉折——已由形上的抽象概念，化作實際的人生態度。這樣看來，《語林》確有不可取代的研究價值：它不同於《世說》僅追憶風流的編纂，而是談風仍盛的具體記錄。惟《語林》已佚，今所見皆是明以後的輯本。但各輯本的佚文仍多存疑義，甚至尚有部份佚文未能補入，已使研究有所遺憾。故本文意欲針對目前可見的輯（注）本作一全面的檢驗，除了刪汰誤收條目外，亦藉用近代出土的新資料補充前人的未逮處，以提供更正確與完整的《語林》面貌；在此文獻基礎上，進一步嘗試觀察魏晉時文人以何種心態對待、處理當時充斥社會的品題活動，以及對其自身的處世態度有何影響、改變，以期對魏晉風氣有較親切地反映，亦祈使今人習稱「志人小說」的文體性質，

加地突出且具體。此即雷家驥所說的：「不論如何，他們父子此選擇（歷史人物）之背後，實際上即含有『君子成人之美』，和人物批判的意識觀念，尤其《史記》特意開創紀傳體的方式以論載人物，此較編年形式更能完整的凸出他人之美，而使其人生命與青史長垂。」已道出太史公變革史傳的初衷與特色。文見雷家驥著，《中古史學觀念史》（台北市：學生書局，1990 年 5 月），頁 28。

〔註 2〕按牟宗三雖已指出《人物志》的品鑒論述，「我們可以叫它是『美學的判斷』，或『欣趣判斷』，《人物志》裏面那些有系統的詞語都是屬於欣趣判斷的詞語，品鑒的詞語」，卻也揭櫫了此書將五行、人的外徵、五常（道德意識）予以鎔合的作法，或可說《人物志》表達了品鑒人倫傾向美學、欣趣的判斷，但在理論裏仍承續傳統意識，非斷然兩分，即錢穆所說：「劉邵《人物志》一書，其中所涵思想，兼有儒、道、名、法諸家，把來會通，用以批評、觀察人物。依劉邵理論，把道德、仁義、才能、功利、諸觀點都會通了，用來物色人材以爲世用。」道出此書對儒家道德觀的染指，其觀點亦與牟氏相合。引文分見牟氏宗三，《才性與玄理》（台北市：學生書局，1993 年 2 月），頁 43～66，錢穆，〈略述劉邵人物志〉，《中國學術思想史論叢》（台北市：東大出版社，1993 年 12 月），頁 60。

有更具體與深入的瞭解。

二、知見輯本暨其佚文考辨

（一）《語林》的流傳及作者

固然漢末品題人物的風氣已徵驗於史書載記，卻仍待東晉裴啓《語林》專輯名人講論及世議謠諺，才成就新生的文類。《語林》今佚，唐初歐陽詢編《藝文類聚》尚見，錄有《語林》二十七則。稍後魏徵等撰《隋志》，於《燕丹子》之下注云：「《語林》十卷，東晉處士裴啓撰，亡」。似乎自《類聚》迄《隋志》成書的近三十年間，《語林》旋即亡佚，令人頗難置信，應傳續於民間。其後，中唐所編《白氏六帖》復加徵引，尤其北宋初《太平御覽》引錄《語林》甚多，獨見及首見《御覽》者達二十餘則，《御覽》當非由他書錄出，故疑北宋初此書尚存，李昉等人至少得見殘本；惟後世公私目錄均未載，蓋亡於南宋。考本書多爲《世說》引錄，況且本書是「世說體」小說的肇始，地位不可輕忽，今雖僅賸殘文，仍彌珍貴。

作者裴啓（活動於362年前後），字榮期，河東人。父穉，豐城令。榮期少有風姿才氣，好論古今人物。晉隆和中，撰《語林》數卷，號曰裴子，〔註3〕載漢魏以來晉朝言語應對之可稱者，故名《語林》。時人多好之，頗見流行；後因謝安訾詆，其書遂廢。〔註4〕然梁劉孝標注《世說》，引錄四十則，〔註5〕蕭

〔註3〕文見《世說新語・文學》篇劉孝標注引《裴氏家傳》，據余嘉錫注疏，《世說新語箋疏》（北京市：中華書局，1996年8月），頁269。《裴氏家傳》實作裴榮，字榮期，與當時認知的裴啓作《語林》有齟齬，致劉孝標注語已有疑詞，而謂「檀道鸞謂裴松之，以爲啓作《語林》，榮儻別名啓乎？」按《世說・輕詆》引《續晉陽秋》云：「河東裴啓撰語林」，與孝標認知相同，況且名、字重複採用同字，於理不合。寧稼雨復用《世說》劉孝標注引《中興書》：「范啓字榮期，愼陽人。」名與裴啓同作爲輔證，甚有理據，足知本是《裴氏家傳》之手誤。文見寧稼雨，《中國志人小說史》（瀋陽市：遼寧人民出版社，1991年10月），頁21。

〔註4〕事見《世說新語・輕詆》篇及劉孝標注引《續晉陽秋》。按余嘉錫《箋疏》以爲「王戎過黃公酒壚」事與裴啓記王公事多爲俗語不實，流爲丹青，故深鄙之。事實則是謝安輕視裴啓而已。按裴啓雖出身河東大族，卻一生爲處士，未得官位，其書中卻多記名人見聞，不僅內容多有訛誤，且又常說當時名士與他交接的情形，顯然有自抬身價之嫌，自是當時聲譽甚高的謝安所不能忍受。且相較《世說・文學》所載袁宏作《名士傳》亦收謝安事，安見後謂「我嘗與諸人道江北事，特作狡獪耳！彥伯遂以箸書。」口氣輕緩，均爲不實，然謝公態度判若二人，乃肇因自載記人物的不同，並非是書所載須符實事之謂。

繹《金樓子》、殷芸《小說》、隋《啓顏錄》均直錄其文，固知此書所流傳已廣，廢於謝安一語之說，未盡事實。今《語林》雖亡，然學者多憑唐宋類書及《世說》注鉤沈，已有輯本傳世：

（二）輯本之佚文考述

1. 明陶珽重校《說郛》宛委山堂本：此本除了刪節太過外，檢視所錄條目，共四則非《語林》佚文。摘引於下：

（1）「荀顗年踰耳順，而母年九十，色養烝烝，以孝聞。當時在喪，憔悴不可識。」《藝文類聚》卷廿亦載此事，出處作《荀氏家傳》。

（2）「田何年老家貧，茅居蒿床，守道不仕。」通行本晉皇甫謐《高士傳》卷中收是則。

（3）「魏代蜀羅獻」條，可見於《三國志》卷四一裴松之注引《襄陽記》。

（4）而「有周犨嘖者，貧而好道，夫婦夜耕」，載於今本《搜神記》卷十。〔註6〕

以上四則除了其他輯本皆未收錄外，亦未見任何古注類書引自《語林》，顯然是聲名狼籍的重校《說郛》胡亂割裂他書而來，以充實篇帙，皆當予以剔除。其後清黃奭《子史鉤沈》、《五朝小說》、民國《五朝小說大觀》、《古今說部叢書》所收之《語林》，皆僅翻刻重校《說郛》，錯誤相因，價值無須贅言。

2. 清馬國翰輯《玉函山房輯佚書》本及民國魯迅《古小說鉤沈》本。兩種輯本均析爲二卷。二書相較，馬國翰已稍復《語林》之大概，魯迅又據馬氏本增採《琱玉集》、《事類賦》、《續談助》、《紺珠集》、《類林雜說》等書所輯成之《語林》，比馬氏本多出三十一節，更臻完備。今檢《鉤沈》本內容，已知其中有三則並非佚文，應予剔除，又有一則待考：

（1）「淮北滎南河濟之間，有千樹梨，其人與千戶侯等。」《事類賦注》二十七。人民文學出版社重校《古小說鉤沈》本，附案語於後云：「案

〔註5〕《世說》注引《語林》，又稱《裴子》，均爲一書。惟〈輕詆〉注引《說林》曰：「范啓云：韓康伯似肉鴨」，按范啓、康伯爲晉時人，故此《說林》自非《韓非子》書。應是形近而訛誤，將《語林》寫成《說林》。故計四十則。

〔註6〕周犨於《搜神記》裏作「周擥嘖」，但《初學記》、《文選·思玄賦》注文、《琱玉集》等引《搜神記》則作「周犨」，應以「周犨」爲是。又重校《說郛》僅節錄一小節，無故事的演述。

宋本《事類賦注》引作出《漢書》」，〔註 7〕已頗致疑。謹按《漢書・貨殖列傳》載云：「淮北滎南河濟之間千樹萩，陳、夏千畝桼，齊、魯千畝桑麻，渭川千畝竹，及名國萬家之城，帶郭千畝畝鐘之田，若千畝卮茜，千畦薑韭：此其人皆與千戶侯等。」〔註 8〕《事類賦注》即節錄自此，與宋本《事類賦注》同，非《語林》佚文。

（2）「茶博士。」王楙《野客叢書》卷二十九云：「茶博士，見《語林》。」按本事即唐封演《封氏聞見記》卷六載陸羽被御史大夫李季卿以販茶者（即茶博士）對待事。宋王讜《唐語林》再次轉錄，〔註 9〕曾慥《類說》卷之三十二又節錄本書內容，復更名《語林》，〔註 10〕其中一則即是前引陸羽事，另立標題〈煎茶博士〉。王楙所引《語林》蓋祖承《類說》一脈，非誤引；王讜輯錄各事皆以唐代筆記爲限，與裴啓無涉。

（3）《廣韻》二十四鹽注：「大夫向闔而立。《語林》。」引文的本事當是《國語・吳語第十九》勾踐對夫人與大夫道出「內政無出，外政無入」的重要宣示，而記云：「王背檐而立，大夫向檐」，注文云：「昭謂：檐，謂之樀，樀，門戶掩陽也。《爾雅・釋宮》：『檐，謂之樀』。」〔註 11〕《吳越春秋》亦載此事，卻作「王出，則復背垣而立，大夫向垣而敬」。〔註 12〕按「闔」即「樀」，與檐互通，《廣韻》或引此

〔註 7〕文見魯迅輯，《古小說鉤沈》（北京市：人民文學出版社，1999 年 7 月），頁 41。

〔註 8〕文見漢・班固撰，《漢書》（台北市：新文豐出版社，1988 年 3 月）卷九十一，〈貨殖傳第六十一〉，頁 1550。

〔註 9〕文見宋・王讜撰、周勛初校正，《唐語林校證》（北京市：中華書局，1997 年 12 月），頁 750。復按《海錄碎事》卷六之〈飲食器用部・茶門〉亦收此事作〈煎茶博士〉，出處爲《語林》，包括節引的文字皆與《類說》相同，當轉引自《類說》，王楙所用資料，亦有可能採自《海錄碎事》，但皆承自《類說》而來。文參宋・葉廷珪撰、李之亮校點，《海錄碎事》（北京市：中華書局，2002 年 5 月），頁 230。

〔註 10〕嚴一萍校訂《類說》，於《語林》書名下加題「裴榮期」。但《類說》所節引之《語林》皆是唐事，乃是《唐語林》，與六朝的《語林》無關，嚴氏說法有誤。

〔註 11〕以上引文皆見徐元誥撰、王樹民、沈長雲校點，《國語集解》（北京市：中華書局，2002 年 6 月），頁 558。

〔註 12〕引文據周生春校點，《吳越春秋輯校匯考》（上海市：上海古籍出版社，1997 年 7 月），頁 164。

作為注文，以釋少見「闔」字的音義，卻誤將「國語」或「吳語」寫作「語林」。

（4）俟考條目：「報至尊。」見《北堂書鈔》引《語林》。不過引文過簡，難知本事為何，且置之，皆俟後驗。

綜合上述，《鉤沈本》搜羅廣富，輯佚謹嚴，雖有小疵，仍不影響本書的輯佚價值。〔註 13〕

（三）輯注本之得失

1988 年北京文化藝術出版社印行周楞伽之輯注本。周氏於前人之成果加以注文，而以時代為序，分之五卷，而移《鉤沈本》有疑義者於附錄，眉目更清晰。惜翻檢未勤，疏漏處十分驚人。惟此書流傳甚廣，許多學者以此本作為底本，真可謂貽誤後人。以下亦指出其中錯收的條目，讓欲採用《語林》內容的學者，亦能避免誤引：

1. 在注解方面，多不能判別圖籍性質與前後關係，若本書第 110 則載陶侃母傾家待范逵事，亦見《世說・賢媛》，然未用《世說》卻復引《晉書》；或比對佚文時有所闕漏，如第 4 則只提及《御覽》卷三六一引用《世說》，遺漏同書卷七五八摘自《世說》的文字。

2. 除注文自負太過外，在所輯佚文方面，亦多疑義。致誤的發生，顯然肇因於輯佚者文獻訓練的缺乏：（1）鈔錄上的訛誤：第 171「桓大司馬弟臧性能啖」、172「顧虎頭為人畫扇」兩則，實出於《俗說》，174「王孝伯問王大」、175「王孝伯云名士不須奇才」乃見《郭子》，〔註 14〕185「博學之士所求而不得者鮮矣」出於《鄒子》，周氏置於《語林》，乃自稱依據《玉函山房輯佚書》而來，並無覆查《輯佚書》所根據的文獻來源。實則《輯佚書》本的《語林》未收上述五則，也未有任何引文指出與《語林》有關，自然皆非《語林》的佚文。（2）未辨同名異書的情形：又周氏於序言曾采清類書《淵鑒類函》而稱存疑有二則，一是「人有患應病者，問醫官蘇澄」事，此則可在唐劉餗《隋

〔註 13〕關於魯迅所輯《語林》佚文之得失，日人中島長文曾撰有〈古小說鉤沈校本—1—青史子、裴子語林〉，《神戶外大論叢》43 卷 2 號（1992 年 9 月），頁 23～63、〈古小說鉤沈校本—2—裴子語林〉，《神戶外大論叢》43 卷 7 號（1992 年 12 月），頁 1～42 考校，亦以為「千梨樹」、「大夫向」、「茶博士」三則乃魯迅誤輯，可參看。

〔註 14〕上引四事可得於魯迅《古小說鉤沈》本之《俗說》、《郭子》，諸類書古注引錄上述四則皆稱引自二書，無隻字提及《語林》，未知周楞伽的根據為何。

唐嘉話》得見本事，〔註 15〕二是「宣宗幸苑中，回顧仗外舍」事，此則乃見於宋王讜的《唐語林》，〔註 16〕上述二事的人物皆是唐代人，當然並非晉時的裴啓所能收錄，周氏未察，竟然號稱存疑，令人錯愕。（3）推論眞僞時喜用「自由心證」，若以「體例不類」即可作推斷的證據，自然不足爲訓了。

故周楞伽《裴啓語林》未能後出轉精，訛謬不少，輯本仍以《鉤沈》本爲最佳，本文所引《語林》皆以《鉤沈》本爲底本。

（四）其他名為《語林》之佚文釋疑

1. 清王仁俊《玉函山房輯佚書補遺》、《經籍佚文》均有《語林》一卷，雖稱補足宋王讜《唐語林》的闕漏，但檢王氏所錄三則均爲六朝事，本不合《唐語林》專輯唐人逸事的體例，故今傳重輯的《唐語林》均未收錄。查上述二書所輯，入《補遺》二則均見他書引《語林》，實爲裴啓《語林》文字；〔註 17〕而《經籍佚文》一則，王氏自注乃據杜文瀾《古謠諺》卷五七引《廣博物志》而收錄，以補充重校《說郛》弓五九《語林》之闕。按重校《說郛》弓五九所錄《語林》即爲《裴子》，雖然明代《語林》已佚，董斯張《廣博物志》卷十八復引之，是轉輯自南宋王應麟《小學紺珠》，自然是裴啓的著作，顯非宋王讜之《唐語林》。王氏補入《補遺》及《經籍佚文》，三事均爲《語林》佚文，今題作王讜，自然錯誤。又以上三事馬國翰與魯迅的輯本皆已收錄。

2. 近人戴不凡《小說見聞錄》見明人愼懋官《華夷鳥獸續考》及錢世揚《古史談苑》所引《語林》二則，未見於魯迅《古小說鉤沈》所輯的《語林》，故鈔錄出以補闕。二事分別爲「良逸常日負薪兩束以奉母」、及「桓帝時有人辟公府掾者，倩人作奏記文」，〔註 18〕檢其內容，前者乃見於唐時趙璘《因話錄》卷第四所載元和初南岳道士田良逸事，後者可在邯鄲淳《笑林》裏得見，皆與裴啓《語林》無涉。按明何良俊編有《語林》一書（又稱《何氏語林》），是書即收有上引二事，可知《華夷鳥獸續考》、《古史談苑》二書所引即爲何

〔註 15〕引文據唐・劉餗撰、程毅中點校，《隋唐嘉話》（北京市：中華書局，1997 年 12 月）卷中，頁 28～29。

〔註 16〕引同註 9。頁 343。

〔註 17〕按王仁俊《補遺》自陳是根據徐子光注《蒙求》所引，惟所引乃是《晉書》，非《語林》。劉孝標注《世說・術解》及《御覽》卷三八九引《語林》，所載爲同則故實，因此王氏引文雖有錯誤，但此則確爲裴啓《語林》佚文無疑。

〔註 18〕戴不凡撰，《小說見聞錄》（杭州市：浙江人民出版社，1980 年 2 月），頁 236。

良俊的《語林》，亦非誤引，戴氏未審，誤將文字繫於裴啓書，今皆予以駁正。

（五）補　遺

今檢王三慶教授董理敦煌寫卷之類書，得馬國翰、魯迅、周楞伽等三氏所輯《語林》均無采者，計有三則，逐錄於下：

（1）石崇，字季倫，清河人也。晉惠帝時爲侍中，善能彈琵琶。（據《類林》）

（2）楊脩，字德祖，魏初宏農人也。曾有人獻酪於魏武，魏武食訖，乃題器上作合字，使人遍賜群臣，群臣皆莫敢食。次至德祖，德祖便食一口而罷。魏武問其故？對曰：何（合）者人一口。魏武大笑，眾人皆伏之。又德祖曾使人作相國門，魏武問其故？德祖曰：門中安活是闊字，王嫌闊也，是以改。（據《琱玉集》）

（3）頹山：《語林》曰：嵇康若孤松之獨立，醉若玉山之將頹。（據《語對》）〔註 19〕

以上三事僅後兩則載於《世說》：楊脩事見於〈捷悟〉，惟《世說》分爲二事，文字詳略不同；《語對》所引，即是〈容止〉篇山公品目嵇康，《語對》似係節引《語林》。三則皆是《語林》佚文，應補入。

今以魯迅《古小說鉤沈》本的《語林》分合爲底本，共得 179 則，刪去誤收 3 則，待考 1 則，得 175 則，補入《類林》、《琱玉集》、《語對》三書所引的三則後，目前《語林》可信的佚文共計 178 則。可知《語林》在現今可見的六朝志人小說裏，篇帙留存僅次於《世說》而已。

三、「應是我輩」意識的建構與維護

東漢末年自許清流的人物，莫不以對仗工整、詞彙響亮的名號相互標榜，〔註 20〕此風尚入晉後愈演愈烈，產生了像《英雄記》、《魏晉世語》、《晉諸公贊》、《竹林七賢論》等專著仿紀傳體載記人物風采，《群輔錄》、《漢末名士錄》

〔註 19〕文分見王三慶等整理，《敦煌類書研究》（高雄市：麗文文化事業，1993 年 7 月），頁 227、249、369。

〔註 20〕東漢末年所謂清流盛行相互標榜，並立名號，因此張蓓蓓師曾說：「除了個別的精細品題之外，天下高名善士互相標榜，蔚然成風，凡爲『清流』所許可之人，幾乎都有一個簡明響亮的稱號。」並據群書、史傳列有例證於後，足見其風氣。文見張師《東漢士風及其轉變》（台北市：國立臺灣大學文學院，1985 年 7 月），頁 120。

錄有贊語，〔註 21〕甚而《華陽國志》之《先賢士女總贊》、《後賢志》直以贊語成帙，皆可以視爲《語林》在文體及旨趣的傳承淵源。惟《語林》雖亦描繪人物並捃取他們的嘉言名句，可視爲史家的遺緒，但畢竟止於片面的、印象式的摘錄，難與史家並稱：就體裁而言，《語林》容許由人物和動作甚至僅是一個形容詞來構成，就此已可輕易地察覺文體誠爲新變，而與史部區隔；復就內容來說，支持這嶄新體例的審美思考模式，與具道德意識的史部不同，成爲文體創作的原因及目的，細審之，此思想涉及了品題範圍的界定、進行和最後得評題之結果，甚而文人心態與社會意識的互動亦予囊括。《語林》代表著識鑒人性的實際操作與具體結果，並非撰錄者個人的智識活動及概念，進一步言，是建構在品題者 ⟷ 被品題者、以及觀賞者 ⟷ 被觀賞者的關係上，雖然被品題者與被觀賞者必然皆因具備值得欣賞、肯定的性情品質，成爲眾人目光的聚焦所在，但品題者與觀賞者在身份上卻有分別，並且負有不同任務，需要予以區隔：

（一）品題者的身份與任務

品題的進行，須先肯定品題者的本身具備了識鑒人性本質的能力，以及被評論者確然存有藉有外徵所透顯出的內在性質，評斷方能具有意義，由於「識鑒」能力的本身亦含括在人性之中，亦被逆向地成爲被欣賞的範圍與對象，讓品題者本身往往是身具人性美感的人物，才能進行品題且讓廣泛大眾予以肯定，〔註 22〕進而使品題者與被品題者建立起相互肯定的關係，形成「應是我輩」的群體意識。故舉凡《語林》內容，幾爲名人的品題記錄。今舉二例爲說：

> 王太尉問孫興公曰：「郭象何如人？」答曰：「其辭清雅，奕奕有餘，吐章陳文，如懸河瀉水，注而不竭」。
>
> 謝安目支道林，如九方皐之相馬，略其玄黃，取其儁逸。〔註 23〕

〔註 21〕以上諸書除陶潛《群輔錄》據王謨輯《增訂漢魏叢書》本，《魏晉世語》雖有黃奭《子史鉤沈》本，然僅鉤沈數則而已，故本文仍據《三國志》注引錄。其餘分見於《藝文類聚》及《三國志》注文。

〔註 22〕此即魏晉時特重「識」的能力，張蓓蓓師便說：「此等例中，『識』字皆指知人之明。漢末以來，人倫品鑒之風大盛，故識字有此一義乃極自然。《世說新語》有〈識鑒〉篇，記此類故事甚多。知人固頗難能，究非大才大識，而當時人視此甚重。」已解釋了「識」本由「識人之能」於魏晉時復成爲「被賞識之能」。文見張師〈從識器一詞論魏晉名士人格〉，《中古學術論略》（台北市：大安出版社，1991 年 5 月），頁 77。

〔註 23〕引同註 7。頁 36、31。

首則載錄擅長文章的孫綽（301～380）對郭象（？～312）的品題，果然特別針對郭氏的文學成就用具美感的辭彙加形容，後則記謝安（320～385）目支道林（314～366）有俊逸的氣度，除了被賞譽者外，亦肯定了孫綽及謝安能以簡易的詞彙所代表的評斷，以及識別人物本質的能力，方能讓評語得到了記敘與流傳。即評述者的本身挾有「識」的天賦能力，所評鑒的內容已不拘限在外貌的令人傾倒，更可以直指斯人的美質，依循這樣的脈絡，自然形成了唯有具有對等評價的身份者，方得具備品題他人的資格。若云：

> 仲祖語眞長曰：「卿近大進。」劉曰：「卿仰看邪？」王問何意，劉曰：「不爾，何由測天之高也！」〔註24〕

王濛（約309～347）與劉惔（約345前後）皆是當時名士，二人亦相友善，上引兩人對談雖是戲語，卻也反映著評議者自身須有相對的資格，方能進行品題，否則便會引來不自量力、欲測天高的譏嘲，也顯示即便皆是名士，尚有等次的區分，建立起親疏差別的關係，以及共同屬性的群類。

（二）被鑒識者的擇選與表徵

承前言，唯有名士才能品題人物的癥結原因，在於其內容多已指涉人性的本質，令負起執行品題人物任務者僅限制在具有識鑒能力的人物身上，至於一般文士甚至時人對名士所發出的贊歎，其作用及意義又與品題不同，他們僅能由一種旁觀者的眼光，來賞玩、嗟歎，僅能得見形體之外的容止與態度，故云：

> 王夷甫處眾中，如珠玉之在瓦石。〔註25〕

王衍妙於玄談，已是當時風流領袖，當他獨立於眾人之中，猶未能掩抑在舉措間散發出的氣度，令旁觀者得到不同平常的感受與印象；但劃歸在具有識鑒美質之外的尋常人等，他們所接受到的訊息又並非親自從這些已被界定成名士的個體身上所攫得，而是採取單方面無條件地接受識鑒者（即名士集團的成員）的褒揚與暗示，並依照其指點予以發現，全然地接受其觀點，不予改變，其進程可由下例得見：

> 孫興公作永嘉郡，郡人甚輕之。桓公後遣傳教，令作敬夫人碑，郡人云：「故當有才！不爾，桓公那得令作碑？」於此重之。〔註26〕

〔註24〕引同註7。頁28。
〔註25〕引同註7。頁17。
〔註26〕引同註7。頁36。

孫綽（約 301～380）長於文才卻無德行，本受名士所輕鄙（可參後文引褚裒與孫綽事），而這輿論顯然影響了永嘉郡人，進而對孫綽有所表態，其轉折在於桓溫（312～373）託付綽撰寫碑文肯定孫氏文采，又令郡人的態度再次轉爲禮遇。這種由名士集團決定的既有形象，引導著眾人對名士的看法與解讀。由特定人士決定的個人評價，已令無法躋身風流的文人，於有意無意間透顯不滿，若記云：

> 鍾士季常向人道：「吾少年時一紙書，人云是阮步兵書，皆字字生義，既知是吾，不復道也。」〔註 27〕

鍾會（225～264）既便位處權要，但眾人對其評價仍追隨文士核心的輕鄙態度，並無改變，鍾氏自不免心生不快，牢騷滿腹了。是知這些無緣於名士集團的地方人士，其觀感卻繫在名士心理的起伏而有所調動，或可說理解進而賞鑒人倫的智識，本已超越了常人理解的範圍，故僅能被動地認同由一群自認、復被社會承認的群體，即名士成員所以爲的是爲是、所以爲的非爲非。那麼若時人未識，亦當盡力求得名人品題，自能揚名當世，故有：

> 夏少明在東國，不知名，聞裴逸民知人，乃裹糧寄載，入洛從之。未至裴家少許，見一人著黃皮褲褶，乘馬將獵。少明問曰：「逸民家若遠？」答曰：「君何以問？」少明曰：「聞其名知人，從會稽來投。」裴曰：「身是逸民，君明可更來。」明往，逸民果知之；又嘉其志局，用爲西門侯。於此遂知名。〔註 28〕

裴頠（267～300）具備所謂的「知人」才性，已受到名士階級與社會大眾所共同承認，因此經裴頠品題與任官的背書手續後，可令出身寒微的夏少明知名於天下，正式進入名士集團。故知名士風範，不過是特定智識族類建構起的共同意識而已，雖然在其中仍分高下親疏，但多採取相互標榜與支援的模式；至於群體外的大眾（含括了一般文士、百姓）亦負有認可、傳誦的責任，來維護風氣的不墜，已建立起封閉且停滯不流動的思想氛圍。雖間有少數名士集團外的知識份子，憑藉著名士核心人物的欽點進而突破既有框架，躋身名流，則未可視爲原有名士品鑒的模式有所鬆動，而應解讀成當時人承認、信服名士的識鑒才能，這正是《語林》鑒賞的基本模式，以及奉行不替的圭臬。

〔註 27〕引同註 7。頁 15。
〔註 28〕引同註 7。頁 16。

四、不落世俗舉措的觀察與解讀

《語林》爲志人小說初肇之作，雖以記錄名人言行爲要旨，卻仍未脫儒家道德觀的影響，載記下贊歎忠義、孝行的記錄，甚至對於自身作品的撰寫，提出合於聖道的辯護，而謂：

> 賢者國之紀，人之望，自古帝王皆以之安危。故《書》曰：「惟后非賢不乂，惟賢非后不食。」昔者周公體大聖之德，而勤於吐握，由是天下之士爭歸之，向使周公驕而且吝，士亦當高翔遠去，所至寡矣。〔註29〕

上位者須握髮吐哺，虛懷以待，方是爲政之道，實爲儒家政治理念，標舉著品鑒人物的正大題目，卻與後來少問政事、不談俗務或以素描人物情性爲尚之風氣相違，又若載陳異語爲政須清之如水，愛民如子，強調著儒教之政治理念，〔註30〕戴叔鸞驢鳴娛母、胡廣不服親喪致譏，〔註31〕亦與儒教攸關，唯此類篇目於是書中仍屬有限，就此除了看出此類作品在當時仍被視爲諸子論議的文學傳統——對一己主張的表述，亦知上述記載並非裴啓撰寫此書的原意。今復觀察《語林》載錄的個人行爲，無非以突顯、印證名士內在才性的不凡爲要旨，就行爲特徵而論，約可用二端闡說，其一即今人習知的踰越禮教：

（一）行為能逾越禮教的限囿

魏晉人物或起因於對政治的迴避與不滿，藉著輕視、違反禮教的方式傳達個人心態，且以依循性情故直率地表現於外在言行，作爲任達行爲所根據的口實。但對於這些行爲的解讀上，仍趨向於片面地採納「直率地情性表現」而已。故由此引申，這些違反禮教甚至一般認知的規範時，所代表的乃是與眾不同的本性，故載云：

> 桓玄不立忌日，止立忌時；每至日，絃歌不廢。

> 褚公與孫綽游曲阿後湖，狂風忽起，舫欲傾。褚公已醉，乃曰：「此舫人，皆無可以招天譴者，唯興公多塵滓，正當以厭天欲耳。」便

〔註29〕此則見《初學記》及《太平御覽》引，文字僅見於二書，本應視爲《語林》佚文，但因體例與志人小說不類，或因此魯迅《古小說鉤沈》與其他較有疑義者文末同置文末。此段可能是本書的序文，說明全文旨要。引文同註7。頁410。

〔註30〕引同註7。頁10。

〔註31〕引同註7。頁19、8。

> 欲捉擲水中。孫遽無計，唯大啼曰：「季野，卿念我。」〔註 32〕

首則桓玄（369～404）不守忌日應停止飲酒作樂的禮法規範，絃歌依舊，然仍在忌日立有忌時，至時便停止作樂，一哭而已，〔註 33〕雖看似悖離禮法，細繹後桓玄實又遵循、保留著忌日感懷先人的原意；〔註 34〕然而次則褚裒游湖遇狂風，乘醉酒欲推孫綽入湖中，傳達著自己及同船人是與「多塵滓」的孫綽不同，藉由不合情理的動作，說明名士對非我倫輩的厭惡與不能忍受。認定了禮教、規範是屬於世人即一般人所當遵行，至於名士卻因本性不同凡俗，自然不易墨守在規矩之內，無怪乎此時出現「禮豈為我輩設也」的主張與看法，也讓性情的強調，成為此時的重要命題，由此可以解釋何以貪財、豪奢、好色、嗔怒，皆劃歸在欣賞的範圍內。

（二）外物與性情對等的建構

藉由違反世俗的方式，可用以詮釋名士性情的超庸脫俗，相反地，亦可用由事物的特異來對應人物情性的超然，也能達成相得益彰的效果：

> 嵇中散夜燈火下彈琴，忽有一人，面甚小，斯須轉大，遂長丈餘，黑單衣皂帶。嵇視之既熟，乃吹火滅，曰：「吾恥與魑魅爭光。」〔註 35〕

嵇康（224～263）夜間鳴琴遇鬼，不僅不為所驚，且視之既熟，從容吹燈滅，最後道出「吾恥與鬼魅爭光」，更表達一己對鬼的不屑與輕忽。此則藉由讓人驚怖的代表符號「鬼」來測試嵇中散的性格，導引出當時人所歎賞的雅量，即嵇康的雅量不僅和鬼神的變異呈正比，甚至寄予凌越的暗示，方使嵇康待之如常。今復以夏侯玄予以比對，雖無涉鬼怪，意義卻無分別：

> 夏侯太初從魏帝拜陵，陪列松柏下，時暴雨霹靂，正中所立之樹，

〔註 32〕引同註 7。頁 40、36。

〔註 33〕《晉書・桓玄傳》云：「(玄) 忌日見賓客遊宴，唯至亡時一哭而已。」故知桓玄忌日仍遊宴如常，僅於忌時一哭，表達哀思。引文參《晉書》(台北市：鼎文書局，2000 年 10 月)，頁 2597。

〔註 34〕六朝重視忌日，晉時已有「忌月」之說，南朝宋更請假在家，不與外人往來，其後皆成常例，又多流於形式。正由於當時重視忌日，而桓玄竟敢止於忌日立忌時，其行為當被解讀成一方面能暢一己追想先人的情懷（表達眞情），另一方面又能表達對過於矯情規範的反感（否定虛禮），才會被視為任誕或者豪爽的表徵。以上對六朝重視忌日的風尚，乃據北齊・顏之推撰，王利器注《顏氏家訓集解・風操》(北京市：中華書局，2002 年 8 月)，頁 109～112 及唐・封演撰，趙貞信校注《封氏聞見記校注・忌日》(北京市：中華書局，2005 年 11 月)，頁 62～63 之闡述。

〔註 35〕引同註 7。頁 14。

冠冕焦壞，左右睹之皆伏，太初顏色不改。〔註36〕

「雷電」亦是人所畏懼的代表，夏侯玄（209～254）也用「顏色不改」予以回應，其結構與上述嵇康遇鬼事相同，皆用「異變」來印證個人的特質。故由此便可理解其餘載錄涉及靈鬼的篇目：若言嵇康彈琴遇伯喈魂、馬融與鄭玄術法相鬥，不過是爲了突顯個人才性而關涉鬼神之不稽。或以爲宗岱故事爲純粹志怪之作，旨趣與前所述論者相去甚遠。其載云：

宗岱青州刺史，禁淫祀，著〈無鬼論〉，甚精，莫能屈。後有一書生葛巾修刺詣岱，與談論，及次無鬼論，書生乃拂衣而去，曰：「君絕我輩血食二十餘年，君有青牛，髯奴，所以未得相困耳；奴已叛，牛已死，今日得相制矣。」言絕而失。明日而岱死。〔註37〕

此則記宗岱禁淫祠，並著有〈無鬼論〉，因仗青牛、髯奴之辟邪神力而無事二十年；失去二物後就不免鬼魅至而身亡。〔註38〕自然地「神道之不誣」應是故事旨意之所在，可由《列異傳》、《搜神記》、《幽明錄》等載有阮瞻事、殷芸《小說》引《志怪》顧邵事的同類型故事可得證說：均係鬼物化爲說客而與不信鬼神者辯談，其後理屈，客即化爲鬼，終則以不信鬼者均死於超自然之法力爲結，尤其顧邵遇鬼後仍逞言「邪豈勝正」，更強調顧邵至死不悟之錯謬。此類條目，實爲志怪之流，而爲當時盛傳，〔註39〕《語林》收錄的原因，

〔註36〕引同註7。頁13。

〔註37〕宗岱又作宋岱。余嘉錫〈殷芸小說輯證〉卷九引諸書言宋岱，明指「宗」乃「宋」誤，周楞伽校釋《裴啓語林》因之。按《晉書》、《華陽國志》均「宗岱」、「宋岱」二者皆存，余氏雖引數典以證宋岱爲本姓，宗爲訛誤，然難釋「宗岱」又並見於作爲引據的史書裏。故疑「宗」姓爲六朝時南陽地區之地方姓氏，若《搜神記》之宗定伯賣鬼，《搜神後記》之宗淵放龜於廬山，均爲南陽人，宗岱或爲其宗。復由常理判斷，「宗」姓少見，後訛誤爲「宋」則較爲可信，反之，以「宋」爲「宗」則稍欠理據，惟二人事蹟無異，實指同人，本無損於故事之完整，故此處亦不加以探考。引文同註7。頁22。

〔註38〕按青牛、髯奴與宗岱之故事，已無考。然青牛髯奴均有辟邪之能，則爲當時習見。詳論參謝明勳〈洞察幽微之範例——以宗岱故事爲例〉，收於謝氏著《六朝志怪小說故事考論》（臺北：里仁書局，1999年1月），頁167～202。

〔註39〕此類故事，盛傳於六朝，而爲志怪小說之常例。葉慶炳即以三類分之，其云：「（六朝）鬼小說中用來肯定鬼存在的篇章，大致可以分成三類：第一類是具有恐嚇力量的，使你讀後不敢不信；第二類是具有證明作用的，使你讀後不能不信；第三類是作者公開自身的見聞，也不由得你不相信。」此類申說鬼神存於世間，均爲六朝志怪所習之故技。文見葉氏〈魏晉南朝的鬼小說與小說鬼〉，收錄於《古典小說論評》（臺北：幼獅文化事業公司，1990年8月），頁105。

就應解讀爲贊賞宗岱對己論的堅持，抑或是惑溺於己見，未知變通。今復比對《世說・方正》所記阮修（270～311）爲說：

> 阮宣子論鬼神有無者，或以人死有鬼，宣子獨以爲無，曰：今見鬼者，云著生時衣服，若人死有鬼，衣服復有鬼邪？〔註40〕

劉氏獨賞阮修能不阿世俗，仗己志而言，頗有理據，故收於〈方正〉，其義實與《語林》相同。是知志異之屬於《語林》中雖然不多，但其旨仍是欲標舉人物的性情，也可藉此更貼近編纂者在摘錄時的心態與角度，讓此文類的意涵更加顯明。

五、結　語

本文已全面檢討各種《語林》輯本的佚文，其中僅「報至尊」一則因文字過簡，目前文獻資料尚無法檢驗本事及眞假外，其餘皆已辨正眞訛，剔除誤收的條目，又另據敦煌類書增補三則，令《語林》輯本更臻完備；至於內容，則分別藉由品題者與被品題者的關係，探討《語林》中有關品藻、賞譽的文字記錄及其行爲描述。就品題的方式來看，是以居於少數的名士集團作出具體的評議言語爲基礎，在名士之外的群眾僅能依循其結論，以旁觀的角度、疏離的心態面對風流人物，建構起一種封閉且制式的品題風氣；至於名士的行爲則以是否有踰越世俗所應謹守的規範爲標準，強調著對常人的優越與不同，抑或直接用異變（出於自然界甚至鬼怪）來映對人物的特異，雖用「常」、「異」不同符號作爲名士性情的試金石，卻在表彰人性上有著相同的目的。故知《語林》的內容雖止於名人嘉言、行止的鈔錄，今人視爲小說家言，惟就裴啓撰寫時的心態而論，仍是想建立起一家之言，傳於後世；至於其中雜有志怪、間得無名士身份的尋常人等因名士品題入於書中，都是後來《世說》悉數刪落的部份，而《世說》份量頗鉅的品藻文字，在《語林》裏卻爲數甚少，皆反映著志人小說初肇的形態與概念，雖與今日所認知的志人小說有些許歧異，然而亦由此，得見此時實已建構起志人小說此一文體的基本意識，窺得文體發展脈絡之一斑。

（原發表於《東吳中文學報》，第13期，96年5月）

〔註40〕引同註3。頁304。

附錄四　殷芸《小說》簡論

提　要

自《西京雜記》創志人軼事之體，直迄梁武帝敕殷芸拾檢史遺成《小說》，堪承遺緒。惟其體例及命意均與當時小書不侔，自具探論價值。雖然本書亡佚於明，但清代樸學風起，已復本書之大概，令後人得略觀其涯略。本文擬以此書爲題，首先簡述其體製之歷史淵源，次敘作者及其版本，並析論本書之體例及內容，以申說《小說》一書之命意及性質，而得見六朝文體之一例焉。

關鍵詞：殷芸　《小說》　六朝　志人小說

一、緒　論

軼事類志人小說，因拾采史遺，或載錄巷語，雖難側身正史之列，然亦預史部之流。此類借史書爲名，載以不經之說，於漢末已啓風氣。若《史通·暗惑》謂：「又魏世諸小書，皆云文鴦侍講，殿瓦皆飛云云」，乃指三國短簿小說之夸大其辭，而背離載實典則。而假補史之名，行蒐奇之實者，實爲六朝盛事。以作者觀之，見君主諸王，抑或隱逸文士，均投身制作之林，故作者各懷己意，史志亦姿態萬端；復以體製驗之，驗《七錄》記傳錄一項，分國史、注曆、舊事、職官、儀典、法制、僞史、雜傳、鬼神、土地、譜狀、簿錄十二類，不僅數量可觀，其體製尤多所新創，若《文心》以〈史傳〉一體籠絡之，得見著史之盛。而其雜傳一項，不僅有記敘地方賢耋，高士文人，亦有僧侶道士，甚至神僊鬼怪，雖爲記傳之體，卻是志異之實。〔註1〕此等率皆好載不經，雜以妄語，與史志求實者相異，故於後代史志著錄，每易其歸屬，劃入小說。故就史志求實求眞準則以盱衡之，亦見雖不專言神僊鬼怪，雖言語細碎，無驗史實者。此即章學誠謂：「凡事屬瑣屑而不可或遺者，如一產三男，人壽百歲，神仙蹤蹟，科第盛事，一切新奇可喜之傳，雖非史體所重，亦難遽議刊落；當於正傳之後，用雜著體，零星紀錄，或名外編，或名雜記，另成一體。」〔註2〕殆已言盡此體之特徵。今觀六朝之作，若《西京雜記》及《小說》好言史遺舊聞，堪預此流，然內容眞僞不辨，悉數以入篇，除爲後世文學之故實，亦入小說之園囿。其中尤以殷芸之書，直以「小說」爲名，所錄諸文皆注出處，迴異於當時諸作。故本文用殷芸《小說》爲指標，考述其書之命意及體例，亦可藉以略觀六朝軼事小說之大概。

二、作者及其版本

殷芸《小說》首見於《隋志》載記，後來書目若新、舊《唐志》、王堯臣《崇文總目》、尤袤《遂初堂書目》、晁公武《郡齋讀書志》、陳振孫《直齋書錄解題》均有收錄，知宋時頗爲通行。至元，爲陶宗儀《說郛》囊括，且存其舊，知猶未佚。惟明時楊士奇《文淵閣書目》未載，復以《永樂大典》卷二千九百七十七亦僅轉引《續談助》所錄《小說》六則以觀，此書蓋亡於元明易鼎之際。再者，今日未見明刻本《小說》傳世，亦爲輔證。雖然清初錢牧齋《絳雲樓書目》卷二收有殷芸《小說》一種，似孤本獨傳。〔註3〕然其詳不得而知。

（一）作者簡介

《隋志》子部說類著錄《小說》十卷，注云：「梁武帝敕安石長史殷芸撰，梁目三十卷。」是知作者殷芸。《史通・雜說》稱「梁武帝令殷芸編諸小說」

〔註1〕《七錄》已佚，僅存自序，輯存於王仁俊《玉函山房輯佚書補遺》。後人參酌《隋志》，猶可見其大概。《史通・因習》謂：「而世有撰《隋書・經籍志》者，其流別群書，還依《阮錄》。」今人昌彼得、潘美月謂：「《隋書・經籍志》史集兩部之子目，亦多因緣於阮氏《七錄》。」（見昌、潘二氏合著《中國目錄學》（臺北：文史哲出版社，民國80年），頁132。）故今藉《隋志》以觀《七錄》。

〔註2〕文見章氏《文史通義・修志十議》。

〔註3〕今據卷首曹溶題詞稱其藏書云：「一所收必宋元板，不取近人所刻及鈔本。……一好自矜嗇，傲他氏以所不及，片楮不肯借出，儘有單行之本，燼不復見於人間。」知絳雲樓所藏，多有不傳於世之祕冊，至若殷芸《小說》，亦似單傳之本。

云云，或襲自《隋志》。陳振孫《解題》謂《邯鄲書目》或題劉餗撰，又言：「此書首題秦漢魏晉宋諸帝，注云：齊殷芸撰，非劉餗明矣。」見《解題》又載有《劉餗小說》三卷，知二書因均名《小說》，而撰人載記之誤。晁公武《郡齋讀書志》原題《劉餗小說》十卷，後更之爲殷芸即爲此。

殷芸生平具見於《梁書》、《南史》。芸字灌蔬，陳郡長平（今河南省淮陽縣）人，生於宋明帝泰始七年（471）。性倜儻，不拘細行，然不妄交遊，門無雜客。勵精勤學，博洽群書。幼而廬江何憲見之，深相歎賞。永明中，爲宜都王行參軍。天監初，爲西中郎主簿、後軍臨川王記室。七年，遷通直散騎侍郎，兼中書通事舍人。十年，除通直散騎侍郎，兼尙書左丞，又兼中書舍人，遷國子博士，昭明太子侍讀，西中郎豫章王長史，領丹陽尹丞，累遷通直散騎常侍祕書監，司徒左長史。普通六年，直東宮學士省。大通三年（529），卒，時年五十九。〔註4〕故《小說》之編著，蓋自天監十三年豫章王綜遷安右將軍、殷芸任安右長史始，以迄十五年綜遷安右將軍、芸領丹陽尹間，見梁武帝曾於天監十五年命徐勉於華林作《華林遍略》，以高安成王命劉峻著《皇覽》，故《小說》之編纂，自是此間中事。

（二）版本概說

《小說》今佚，幸賴《續談助》、《類說》、《說郛》之節錄，存其涯略，令今人得稍見舊觀；而類書多所引錄，亦可供輯佚之資。今介紹《小說》之節本及輯本如次：

（1）節　本

1. 宋晁載之《續談助》本：收七十六則，且注引文出處，後有晁氏跋語。
2. 宋朱勝非《紺珠集》本：收於卷二，作《商芸小說》。自〈四寶宮〉迄〈一朝科頭〉計二十二則。
3. 南宋曾慥《類說》本：收錄於卷之四十九。自〈蒲臺〉迄〈九醞酒〉計四十四則。
4. 元陶宗儀《說郛》本：收錄於卷二十五，亦注各條出處，計二十四則。
5. 元陶宗儀、明陶珽重校《說郛》宛委山堂本：作《商芸小說》，於弓四十六收錄，計十則。
6. 《五朝小說》：清據重校《說郛》重新排印。民國十五年上海掃葉山房

〔註4〕此處全據《梁書・殷芸傳》，因原文不長，因而全錄。

又重以石印，更名《五朝小說大觀》。

7. 《古今說部叢書》：清宣統二年上海國學扶輪社據重校《說郛》重新排印。

（2）輯本及輯注本

1. 清王仁俊輯《經籍佚文》本：清杜文瀾《古謠諺》據《太平廣記》卷一百三十五輯《小說》佚文一則，復爲王氏《經籍佚文》所采，其案語曰：「俊案：杜氏《古謠諺》五十七曰：案《說郛》卷四十六列殷芸《小說》未載此條，今據《廣記》錄之。」所載同杜氏《古謠諺》。
2. 魯迅《古小說鉤沈》本：魯迅據《廣記》、《御覽》、《續談助》、《紺珠集》、《類說》、《說郛》、《海錄碎事》等書輯出，計收一三五則。
3. 余嘉錫《殷芸小說輯證》輯注本：一九四二年余氏與其長女淑宜廣據類書輯成，采書較魯迅多十二種，多收佚文二十餘則，惟未錄《說郛》卷廿五引自《郭子》「襄邑縣南十八里」一則。余氏輯本收錄於《余嘉錫論學雜著》，一九六三年由北京中華書局出版，一九九七年岳麓書社復以簡體排印，更名《余嘉錫文史論集》。
4. 唐蘭〈殷芸小說并跋〉：收錄於《周叔弢先生六十生日紀念論文集》。唐蘭自言據魯迅《鉤沈》本之基礎上再加考訂，刪其重複並刊定謬誤，計收一百五十一則。然其輯本竟收劉氏《小說》四則，殊不可解；判斷亦多臆測之言，自使輯文多失而致誤。若唐氏見《太平廣記》卷一百六十四〈李膺〉條共引四則李膺事，唯前三則注出商芸《小說》，末則爲《李膺家錄》，乃稱：「按此上四條均引小說，疑此條亦本小說也。」而收於唐氏輯本卷三，其推論毫無理據。又卷一百九十七〈張華〉條亦用同理，以爲所引《世說》亦是《小說》，其誤斷多此類。
5. 周楞伽《殷芸小說輯證》輯注本：一九八四年上海古籍出版社排印。周氏據余氏輯證本稍作調整而爲之作詳注。周氏廣徵群書，甚而囊括方志，自利於文字校勘。惟用明清類書，若清馬驌《繹史》、唐熙敕撰《淵鑒類函》，又失於不夠嚴謹。

綜觀諸本，節本以晁載之《續談助》引錄最早亦最夥，曾慥《類說》次之，均爲後來恢復《小說》原書之重要依據；全面性輯本以魯迅（周樹人）《鉤沈》本爲最早，且依時代先後爲序，隱然有十卷之分，後余嘉錫、唐蘭、周楞伽輯本出，又以十卷分之，欲復《小說》舊觀。以諸輯本較之，周、唐二氏本均未加註，自以余嘉錫輯注者爲最佳。按周楞伽《輯證》本雖後出，且據余氏本而續作，細究之，未及余氏本。就二氏所據底本以觀，《小說》本亡於明初，故余氏所據輯佚文本，亦以宋元爲斷限，周氏輯本，竟引用清代類書，而自致淆亂。〔註5〕故周氏所謂他書所漏輯者，實多出於《繹史》及《淵鑒類函》，其優劣由此判之；就內容觀之，余氏輯本考證縝密，無徵不信，周氏沿其成說，又好增片面之論，而誤導者判斷。今聊舉一例以說之。若卷一記漢武市事云：「漢武帝過李夫人，就取玉簪搔頭。自此後宮人搔頭皆用玉，玉價倍貴焉。又以象牙爲篦，賜李夫人。」魯迅輯本即謂：「《西京雜記》上有之，無末二句」，余嘉錫所言亦同；周楞伽沿之，亦謂不知其出處。〔註6〕今本《雜記》卷五載「武帝以象牙爲簟，賜李夫人」，唯以「簟」爲「篦」。《御覽》卷一四四兩則並舉，《白氏六帖》注引《雜記》均作「簟」。見《西京雜記・昭陽殿》謂：「玉几玉床，白象牙簟」，亦以象牙爲簟，未見「玉篦」，知前則記以玉簪搔頭，故更「簟」爲「篦」，亦爲梳髮器物，見余氏小誤而周氏亦不能分判。王達津亦列舉周氏輯文疑義十九則，〔註7〕雖不足爲周氏輯本

〔註5〕按周楞伽謂：「不過有一件奇怪的事，就是清人所見的此書佚文，反較曾見原書而加以輯錄的宋、元人爲多，如『腰纏十萬貫，騎鶴上揚州』條，清代的類書《淵鑒類函》、《佩文韻府》均載，而宋、元人輯錄的《太平御覽》、《續談助》、《紺珠集》、《類說》、《說郛》中反而沒有，不知何故。……已故余嘉錫先生明知馬驌所見義較《說郛》爲長，然因《繹史》爲晚出之書，遂不欲據改，未免略有偏執，過於謹慎，殊不知清初網羅遺帙，藏書出自民間；閣臣所見，或較宋、元爲廣，當非出於杜撰，馬驌據以輯入所編《繹史》，豈得因其係晚出之書而不采？」周氏以《小說》或傳於民間，以說清代類書所得《小說》較宋元爲多，又用之譏評余氏，理據甚爲薄弱。若《小說》清時傳於民間，何以今僅得一二則不見於宋元類書？何況明清藏書諸家目錄，亦偏尋不得。且周氏舉「腰纏十萬貫，騎鶴上揚州」條，又見於《全唐詩》卷八七二，與上舉《淵鑒類函》、《佩文韻府》二書同爲清聖祖敕撰，何以同事而斷代不同？疑二書所引爲唐劉餗《小說》，非殷芸書，惜無確據。故雖不敢斷言清時《繹史》、《淵鑒類函》必出於杜撰，然誤引或歸責於手民，皆較周氏所言近乎常理。至於駁論余氏云云，自不值識者一哂。周氏文見其著〈中州名家殷芸的小說〉，收錄於《中州學刊》1984年第1期，頁119。

〔註6〕周氏《輯注》謂：「末二句非《西京雜記》文，引自何書，待查。篦系晚出字，古時作枇不作篦，見《廣雅・釋器》。頗疑此二句爲後人所增。」相去更遠。按唐蘭云：然如『篦』字，今雜記下作『簟』，疑象牙不可作簟，以『篦』字爲長，故不改。」已見此則出《雜記》，惟未驗以玉作簟，乃夸寫武帝之奢而增飾李夫人之受寵也。故愚以爲「簟」字爲長。餘論見後文所述。

〔註7〕文見王氏撰〈殷芸小說輯注獻疑〉，收錄於《古籍整理出版情況簡報》第191期，1988年5月，頁21～24。

病，然亦知其輯注《小說》，實未超越余嘉錫。至若繁言不休，體例不一，自損周氏輯本之佳處，故今仍推余氏本之簡要爲尙。（其餘疑義，詳見後文引。）惟周氏將本事、輯證分列，眉目較余氏清楚而已。

三、本書之體製及其內容

《小說》雖已亡佚，然賴《續談助》、《說郛》之節錄，多存舊制，得見其規模。《小說》十卷之分，蓋據時代先後爲次；復以佚文觀之，多一人數記，蓋以人物爲宗，故以人而繫事。至若其鈔撮之法，僅據文全錄，而無更易。本書既名之「小說」，每取正史所棄，好引奇聞祕事，或鈔錄言語捷對，又兼及靈怪，而見軼事、志異並存。故宋晁載之《續談助》跋語謂：「右鈔殷芸《小說》，其書載自秦漢迄東晉江左人物，雖與諸史時有異同，然皆細事，史官所宜略。又多取劉義慶《世說》、《語林》、《志怪》等已詳事，故鈔之特略。然其目小說則宜爾也。」即爲此念。今檢其引書，亦可略分數類：蓋里巷傳語，未徵其實，《衝波》、《雜記》是也；荒誕不經，好述神怪，雖稱史傳，亦非史家所信，《異苑》、《幽冥》屬之；而瑣語者流，專收名人談講，逸聞佳話，雖爲小道，亦類史書，《語林》、《世說》即是；若別傳、州郡之作，或自矜門第，或盛說風土，未能盡孚信實，亦一併爲殷芸著書所資取。以下就《小說》條文之性質，分三項析論云。

（一）拾諸季史，摘取巷聞

本書既以拾乎正史所遺者爲宗旨，自近《西京雜記》之體例，故取其錄者，即得里巷傳語，無驗史實之事。若卷二引《衝波傳》云：

> 子路、顏回浴於洙水，見五色鳥。顏回問子路曰：由，識此鳥否？子路曰：識。回曰：何鳥？子路曰：熒熒之鳥。後日：顏回與子路又浴於泗水，更見前鳥，復問：由識此鳥否？子路曰：識。回曰：何鳥？子路曰：同同之鳥。顏回曰：何一鳥而二名？子路曰：譬如絲絹，煮之則爲帛，染之則爲皂，一鳥二名，不亦宜乎？

此則言子路與顏回見五色鳥，因數日之隔，子路卻以一鳥而命二名，致使顏回詰問；然子路則附會絲絹因處理不同亦具二名答辯之，雖具巧思，惟不免強詞奪理。又卷二《東方朔傳》載武帝問東方生樹名，亦因時日不同而一樹二名。二則所記雖時日及人物相去甚遠，然用似是而非之說辭，以顯答者之俊辯則無別，而自我作古之筆法，亦由此彰顯。除言語之捷對外，又載近乎術解神算之事。若卷二引《衝波傳》云：

> 孔子嘗游於山，使子路取水，逢虎於水所，與共戰，攬尾得之，內懷中，取水還。問孔子曰：上士殺虎如之何？子曰：上士殺虎持虎頭。又問曰：中士殺虎如之何？子曰：中士殺虎持虎耳。又問：下士殺虎如之何？子曰：下士殺虎捉虎尾。子路出尾棄之。因恚孔子曰：夫子知水有虎，使我取水，是欲死我。乃懷石磐，欲中孔子。又問：上士殺人如之何？子曰：上士殺人使筆端。又問：中士殺人如之何？子曰：中士殺人用舌端。又問：下士殺人如之何？子曰：下士殺人懷石磐。子路出而棄之，於是心服。

此文既揶揄聖人所標舉不言怪力亂神之準則外，更藉聖人行動，申言方術神算之實有，而富饒奇趣。前一則載記捷對，後一則但言經術，性質雖不相類，然藉古代人物，而增飾故實則一。故若秦始皇與神人會，漢高祖以避厄藏井，暨武帝之奢華，孔子之妙算，自是稗史野言，而通於軼事小說之命意矣。

（二）張皇神鬼，記述幽冥

殷氏書每直引怪力亂神事，或講應驗，或說形變。若卷一引《異苑》晉武庫失火事：

> 晉惠帝元康三年，武庫火燒孔子屐、高祖斬白蛇劍、王莽頭等三物，中書監張茂先懼難，作列兵陳衛，咸見此劍穿屋飛出，莫知所向。〔註8〕

武庫失火事亦見劉敬叔《異苑》，所載與《小說》同，沈約《宋書・禮志》、〈天文志〉及〈五行志〉，則僅記高祖斬白蛇劍因之焚燬，刪落時人咸見寶劍穿屋飛出，不知所向一段。劉敬叔之言，涉及靈怪，惟唐修《晉書》竟納之，〔註9〕

〔註8〕按此則余嘉錫〈殷芸小說輯證〉、楞伽輯注《殷芸小說》均僅據《史通・雜記》所引「晉武庫失火，漢高祖斬蛇劍穿屋而飛」而輯之。然劉知幾之引文，僅爲敘述《異苑》所記，自非《小說》引文。見《太平御覽》卷三四四、三六四、《太平廣記》卷二三一及李善注《文選》卷三十謝玄暉〈和伏武昌登孫權故城〉均引《異苑》此事。今以《御覽》卷三四四引文較詳，與《晉書・張華傳》所記幾無差別，知《晉書》全引《異苑》。又殷芸《小說》引書之通例，更動原文甚少，故今《御覽》引《異苑》本事，自近殷芸所採，故引文亦據之。

〔註9〕武庫遭火事分見《晉書・惠帝紀》、〈天文志〉、〈五行志〉及〈張華傳〉，惟〈張華傳〉言及「劍穿屋出事」，周楞伽《輯證》僅引〈惠帝紀〉；又卷七蛇化爲雄雉，本事亦見〈張華傳〉。

自招劉知幾之譏嘲。蓋《史記》載劉邦斬蛇起義，稍涉神奇，然太史公之著墨，意在申言漢興乃天命，未誇語其劍何如。惟至《西京雜記》則附麗於神劍，言其瑰麗不凡，《異苑》更輔以靈性，自飛而去。故《神仙簿》云：「眞人去世，多以劍代其形，五百年後，劍亦能靈化，亦其驗也。」（卷二）即言眞人佩劍能靈化，更遑論開國之寶器，自易附會更甚。其他，若始皇與神人會、書生觀天象以救漢武帝、張華廣識異物、蔡邕成仙之樂事，又有本事互見干寶《搜神記》者，〔註10〕其志異之本質，亦由此彰顯。

（三）蒐羅逸事，捃錄英華

魏晉以降，孺慕名士，故其談吐容止，自爲時人所重，若《語林》之屬，蓋是此項風氣之產物。所記無外乎賞譽品鑒，行止容貌。卷三引《世說》並《李膺家錄》云：

> 李元禮謖謖如勁松下風。
>
> 李膺嘗以疾不迎賓客，二十日乃一通客，唯陳仲弓來，輒乘輿出門迎之。

首則借松樹搖曳之動態景象，既可形容難以言傳之人格特質，亦見李氏富於美感之容止。後則載李膺對陳蕃之寵禮及相知。李氏原爲漢末名士，文行爲天下軌範，而與郭泰之交游，本爲當世美談。《御覽》卷三八〇引《郭林宗別傳》云：「林宗遊洛陽見河南尹李膺，膺大奇之，於是名震京師。復歸鄉里，衣冠諸儒送至河上車數千兩，林宗唯與膺同舟而濟，眾賓望之，以爲神仙焉。」時人豔羨如此。《小說》所集李膺事甚多，或記其與郭泰之交游，或言徐孺子之寵禮，均以片面形容見其人之風神，以突顯卓犖不群之名士特質。惟所載雖據實之言，然爲碎末細故，又不免張冠李戴，或夸語緣飾，故入小說，難登正史之林。

故知《小說》所收，雖可略分軼事、志異及瑣語三類，皆未悖於拾遺補史之宗旨，而與《西京雜記》性質相近；惟就比例以觀，志人者殆又過半，小說史家每將之置諸志人小說，亦緣於此。

四、《小說》之傳承及其特色

自先秦諸子之說辭，除採寓言設問外，亦好引證史事，以資論辯，已見

〔註10〕見今通行本《搜神記》卷十一記漢武帝問東方朔象牛之物，與《小說》卷二互見。

軼事小說之發軔徵兆，唯西漢之劉向《說苑》、《新序》出，方爲成書之始，然其引史傳以述志之旨意，仍無異於先秦。《漢書・楚元王傳》云：「（劉）向以爲王教由內及外，自近者始，故採取詩書所載賢妃貞婦，興國顯家可法則，及孽嬖亂亡者，序次爲《列女傳》，凡八篇，以戒天子。及采傳記行事，著《新序》、《說苑》凡五十篇。」知向造二書，乃援傳記體例，其旨爲勸誡君主，《隋志》以鑒之分入儒家。而此例上承秦漢，下啓魏晉，實開文學新體。劉勰詮敘文類云：「博明萬事爲子，適辨一理爲理，彼皆蔓延雜說，故入諸子之流」，殆未以史傳視之。然抽繹史事之片段，用以成篇，實爲《西京雜記》所承。惟細究漢劉二書，雖引文或有所誤，亦本諸史事，而《雜記》採百家傳記，以類相從，時又自我作古，增飾故事，又與漢初相別。故《雜記》雖遙承諸子，仍以故事之經營爲尚，不以述志爲宗，故與諸子論議分道揚鑣，而爲魏晉新體。若後起之殷芸《小說》，除承繼《雜記》外，又深受當時崇尚博聞之風所影響。《文心雕龍・事類》即云：「劉歆遂初賦，歷敘於紀傳，漸漸綜採矣。至於崔班張蔡，遂捃摭經史，華實布濩，因書立功，皆後人之範式也。」知用典之風氣，興自東漢，暨「曹植辨道，體同書抄」，〔註 11〕已兆文章矜用數典之習，惟入齊梁，方尤盛焉。《南齊書・文學傳》謂：「今之文章，略有三體。……次則緝事比類，非對不發。博物可嘉，職成拘制。」鍾嶸《詩品》亦言：「故大明泰始中，文章殆同書鈔。」率不然之。文人好採細事瑣語，甚而冷典僻事，以此相高。黃季剛即云：「爰至齊梁而後，聲律對偶之文大興，用事采言，尤關能事。其甚者，捃拾細事，爭疏僻典，以一事不知爲恥，以字有來歷爲高。文勝而質漸以漓，學富而才爲累，此則末流之弊，故宜去甚去奢，以節止之者也。」〔註 12〕不重才學，而競相用事，雖爲文章流弊，轉爲當時所賞。蓋三國時，雖好廣識博見，〔註 13〕猶未廣被文苑，然風氣已啓。迨入齊梁，用之文筆，而盛極一時。尤可注意者，梁武帝於天監十五年，因安成王秀延攬劉峻撰《皇覽》，而命徐勉等入華林作《遍略》以高之。〔註 14〕《隋志》言武帝亦命殷芸作《小說》，以捃拾史乘之所棄，豈非爲廣識博見，

〔註 11〕見《文心雕龍・論說》。

〔註 12〕見黃氏著《文心雕龍札記》（臺北：文史哲出版社，民國 62 年），頁 185。

〔註 13〕若《後漢書・鄭孔荀列傳》：「鴻豫亦稱文舉奇逸博聞。」《三國志・陳矯傳》：「博聞彊記，奇逸卓犖，吾敬孔文舉。」又《三國志・杜襲傳》：「粲彊識博聞，故太祖游觀出入，多得驂乘。」均以博識見賞。

〔註 14〕事見《梁書・文學傳》、《南史・劉懷珍傳》。

而有助文章取乎？再者《小說》引錄，頗不類斯時小書割裂他文而未言出處之舉，而與類書相況，亦可相印證。故知晉葛洪《雜記》祖述劉向，爾後殷芸《小說》乃追蹤其體，惟受時代風氣之影響，其例亦稍異矣。

雖然，自輔翼聖典之《左氏傳》，或稱之良史《史記》、《漢書》均不免神怪之論。然當時傳記，每偏好記異述奇之事。其雜傳一類，見載前代名人者，恒附會過甚，或以稽考不易使然，惟當世之人，因矜言門第鄉里，又好造作時聞，甚而光怪陸離。若《世說・德行》劉孝標注引檀道鸞《續晉陽秋》曰：「陳仲弓從諸子姪造荀父子，于時德星聚，太史奏：五百里賢人聚。」陳寔家會，竟引動天文，已言過其實而近乎誣。故余嘉錫《箋疏》云：「據《漢雜事》所載，殆時人欽重太丘名德，造作此言，與荀氏無與焉。乃其後人自為家傳，附會此事，以為家門光寵，斯其誣罔虛謬，足令識者齒冷矣。」〔註15〕已而宗教傳記，因申言教法，張皇神奇，借仙佛顯世，若釋慧皎《高僧傳》載精誠止雨、山精化人云云。湯一介評曰：「慧皎生於千餘年前，又為一佛教信徒，所作《高僧傳》難免宣揚其宗教之信仰，誇大僧人之作用，多載迷信故事，此故不可取也。」〔註16〕而其餘各家，亦可以推想；其時志怪小說，亦借史體以載鬼神，無不滲入當時傳記。何況軼事類小說原屬稗史，本好異聞之記述，而取法史傳體例，以狡獪成文乎！無論名人軼事，未證其實，或怪力亂神，史傳所棄，二者皆為史遺，《小說》今並列之，除鑒其傳承，亦因其屬性使然。故雖為史書之遺，乃志人志怪兼具。而軼事類小說之性質，亦由此表露無遺。

五、結　語

軼事類小說雖承襲諸子遺緒，復因捃拾遺聞而隸名史部。然文士以博識為工，良史以實錄為貴，故好載不經，又雜以神鬼，自招史家訶詆，而終歸小說之塗。然軼事小說因取摭豐富，文采可觀，實有助後世文章，故紀昀《四庫全書總目・西京雜記》提要云：「其中所述，雖多小說家言，而摭採繁富，取材不竭，李善注《文選》、徐堅作《初學記》，已引其文。杜詩用事謹嚴，亦多採其語，詞人沿用數百年，久成故實，故有不可遽廢者也。」雖專言《西京雜記》，實則《小說》亦然。若乃武帝之奢華，曼倩之善辯，孔子之術解，

〔註15〕見余著《世說新語箋疏》，頁8。
〔註16〕見湯氏校注《高僧傳》之〈緒論〉（北京：中華書局，1997年），頁3。

張華之博識，無不事富奇偉，文辭豐腴。故知此史部之歧流，雖無益於史傳，卻有助於文章，而啓後來辭人之巧思、抑亦文士摭取典故之淵藪也。

（原發表於《東吳中文研究集刊》，第 7 期，89 年 5 月）

附錄五　「騎鶴上揚州」非殷芸《小說》佚文辨正

提　要

本文針對「腰纏十萬貫，騎鶴上揚州」典故的出處予以考察，已知此故實先由宋人王象《輿地紀勝》記錄爲文字，出處則謂出於《太平廣記》，惟祝穆《事文類聚》雖沿自《輿地紀勝》，卻僅用「小說」一詞代稱《廣記》，已促使其後承襲《事文類聚》的部份類書編纂者，誤認此處的「小說」即爲南朝殷芸書，竟妄題殷芸二字於「小說」前，已使錯謬相因，訛誤至今；至於《廣記》實未收此事，殆祝穆的誤題；又驗諸此典北宋時文人纔多方引援，視爲眾人習見的俗諺，而與殷芸《小說》無關。藉由本文的研議，以期爲此則今人熟知的典故出處正名，亦略見輯佚時當留意的細節。

關鍵詞：殷芸，《小說》，六朝志人小說，輯佚

一、引　言

「腰纏十萬貫，騎鶴上揚州」微妙地道出世人欲兼得超脫昇仙、享有榮華的心理，後世多比喻兼得人間美事，或譬說個人貪欲太多，傳續在文人創作與民間口語裏。此語又可省稱「揚州鶴」、「騎鶴仙」及「上揚州」不等，迄今眾人仍耳熟能詳，成爲典故。至於此語出處，若查閱坊間大小辭書，無不認定出於梁朝殷芸《小說》，甚至考證謹嚴的學術著作亦以爲然，也附注引

自殷芸書，〔註 1〕似已成定論。但《小說》亡佚於元代，且晁補之《續談助》、曾慥《類說》、（傳）朱勝非《紺珠集》、陶宗儀《說郛》等節錄《小說》，唐及北宋類書引錄《小說》皆無此則，況此典故盛傳於北宋，無人謂出於殷芸《小說》，突然出現一則佚文，不禁使人心生懷疑；加上眾人概以近人周楞伽輯注《殷芸小說》的成果以爲根據，卻未考量周氏輯佚時多疏於考證又判斷隨性的特質，於是這則輯自清代類書的「佚文」，恐怕有重新檢視的必要了。〔註 2〕今重新翻檢宋元以來的類書、方志及小說，先鋪陳出該典故的流傳與承襲脈絡，以明瞭此則所謂「小說」的佚文何以未見於唐宋類書、又何以被題稱殷芸《小說》的原因，除了要爲這眾人習知的典故出處「正名」外，亦就此略見輯佚時所應注意的細節。

二、就引錄情形觀察

「騎鶴上揚州」本事的載錄時間甚晚，就目前知見文獻以觀，時已入南宋，但絕非周楞伽所以爲的已入清代。周氏云：「此條據《淵鑒類函》鳥部三鶴三，小題『上揚州』。亦見《佩文韻府》鶴字『揚州鶴』條。原注：『出《商芸小說》。』商芸即殷芸。各書均未見徵引。因其所記係揚州事，故附於此卷。」〔註 3〕按《佩文韻府》是則見於揚字「揚州」條下，周說有誤，且亦非僅見二書，實被眾書徵引。

將此事完整記錄者，以王象之編纂的《輿地紀勝》爲最早，收於是書卷三十七「淮南東路，揚州，騎鶴仙」下。引錄其文於下：

> 《太平廣記》：有四人各言所願。甲曰：「願多財。」乙曰：「願爲揚州太守。」丙曰：「願爲仙。」丁曰：「願腰纏十萬貫，騎鶴上揚州。」

〔註 1〕根據周氏《殷芸小說》輯本而誤引此則的學者不勝枚舉，今舉一例爲說。像張進德即引周氏輯本卷六所收此則，而申說云：「或官或錢或仙或得兼三者的追求，正是魏晉士子精神風貌的典型體觀。」設使此事不出於六朝，其申說自然誤謬。張氏文見其著〈殷芸簡論〉，《河南社會科學》第 10 卷第 5 期，（2002 年 9 月），頁 63。

〔註 2〕筆者曾於〈殷芸小說簡論〉一文裏提及周氏《殷芸小說輯證》的輯本的錯謬處外，又略談此則輯自《淵鑒類函》、《佩文韻府》的「佚文」恐非《小說》文字，但僅舉同爲聖祖敕纂的《全唐詩》卻斷代在唐五代爲反證。證據較爲疏漏，尚不足成爲定說，故有是文的撰寫。拙文刊於《東吳中文研究集刊》第 7 期，（2000 年 5 月），頁 50。

〔註 3〕文見其輯注《殷芸小說》（上海市：上海古籍出版社，1984 年 4 月），頁 132。

〔註 4〕

王象之謂鈔自《廣記》，並未交待《廣記》所鈔錄的來源。時代稍晚的祝穆編寫《方輿勝覽》，該書卷四十四亦錄此事，內容除了與前引《輿地紀勝》一字不差外，當然也聲稱引自《太平廣記》。但祝穆在書前編有〈引用文集目〉，其中「小說」類下有〈腰錢騎鶴〉，〔註 5〕已不禁透露出祝氏僅鈔襲王象之《輿地紀勝》，而非據《廣記》原文引錄的訊息，否則〈引用文集目〉至少會著錄作者或書名。在祝穆另編有一種類書《事文類聚》的「鶴」字下有〈騎鶴上揚州〉條，亦錄相同故事，文字卻有不同，遂錄於下，以供比對：

> 有客相從，各言所志。或願爲揚州刺史，或願多貲財，或願騎鶴上昇。其一人曰：「腰纏十萬貫，騎鶴上揚州。」欲兼三者。小說。

〔註 6〕

相較《輿地紀勝》、《方輿勝覽》的引文後，顯見祝穆於此採取改寫的手法引用：更改「揚州太守」爲「揚州刺史」，且附上「欲兼三者」的說明於後，致使文字出入較大，尤可注意者乃在於出處更名爲「小說」。由於祝穆在《方輿覽勝・引用文集目》裏已告知讀者，他本身亦不知曉此則的眞正出處，加上宋人稱引筆記傳奇皆稱小說的情形推斷，祝穆所說的「小說」即「太平廣記」的代稱，並非意指引用了殷芸《小說》。但此處的著錄，卻影響後來類書的引用。囿於學識疏淺，以下僅列個人知見曾引此故實的古籍十八種，並附文字與出處的說明於後，以供參看：

(1)〔宋〕謝維新《事類備要》卷六十四〈願騎鶴上昇〉：出「小說」。文字與《事文類聚》同。

(2)〔元〕陰勁弦、陰復春編《韻府群玉》卷十九〈揚州鶴〉：出「小說」。文字與《事文類聚》稍異。

(3)〔明〕陳耀文編《天中記》收〈跨鶴〉一則：出「小說」。文字與《事文類聚》同。

(4)〔明〕楊信民《姓源璣珠》卷之二〈揚州鶴〉：出「小說」。文字與《事文類聚》同。

〔註 4〕文據台北市文海出版社 1962 年影印《輿地紀勝》清咸豐五年刊本。

〔註 5〕上引資料分見祝穆撰、祝洙增訂、施和金點校《方輿勝覽》（北京市：中華書局，2003 年 6 月），頁 798、11。

〔註 6〕文據京都中文出版社 1982 年影印明萬曆甲辰金谿唐富春精校補遺重刻本《事文類聚後集》卷四二。

(5)〔明〕吳昭明輯、汪道昆增訂《五車霏玉》鳥部二十五〈揚州鶴〉：未注出處。文字近《事文類聚》。

(6)〔明〕徐常吉輯《事詞類奇》卷之二十七：出「太平廣記」。文字與《事文類聚》同。

(7)〔明〕胡我琨纂、何偉然訂《錢通》卷三十：出「小說」。文字與《事文類聚》同。

(8)〔明〕彭大翼編《山堂肆考》卷二百十一〈騎上揚州〉：出「小說」。文字與《事文類聚》同。

(9)〔明〕楊淙輯《事文玉屑》飛禽二十三〈騎鶴上揚州〉：出「世說」。文字近《事文類聚》。

(10)〔明〕王世貞輯、鄒善長重訂《彙苑詳註》卷三十三〈上揚州〉：出「小說」。文字與《事文類聚》同。

(11)〔明〕程良孺編《茹古略集》卷二十七「鶴」下：出「小說」。文字僅有「跨之楊州已上」。

(12)〔明〕馮夢龍編《古今譚概》第十五貪穢部「如意」條引：僅謂「昔有」。文字已經過馮氏潤色，故與《事文類聚》稍異。

(13)〔明〕陶珽編《重較說郛》卷四十六收《商芸小說》，末則錄此事，文字全同於《事文類聚》。又《五朝小說》、《說部叢書》皆據此本而來，並無差別，後不列入。

(14)〔清〕張玉書等敕纂《佩文韻府》卷二十六上「州」字下「揚州」：出「殷芸小說」。文字與《事文類聚》同。

(15)〔清〕王士禎等敕纂《淵鑒類函》卷四百二十上「鶴」字下〈上揚州〉：出「小說」。文字與《事文類聚》同。

(16)〔清〕汪士漢輯《古今記林》卷廿七〈騎鶴上揚州〉：出「小記」，「記」當誤寫。文字與《事文類聚》同。

(17)〔清〕吳寶芝輯《花木鳥獸集類》卷中：謂「新說」，應是「小說」之訛。文字與《事文類聚》同。

(18)〔清〕尹繼善等修、黃文雋輯《江南通志》卷三十三：云：「騎鶴樓在江都縣大街內，以《太平廣記》騎鶴上揚州句名」。

就文字觀察，大凡由《事文類聚》一系所出，原因自與類書多承繼、擴充前人成果有關，舉凡引此事者，概非根據他書，皆來自類書的層累因襲；

就此觀察引書情形，除「小記」、「新說」當是誤寫不論外，已有「小說」、「世說」、「太平廣記」及「商芸小說」四種出處：

一、作《世說》者，僅《事文玉屑》引。未見今傳本《世說》中，殘唐寫本《世說》、唐宋類書引錄《世說》皆無此則，自是妄題。

二、作《太平廣記》者，得《事詞類奇》、《江南通志》二種。《江南通志》本是地方志，可想見乃是採納了《輿地紀勝》或《方輿勝覽》的記錄，「騎鶴上揚州」亦據二書，於是以《廣記》爲出處；至於《事詞類奇》的情形當與《江南通志》相近，文字雖鈔自《事文類聚》，卻受《輿地紀勝》、《方輿勝覽》的引導，也題作出於《廣記》。

三、作《商芸小說》者，得明陶珽《重較說郛》本《商芸小說》收錄、以及張玉書等編《佩文韻府》共二處。按宋太祖父追宣祖名弘殷，故避諱更「殷芸」爲「商芸」。《重較說郛》以錯誤極多、引起學人困擾作爲叢書的特色，因此所收群書中若內容與其他不同版本有所出入，幾乎皆是《重較說郛》誤引。此處所收「騎鶴上揚州」的文字，顯然即鈔自《事文類聚》或其一系經由祝穆刪削改寫的類書，可知知其底本並非根據殷芸原書，否則文字必然與《事文類聚》及其一系的類書有所出入。可以想見《重校說郛》編纂時誤將《事文類聚》所謂的「小說」視爲殷芸著作，因此裁篇入書，置於殷芸《小說》裏第十則，此舉進而影響《佩文韻府》的編者，本來《佩文韻府》鈔錄的出處本與《事文類聚》同系，和同處、同時編纂的《淵鑒類函》相同，加題「商芸」二字，是受《重較說郛》的誤導無疑。

綜合上述，可以知道祝穆編《方輿勝覽》「騎鶴仙」即襲自王象之的《輿地紀勝》，唯祝氏另編類書《事文類聚》收錄此則時，卻對文字予以刪削修改，且以「小說」一詞代稱《太平廣記》，令後來類書多承接《事文類聚》文字，也逕稱引自「小說」。但陶珽編《重較說郛》誤認「小說」即是「殷芸小說」，增附在《商芸小說》最末，《佩文韻府》也承繼其謬，增題「商芸」二字。那麼以殷芸《小說》作爲「騎鶴上揚州」的出處，理據不足。以下復由文人引用的態度與內容的分析以觀察，作進一步的探索。

三、就記載內容而論

細繹王象之所鈔錄「騎鶴仙」的內容，是以「騎鶴」比喻成仙、「十萬貫」及「揚州太守」代稱俗世快樂，兼得二者，自是美事。但「揚州太守」一詞，除不侔六朝官制，亦與隋唐有別。按揚州在東晉時已是首都建康所在，又是首善之區，和荊州互爲表裏，成爲重鎮，既然揚州居於政治與經濟的樞紐要地，當時多由宰相兼領。換言之，身爲揚州刺史，自可代表個人政途上的順遂，〔註 7〕但需注意的是官銜爲「刺史」，而非「太守」。驗諸東漢末始採州郡縣三級制，以刺史（或州牧）領州，太守治郡，故《後漢書・百官志》云：「外十二州，每州刺史一人，六百石。」又云：「每郡置太守一人，二千石，丞一人。」〔註 8〕在隋代以前，皆沿襲舊制，「州置刺史，別駕、治中從事、諸曹從事等員」，「郡皆置太守，河南郡京師所在，則曰尹」。〔註 9〕即使隋唐，揚州仍多由總管、督都或刺史治理，以太守領揚州未見隋唐正史的載錄。〔註 10〕以太守的職稱統領揚州，宋代始盛。由上述可以得知（一）、撰於梁時的《小說》，本不會有「揚州太守」的官銜，此則不會是《小說》的內容；(二)、《太平廣記》載記的內容至晚僅至宋初，亦不會出現「揚州太守」的官職，復檢今本《太平廣記》未載錄此事，王象之鈔自《廣記》的說法，不足令人信服；〔註 11〕（三）、王象之鈔錄的來源，時代便需要向宋代修正。

就《輿地紀勝》所引「騎鶴仙」行文方式而言，是以甲、乙、丙、丁四人各陳其志向，除與《廣記》以人名標目的體例不同外，頗似笑話俗語；由

〔註 7〕上述揚州之考述，文據周一良《魏晉南北朝史札記・東晉南朝地理形勢與政治》（北京市：中華書局，1985 年 3 月），頁 75～82。復按今日所稱揚州乃指六朝時的廣陵，其建置始於隋朝，與六朝時所稱的揚州不同。吳子輝《揚州建置筆談》（南京市：江蘇古籍出版社，2002 年 4 月）考證甚詳，可參看。

〔註 8〕分見《後漢書》（台北市：鼎文書局，1998 年 7 月），頁 3617、3621。

〔註 9〕分見《晉書》（台北市：鼎文書局，1998 年 7 月），頁 745、746。按南朝宋、齊、梁、陳皆承其舊，更易不多，今不復引。

〔註 10〕關於隋唐地方行政制度，據王仲犖云：「唐前期的地方行政制度，爲以州統縣的兩級制度（按此乃承襲自隋文帝更易原本州郡縣三級爲州縣兩級的制度），唐玄宗天寶元年，一度改州爲郡，改爲刺史爲郡太守，但是只改名稱，『職事不易』，而且到了肅宗至德元載，又恢復州刺史的名稱了。」隋唐時制度相近，是以刺史領州，雖曾於玄宗時易稱太守，影響仍然有限。今檢新、舊《唐書》，皆無揚州太守之名可知。又唐代仍設置有郡的行政劃分，由太守統領，刺史與太守在職責上，似已不同。引文見王氏《隋唐五代史》上冊（上海市：上海人民出版社，1992 年 3 月）頁 479。

〔註 11〕按今存《太平廣記》雖非全帙，亡佚文字甚少，況且亡佚部份又多存目。今據張國風整理出的《廣記》佚文觀察，亦不得此事，因此王象之稱該事鈔自《廣記》，自有疑義。張氏文見其著《太平廣記版本考述》（北京市：中華書局，2004 年 5 月）中〈太平廣記的佚文和異文〉一節。

引用情形以觀，亦有此傾向。蘇軾〈於潛僧綠筠軒〉云：「若對此君仍大嚼，世間那有揚州鶴」，〔註 12〕又〈次韻蘇韻伯固遊蜀岡，送李孝博奉使嶺表〉謂：「野無佩犢子，府有騎鶴仙」，〔註 13〕皆寓兼得天下美事；又惠洪《冷齋夜話》卷二所錄「雷轟薦福碑」的軼事，得「故時人爲之語，曰：『有客打碑來薦福，無人騎鶴上揚州』」〔註 14〕語，喻禍事多不單行，但美事則少兼得的人世境遇，皆合王象之引文的內容，也道出眾人熟稔此語的景況。時迄南宋、金元之時，引用最繁。像宋宗杲說、蘊聞編《大慧普覺禪師語錄》、李心傳《建炎以來繫年要錄》都直以「騎鶴上揚州」喻人間美事，金元以後元好問、耶律楚材皆採入詩曲，皆道出「揚州鶴」宋元時的流行。今以宋李心傳所錄文字爲說：

> 癸巳。……御營司遣統制官俱重持詔書至平江，撫諭軍民，且代張俊。重至平江，謂俊曰：「胡不速之官，此正騎鶴上揚州也，安問人主？」俊以告張浚，浚與辛道宗謀作飛書置其座側，若將士將殺之者。重倉皇失措，浚陽使入寓節制司以避之。〔註 15〕

文中記錄下俱重至平江代張俊以「騎鶴上揚州」一語勸誘，已視此語爲人盡皆知的成說；同樣地像王楙《野客叢書》所記「腰纏十萬貫，騎鶴上揚州，天下美事，安有兼得之理」，〔註 16〕引錄其文未注出處，已有「眾人皆知此語」的預設立場。如此熟爛的典故究竟出於何處，由陶宗儀的個案可以略示端倪。陶氏亦熟悉「揚州鶴」典故，在他〈白日圜文〉裏就有「腰纏十萬貫，騎鶴上揚州，皆曰閉戶先生來也」〔註 17〕語，但怪異的是除了他所編纂《說郛》裏的殷芸《小說》未收此事外，整部叢書裏也遍尋不得，那麼號稱「說家郛郭」的《說郛》，竟未採納自己所使用的典故，就令人無法理解了。惟有此則是當時流行的俗語，方能在沒有文本下卻讓眾人習知，可以合理的解釋這矛盾。

綜合上述，此典故能廣傳民間，是憑藉口傳而非文字，至於出處，也傾向只是出於當時流行的俗諺。這樣的推測，在葛立方的說明裏得到了印證，

〔註 12〕文見其孔凡禮點校《蘇軾詩集》（北京市：中華書局，1982 年 2 月），頁 448。

〔註 13〕文見其孔凡禮點校《蘇軾詩集》，頁 1894～1895。

〔註 14〕文據梁道禮點校《冷齋夜話》卷二，收於《宋詩話全編》（南京市：江蘇古籍出版社，1998 年 12 月），頁 2432。

〔註 15〕見氏著《建炎以來繫年要錄》卷二十一（北京市：中華書局，1985 年 7 月），頁 435。

〔註 16〕文見氏著《野客叢書》卷十三，文據藝文印書館於 1965 年影印明萬曆中會稽半埜堂商濬校刊《稗海》本。

〔註 17〕見《南村綴耕錄》卷三十（北京市：中華書局，2004 年 4 月），頁 374。

他說道：

俗言「腰纏十萬貫，騎鶴上揚州」，言揚州天下之樂國。〔註18〕

葛氏活動年代與蘇軾近，東坡詩用「揚州鶴」，應是採用街談巷議的俗言；時代稍晚的施元之注東坡詩也說：

「揚州鶴」，用俗傳「騎鶴上揚州」語。〔註19〕

直指「揚州鶴」出於俗傳。見此事在初次記錄時文字即不確定，形式又似俗語，而又已廣傳於眾人之口，因此在王象之自稱引自《廣記》前，有葛立方、施元之道出此典故概出於俗言，而在王象之後，有祝穆《事文類聚》引錄此事，卻可任意地變更官銜、文字，至於明末馮夢龍又直以「昔有」一詞代稱出處，自與「揚州鶴」一詞盛傳於當代有關。〔註20〕可知「騎鶴上揚州」除了與殷芸《小說》無關外，恐與《太平廣記》亦無牽涉，而僅是騰播於眾口的俗諺而已。

四、結　語

本文已藉由探溯「騎鶴上揚州」典故的傳襲，得知將此則視為殷芸《小說》佚文乃出於傳鈔上的訛誤，復由流傳情形與載記內容觀察，此語是出於當時俗諺，至於開始流傳前是否有文獻根據雖不可考，但必然與殷芸無關。因此魯迅、余嘉錫以考證見長，所輯《小說》皆不收此事，自然考慮周詳，但周楞伽輯本逕予收錄，皆導因自對文獻的認識不足、資料的蒐集不全卻又自信太過，以致遺誤後人，輯佚當有的態度，自然判然兩分了。今借用此例，當與從事文獻研究的同好引為借鑑，也為「腰纏十萬貫，騎鶴上揚州」典故的出處，加以正名。

（原發表於《文獻》（北京國家圖書館出版社），第114期，96年10月）

〔註18〕文見其著《韻語陽秋》卷十三，據清何文煥輯《歷代詩話》（北京市：中華書局，1981年4月），頁584。

〔註19〕據藝文印書館1980年影印景定吳門鄭羽補刻本《施顧註蘇詩》卷六。

〔註20〕馮夢龍引此事見其書《古今譚概・貪穢部》（南京市：江蘇古籍出版社，1993年4月），頁282～283。對照文字，可以得見馮氏也是根據類書的載記加以潤色，但稱「昔有」，當受此典廣傳於民間的影響，以致未援舊例題曰「小說」甚至《太平廣記》。